Eva Leigh

Elle est autrice de romances historiques. Depuis le succès de son premier roman, *Le cow-boy et la lady*, elle a reçu plusieurs distinctions aux RITA Awards et ses livres figurent régulièrement sur la liste des best-sellers. Elle publie également sous le nom de Zoë Archer.

La cage dorée de Céleste

DE LA MÊME AUTRICE
AUX ÉDITIONS J'AI LU

Chroniques à l'encre rouge

1 – *L'aristocrate et la roturière*
2 – *Le cœur du scandale*
3 – *Sage mais pas trop…*

Les mystères de Londres

1 – *L'amour au bout de la nuit*
2 – *Une occasion rêvée*
3 – *Le courage d'aimer*

EVA
LEIGH

DERNIÈRE CHANCE – 1

La cage dorée de Céleste

Traduit de l'anglais (États-Unis)
par Astrid Mougins

J'AI LU

Si vous souhaitez être informée en avant-première
de nos parutions et tout savoir sur vos auteures préférées,
retrouvez-nous ici :

www.jailu.com

Abonnez-vous à notre newsletter
et rejoignez-nous sur Facebook !

Titre original
THE GOOD GIRL'S GUIDE TO RAKES

Éditeur original
Avon Books, an imprint of HarperCollins Publishers

Pour Zack, qui a toujours su
que j'étais plus qu'une fille bien.

1

Londres, Angleterre, 1818

Ce mariage était un désastre avant même d'avoir été célébré.

Sous le portique de St George, Kieran Ransome attendait avec sa famille d'entrer dans l'église. Lorsque sa mère souleva brièvement le voile de Willa pour écarter une mèche qui s'était échappée de sa coiffure, il entrevit le visage de sa sœur. Elle avait le teint cendreux, et ses lèvres pincées formaient une fine ligne droite. Tandis que la comtesse s'agitait autour de sa fille en pépiant et en tirant sur sa robe, Willa restait silencieuse.

La veille, lors du dîner prénuptial réunissant les deux familles, Willa n'avait été guère plus loquace. Elle avait bu plus de deux verres de vin, elle qui se contentait généralement d'un seul, et, alors qu'elle avait toujours eu un solide appétit, elle avait à peine touché le contenu de son assiette. Son futur époux était resté affalé sur sa chaise, ne répondant que par des grognements lorsqu'on lui adressait la parole. Il avait ensuite décliné l'offre de Kieran d'aller boire un dernier verre dans leur taverne favorite.

Quelque chose clochait.

— Quelque chose cloche, lui chuchota son frère Finn à l'oreille.

Kieran lança un regard vers leur père, le comte de Wingrave. Il discutait avec Simon, leur frère aîné, qui se tenait à côté de son épouse, Alice. Le comte et la comtesse s'ignoraient, ce qui n'avait rien d'inhabituel. En revanche, ce qui surprenait Kieran, c'était que personne ne semblait remarquer le désarroi de la future mariée, qui résonnait pourtant tel un cri silencieux.

D'ordinaire, Willa abordait tout de front : les lieux, les gens, les discussions, les opinions... Ce matin, elle semblait enracinée dans le sol.

— Tu crois qu'elle a changé d'avis ? demanda Kieran à voix basse.

— On ne pourrait pas lui en vouloir, répondit Finn. Ces dernières semaines, Dom s'est comporté comme un crétin fini. À la place de Willa, je n'en voudrais pas.

— Elle romprait avec Dom ?

Finn soupira tristement.

— Je ne parierais pas dessus, petit frère. Tu te souviens du jour où elle a avalé une poignée de sable simplement parce qu'on lui avait dit de ne pas le faire ?

— Elle n'avait que cinq ans à l'époque.

— Son obstination n'a fait que s'accroître au fil des ans.

Kieran ne pouvait le contredire. Il avait d'abord cru que Willa et Dominic Kilburn formaient un couple parfaitement assorti. Il n'existait pas deux êtres plus têtus. Si leurs disputes se terminaient généralement par des claquements de porte et des bris de porcelaine, il avait vu les regards amoureux qu'ils échangeaient, la manière dont leurs doigts s'entrelaçaient à la moindre occasion, comme s'ils ne supportaient pas de rester un instant sans se toucher. Il avait pensé que leur union serait heureuse, quoique tumultueuse.

Il n'en était plus si convaincu.

En revanche, il savait avec certitude que les églises le mettaient très mal à l'aise. Elles étaient une manifestation physique de la tempérance, de la solennité, de la réflexion paisible… tout ce qu'il évitait scrupuleusement. Le seul fait de se tenir devant St George lui donnait des fourmis dans les jambes, et il devait se retenir de sauter dans la première charrette qui passait par là pour se réfugier dans une taverne, un théâtre ou n'importe quel endroit qui ne soit pas figé dans une gravité empesée comme ce lieu de culte.

Ce n'était pas lui qu'on surprendrait un jour à prononcer ses vœux devant un autel.

— Bigre, cela faisait des années que je ne m'étais pas levé de si bonne heure, bougonna-t-il.

— Tompkins me doit cinq livres, répondit Finn. Il avait parié que tu ne te réveillerais pas ou que tu arriverais soûl. Pour ma part, je savais bien que tu ferais une apparition, ne serait-ce que pour te goinfrer au buffet.

— Merci d'avoir une telle confiance en moi, rétorqua Kieran d'un ton grinçant.

Il se tourna vers sa famille et déclara :

— En tant que premier garçon d'honneur, je vais voir comment se porte Dom. Je lui offrirai mes félicitations pour avoir choisi de rejoindre notre famille maudite.

— En un jour tel que celui-ci, tu pourrais nous épargner tes plaisanteries douteuses, rétorqua son père.

Sa mère leva les yeux au ciel ; Kieran n'aurait su dire si c'était son fils ou son mari qui l'agaçait le plus.

Après un salut ironique à son père, Kieran poussa la porte de l'église. À sa surprise, Finn lui emboîta le pas.

— J'ai parié avec moi-même que tu serais frappé par la foudre dès que tu mettrais un pied dans ce lieu sacré, expliqua son frère avec un sourire narquois.

— Dans ce cas, il y aura deux petits tas calcinés sur les dalles. Le tien à côté du mien.

Juste au moment où la porte se refermait derrière eux, Finn lui répondit d'un geste obscène, s'attirant les regards choqués des invités assis sur les bancs les plus proches. Kieran adressa un regard sarcastique à son frère.

— Une nouvelle page de la légende des frères Ransome vient de s'écrire, murmura Finn tandis qu'ils se dirigeaient vers le chœur.

Du moins Kieran pensait-il que cette partie de l'église s'appelait « le chœur ». Il n'avait pas été très attentif lors des cours de catéchisme.

Tout le gratin londonien s'était entassé dans l'église ; il était composé des familles les plus estimées et respectées du pays. Le côté de l'église réservé aux invités du marié était rempli de magnats de l'industrie et du commerce, puisque c'était le monde dont faisait partie la famille de Dom. Leurs toilettes resplendissantes rivalisaient d'élégance avec celles de l'aristocratie assise de l'autre côté de l'allée. Tant les nobles que les nouveaux riches observaient avec le même malaise les deux frères s'avancer dans l'allée centrale. Sans doute avaient-ils lu les exploits des frères Ransome dans les feuilles à scandale. Comme tout un chacun, ils aimaient entendre parler des turpitudes des autres – cela soulageait très légèrement leur conscience quant à leurs propres frasques et à leur sens moral poreux.

Kieran lançait des regards malicieux aux invités, s'amusant de la manière dont les dames portaient délicatement une main à leur gorge et dont les messieurs gonflaient le torse. Leur dédain ne le troublait aucunement.

Une dame particulièrement avenante assise du côté des invités de la mariée attira son attention. Ses doigts jouaient avec la dentelle qui bordait son fichu, et ses lèvres dessinaient un sourire de Joconde. Kieran lui lança un clin d'œil, et elle battit des cils.

— Il n'y a vraiment que toi pour essayer de décrocher des rendez-vous galants dans une église, dit Finn dans un ricanement.

— Je rejoins une longue et riche tradition de profanateurs de lieux saints, rétorqua Kieran. D'ailleurs, j'en ai déjà trouvé une autre encore plus captivante. Regarde cette nuque au deuxième rang, du côté du marié.

C'était une nuque ravissante. Doucement incurvée, avec un soupçon de duvet châtain à la naissance des cheveux. Kieran sentit l'eau lui monter à la bouche, s'imaginant déjà mordiller cette nuque et arracher à sa propriétaire de petits cris de plaisir choqués.

Certains hommes adoraient les seins, d'autres les fesses. Kieran, lui, aurait pu écrire des sonnets entiers à la gloire des cous féminins.

La dame en question se tourna légèrement pour parler à sa voisine.

Enfer ! Kieran la connaissait.

Il jura à voix haute, s'attirant de nouveau des regards réprobateurs.

Finn ricana de plus belle.

— Bravo, tu reluques maintenant la sœur de notre meilleur ami. Tu atteins de nouveaux sommets.

— Ne dis surtout rien à Dom, marmonna Kieran.

Si Dom les accompagnait généralement lors de leurs virées nocturnes, c'était Kieran qui s'adonnait à toutes les formes de débauche que Londres pouvait offrir. En dépit de sa nature tapageuse, Dom restait en retrait, faisait des paris, se soûlait, braillait des chansons, mais évitait la compagnie des dames. En revanche, il était de toutes les bagarres.

Sachant pertinemment quel genre de vaurien était Kieran, Dom n'aurait jamais toléré qu'il envisage de séduire sa jeune sœur.

Comme si elle avait senti le regard concupiscent de Kieran sur elle, Céleste Kilburn se retourna sur son banc et le vit. Elle écarquilla légèrement les yeux et lui adressa un sourire timide.

Il s'efforça de le lui rendre comme s'il ne l'avait pas déshabillée mentalement quelques instants plus tôt. C'était un sourire formel, presque fraternel. Quelques années plus tôt, Céleste était revenue de sa pension pour jeunes filles de bonne famille métamorphosée en une femme saisissante. Depuis qu'elle avait fait ses débuts dans le monde, elle était également un modèle de vertu au comportement irréprochable.

Kieran l'avait toujours soigneusement évitée, sans doute la seule action de sa vie que l'on aurait pu qualifier de « sage » ou de « raisonnable ».

Céleste fit un mouvement de tête vers l'avant de l'église. Kieran suivit son regard, s'attendant à voir Dom planté devant l'autel. C'était l'usage, pensait-il, bien que son expérience en la matière soit limitée. Il n'était jamais invité aux mariages, ni à aucune mondanité réunissant des gens respectables. Pour son mariage, son frère Simon avait demandé à un ami d'Oxford de lui servir de premier garçon d'honneur, si bien qu'il tenait ce rôle pour la première fois.

Au lieu de Dom attendant nerveusement devant l'autel l'entrée de sa promise, Kieran ne vit que le pasteur. Ce dernier ne cessait de lancer des regards incertains derrière lui avant de se retourner en adressant des sourires rassurants à l'assistance.

Ce comportement mit la puce à l'oreille de Kieran. Pourquoi cherchait-il à les rassurer ?

Il s'était attendu à voir un vieux pasteur moralisateur empestant l'encens et rayonnant de suffisance. En réalité, c'était un homme ordinaire qui avait oublié un peu de barbe sous son oreille en se rasant ce matin-là. Il sentait l'amidon de sa chasuble et la sueur.

— Quelque chose ne va pas, révérend ? lui demanda Finn.

— Il ne vous manquerait pas un marié, par hasard ? demanda Kieran.

— Non, non, tout va très bien, répondit le pasteur d'un ton cordial.

Il baissa la voix afin que seuls Finn et Kieran puissent l'entendre.

— Êtes-vous des proches de M. Kilburn ?

— Si « proche » signifie que je l'ai déjà vu totalement ivre défier trois marins et les battre à plate couture, alors oui.

Le pasteur s'étrangla et devint rouge vif.

— Je suis également son garçon d'honneur, ajouta Kieran.

Lorsque le pasteur eut retrouvé l'usage de la parole, il chuchota :

— Le futur marié est mal en point. Je l'ai fait passer dans la sacristie le temps qu'il se remette, mais lorsque j'ai proposé d'envoyer chercher un membre de sa famille pour l'aider, il a violemment décliné mon offre. Enfin, je suppose qu'en m'envoyant un tabouret à la tête, il me signifiait son refus.

Bien que lancer des meubles sur des hommes saints soit parfaitement dans les cordes de Dom, le faire le jour de son mariage était inquiétant.

— Peut-être M. Kilburn sera-t-il plus enclin à écouter ses garçons d'honneur ? suggéra le pasteur.

— Conduisez-nous à lui, demanda Kieran.

Finn et lui suivirent le révérend à l'arrière du chœur, franchirent une porte puis longèrent un étroit couloir qui menait à une autre porte. Derrière celle-ci, ils entendirent des jurons et un fracas comme si l'on renversait des objets lourds.

Le pasteur lança un regard inquiet à Kieran et à Finn. Il se demandait vraisemblablement dans quel état il allait retrouver sa sacristie. Il toqua timidement à la porte.

— Monsieur Kilburn ? C'est le révérend Hodgson. Je…

— Allez vous faire voir ! hurla Dom. Je ne veux pas de vos homélies et votre vin est infect.

Le révérend Hodgson pâlit.

— Laissez-moi faire, lui dit Kieran en posant une main sur son épaule et en l'écartant.

Il tambourina contre la porte et cria :

— Dom, c'est Finn et Kieran. Cesse tes âneries et ouvre cette foutue porte.

Il y eut un long silence, puis son ami grommela :

— Entrez.

— Vous feriez mieux de retourner auprès de vos ouailles, révérend, conseilla Finn.

Le pasteur hocha la tête d'un air reconnaissant et tourna les talons pour aller se réfugier dans son église. Kieran ouvrit lentement la porte, au cas où Dom aurait eu l'idée de leur lancer un chandelier en argent à la tête.

Il entra prudemment dans la pièce et émit un sifflement admiratif.

— Mince, moi qui croyais que tu avais atteint un sommet avec les dégâts que tu as laissés dans la taverne des *Twin Bastards* !

— Bon sang, Dom, c'est toi qui as mis cette bibliothèque en morceaux ? demanda Finn.

Un homme recroquevillé dans un coin de la pièce leur répondit par un grognement animal. Ce ne pouvait être que Dom, car peu d'hommes aux épaules aussi massives portaient des vestes impeccablement coupées par des tailleurs de Bond Street. Dom devait sa carrure imposante à ses années passées à travailler sur les docks de Londres quand il était adolescent.

— Laissez-moi, gémit Dom sans se retourner. Tout est foutu !

Qu'il ait retrouvé l'accent cockney que sa famille s'était efforcée d'effacer en disait long sur son état d'esprit. Les Kilburn étaient parvenus à faire disparaître toute trace de leurs humbles origines. Cependant, lorsqu'il était ivre ou particulièrement ému, Dom retrouvait les intonations populaires avec lesquelles il s'était exprimé durant les dix-huit premières années de sa vie.

— Quoi, vous ne me réprimandez pas pour jurer dans une église ? demanda-t-il par-dessus son épaule.

Kieran s'esclaffa.

— Si c'est une pénitence que tu cherches, tu n'as pas invité les bonnes personnes dans cette sacristie.

Il avança vers son ami à pas prudents, comme s'il s'approchait d'un taureau enragé. Restait à savoir s'il devrait abattre Dom pour abréger ses souffrances.

— Si ton plan était de détruire cette église, je te félicite, dit-il.

— Je n'ai pas le sens de l'observation d'un coureur de Bow Street, mais tu m'as l'air un peu agité, déclara Finn en ramassant quelques fragments d'une table.

Dom émit un autre son bestial.

Tout doucement, comme s'il avait affaire à un animal sauvage, Kieran posa une main sur son épaule. Dom la chassa aussitôt d'un mouvement brusque.

— Ne sois pas prévenant avec moi, grogna-t-il. Ne t'avise pas de me traiter avec des égards. Je ne les mérite pas.

Kieran échangea un regard perplexe avec son frère. Dans la mesure où Finn avait gagné et perdu des fortunes au jeu en cachant ses émotions derrière un masque impassible, son air inquiet accrut encore le malaise de Kieran.

Il huma l'air au-dessus de son ami, à la recherche de vapeurs d'alcool. Si Dom était ivre, cela expliquerait son comportement. Sa pugnacité naturelle augmentait encore lorsqu'il avait bu. Mais aucune odeur de whisky ni de gin n'émanait de lui.

Peut-être était-ce justement ce qu'il lui manquait. Il devait être victime d'une de ces crises de panique fréquentes avant un mariage, et un peu d'alcool lui calmerait les nerfs. Kieran sortit une flasque étroite de la poche intérieure de sa veste et tapota le dos de Dom.

— Tiens, voici un meilleur remède qu'une saignée.

Dom prit la flasque et but une gorgée avant de la rendre à Kieran, qui but son tour avant de la tendre à Finn.

En voyant ce dernier renverser la tête en arrière pour boire à grandes goulées, il s'écria :

— Hé, laisses-en un peu, espèce de crétin !

— Tu sais ce qu'il te dit, le crétin ? rétorqua Finn en lui lançant la flasque vide.

Kieran la rattrapa au vol. Une pendule sur une étagère sonna le quart d'heure. La cérémonie devant commencer dans quinze minutes, le fait que le futur marié soit prostré dans une sacristie saccagée en émettant des sons incohérents n'augurait rien de bon.

— Tu verrais Willa ! déclara Kieran d'un ton joyeux. Elle est belle comme un corbeau sur un tapis de neige. Toute cette agitation sera oubliée dès qu'elle sera devenue ta femme.

En entendant le nom de sa promise, Dom se releva d'un bond et envoya son poing dans un placard. Le meuble trembla et s'inclina dangereusement. Kieran le redressa avant qu'il se renverse.

— C'est une erreur, grogna Dom. Toute cette affaire est une énorme bourde.

L'espace d'un instant, Kieran resta sans voix.

— Qu'est-ce que tu racontes ? demanda-t-il enfin. Willa et toi êtes fous amoureux. Cela dure depuis des années, même avant qu'elle fasse son entrée dans le monde. Chaque fois qu'elle pénètre dans une pièce, tu la dévisages comme un lion lorgne une gazelle. À moins que... tu ne veuilles plus d'elle ?

— Je tuerais pour elle, répliqua Dom.

Kieran poussa un soupir de soulagement. Au moins, les sentiments de Dom pour Willa n'avaient pas changé. Durant toute son enfance, il avait souffert de la distance entre ses parents et de leur froideur dédaigneuse l'un envers l'autre. Ils s'adressaient rarement la parole et, lorsqu'il le fallait, ils s'appelaient « milord » et « milady », n'utilisant jamais leurs prénoms, John et Aoife. Ce n'était qu'en espionnant les conversations des femmes de chambre qu'il avait appris que le comte anglais et l'héritière irlandaise avaient fait un mariage d'amour avant que leur union tumultueuse tourne au vinaigre.

Il gardait le souvenir de scènes de ménage qui l'avaient terrifié lorsqu'il était petit. À la naissance de Willa, leurs parents ne se parlaient déjà plus. Leur froideur s'étendait à toute la famille. Étant l'héritier et le fils aîné, Simon avait été relativement bien traité. En revanche, Finn et Kieran avaient été élevés dans l'indifférence, ce qui était aussi bien car ils avaient eu toute la liberté qu'ils désiraient.

Willa avait grandi telle une flamme brûlant sous le givre. Elle ne supportait pas le silence glacial qui régnait dans la maison et, étonnamment, on l'adorait pour son tempérament rebelle. Celui qui l'épouserait aurait intérêt à avoir du caractère, ou il serait écrasé comme l'herbe sous ses talons. Dom était donc l'homme idéal pour elle.

En tant que fille de comte, Willa n'avait pas d'autre choix que celui de se marier. Dieu merci, personne n'en attendait autant de Kieran. Pourquoi se serait-il enchaîné à une seule femme alors qu'il y en avait tant de charmantes dans le monde ?

— Puisque tu l'aimes à ce point, qu'attends-tu pour l'épouser ? demanda Finn.

— Je ne peux pas, répondit Dom en se couvrant les yeux d'une main et en frissonnant.

— Pourquoi pas ? demanda Kieran.

— Elle est beaucoup trop bien pour moi.

Kieran le dévisagea avec incrédulité.

— C'est toi qui dis ça ? Toi qui plastronnes dans toutes les salles de bal comme si personne n'était digne de lacer tes souliers ?

— C'est la vérité ! rétorqua Dom. Même si elle n'était pas fille de comte, elle vaut tellement mieux que moi ! À tous les égards. Je ne suis qu'un minable docker, et les choses que j'ai faites...

— Qui peut se vanter d'être irréprochable ? déclara nonchalamment Finn.

— Tu ne peux pas comprendre, rétorqua Dom. Kieran et toi êtes nés avec une cuillère en argent dans la bouche. Vous n'avez jamais su ce que c'était de survivre au jour le jour ; vous n'avez jamais connu les profondeurs dans lesquelles il faut s'enfoncer pour pouvoir s'élever. Comment pourrais-je la toucher avec... ça ? ajouta-t-il en regardant ses mains. Elles ont commis les pires crimes. Comment pourrais-je être le mari qu'il lui faut ? Si elle m'épouse, elle se perdra et je ne me le pardonnerai jamais.

Il tourna un regard implorant vers Kieran.

— Ne comprends-tu pas ? L'épouser est la pire chose que je puisse lui faire. Je la rendrais malheureuse. Pire, je la détruirais... Mais si je me défile à présent, je ruinerai sa réputation.

Kieran écoutait les paroles angoissées de son ami et ressentait sa douleur comme s'il enfonçait la main dans un bol rempli d'éclats de verre. S'il ne connaissait pas en détail le passé de Dom, il avait parfois vu une blessure dans ses yeux et devinait qu'il avait traversé de terribles épreuves. Le voir si malheureux en ce jour qui aurait dû faire son bonheur le chagrinait profondément.

— Un instant, dit-il.

Il fit signe à Finn de s'approcher et lui chuchota :

— J'ai tendance à penser qu'il délire, mais il faut reconnaître que Willa et lui n'ont jamais cessé de se chamailler. Nous avons vu les crises, les larmes. Tu crois qu'il a raison ? Qu'elle sera malheureuse mariée à lui ?

— C'est fort possible, murmura Finn. Si leur mariage est une catastrophe, elle ne pourra pas revenir en arrière. Elle sera enchaînée à lui pour la vie. Comme mère et père.

— Mais si elle ne veut plus de lui, pourquoi n'a-t-elle pas rompu leurs fiançailles ?

Finn lui adressa un regard narquois.

— Et admettre qu'elle s'est trompée sur le choix de son mari ?

Les deux frères se turent tandis qu'ils imaginaient leur sœur unique gâcher sa vie parce qu'elle était trop obstinée pour reconnaître qu'elle avait commis une erreur de jugement. Kieran se souvenait du jour de la naissance de sa sœur. Il s'était glissé dans la chambre de sa mère pour apercevoir Willa dans son berceau. Il s'était préparé à détester cette nouvelle créature braillarde qui accaparait l'attention de toute la maisonnée, mais il lui avait suffi d'un regard vers le visage rouge et fripé du nouveau-né pour tomber amoureux : quelques heures après sa naissance, Willa tentait déjà de relever la tête avec détermination.

Cela n'avait pas empêché Kieran de la tourmenter et de la taquiner sans merci au fil des ans. Entre frères et sœur, qu'était un peu d'encre versée dans une main pendant la sieste ? Cela ne signifiait pas qu'il la laisserait gâcher sa vie en se liant définitivement à un homme qui la rendrait malheureuse.

Il avait vu ce qui était arrivé à ses parents et la manière dont ce poison s'était insinué dans toutes les branches de la famille.

Était-ce ce qui attendait Willa ?

Par ailleurs, comme Dom l'avait dit, s'il l'abandonnait à présent devant l'autel, sa réputation…

On toqua à la porte, et la voix timide du pasteur s'éleva.

— Je vous demande pardon, messieurs, mais la cérémonie va bientôt commencer.

Dom émit un grognement étranglé.

— Encore cinq minutes ! lança Kieran à travers la porte.

Après une longue pause, le révérend Hodgson répondit :

— Comme vous voudrez, messieurs.

Kieran comprit ce qu'il lui restait à faire. La solution était radicale, mais il n'avait guère le choix.

Finn et lui échangèrent un nouveau regard. Ils n'avaient pas besoin de se parler pour se comprendre. Finn avait beau avoir le don de cacher ses pensées et ses sentiments, Kieran était son frère cadet depuis vingt-sept ans et lisait en lui comme dans un livre ouvert.

Tu es sûr ? demanda en pensée Finn.

Je ne vois pas d'autre issue, répondit silencieusement Kieran.

Nous risquons de le payer cher.

Dis-toi que nous rendons service à Willa. Elle nous en sera reconnaissante.

— Nous ne pouvons pas laisser notre sœur commettre une erreur colossale et la condamner à suivre le même chemin que nos parents, ajouta Kieran dans un murmure.

— Sauf qu'elle est trop têtue pour prendre les mesures nécessaires et annuler la cérémonie à temps.

Kieran hocha la tête, puis rassembla son courage pour ce qui allait suivre.

— Il n'y avait pas assez de place pour nous tous dans la calèche, dit-il à Dom. La robe de Willa aurait été écrasée. Finn et moi sommes donc venus à cheval. Ma monture est dans l'écurie.

Dom le regarda sans comprendre.

— Que veux-tu dire ?

— Fais vite et sois discret, répondit Kieran en lui montrant la porte donnant sur l'extérieur.

Finn marcha jusqu'à cette porte, l'ouvrit et lança un regard au-dehors.

— Il n'y a personne. C'est maintenant ou jamais.

Le regard hébété de Dom allait d'un frère à l'autre. Kieran s'efforça d'infuser dans son expression toute la gravité dont la société l'estimait dénué.

Les traits de Dom exprimaient un mélange d'horreur et de tristesse.

— Nous dirons à tout le monde que c'est elle qui a changé d'avis, assura Kieran. Ce sera un scandale, mais moins grave que si l'on pense que tu l'as plaquée.

Dom acquiesça.

— Personne ne le lui reprochera quand tu diras à tous que je ne suis qu'un ivrogne avec les manières d'un chien errant.

— Tu *es* un ivrogne avec des manières de chien errant, lui fit observer Kieran.

— Dis-leur tout ce que tu voudras, insista Dom. Traîne mon nom dans la boue. Il faut qu'elle sorte de cette débâcle blanche comme une colombe.

— Tu ne connais que les insultes que je t'ai jetées au visage, répondit Kieran. Sois sûr que je serai encore plus inventif avec celles que je dirai dans ton dos.

Les traits de Dom se durcirent, puis il arrêta sa décision. Il se dirigea vers la porte et se retourna sur le seuil.

— C'est la meilleure solution, déclara-t-il. Pour Willa.

— Pour Willa, répéta Kieran.

Elle serait protégée et bien entourée. Il y veillerait. Il pointa l'index vers la porte.

— Pars, Dom. Finn et moi nous occupons du reste.

— Dites à Willa..., commença Dom avant de s'interrompre pour déglutir. Dites-lui...

Incapable de finir sa phrase, il sortit après un dernier regard accablé. Une pluie fine s'était mise à tomber, mouillant les épaules de sa veste de marié tandis qu'il courait vers l'écurie.

Finn referma la porte et croisa les bras sur son torse.

— Il ne nous reste plus qu'à annoncer à Willa qu'elle a annulé son mariage.

— Elle nous remerciera, assura Kieran. Mère aurait remercié quiconque l'aurait empêchée d'épouser père.

Il lança un regard autour de lui dans la sacristie.

— On se croirait à Rome mise à sac par les Wisigoths.

— Ce sont les Vandales qui ont saccagé Rome.

— Qui n'a pas saccagé Rome ? rétorqua Kieran avec un regard hésitant vers la porte qui donnait sur l'église.

Une étrange sensation lui raidissait les membres. Ce ne fut qu'une fois sorti de la petite pièce dévastée, alors qu'il se dirigeait vers le lieu où sa sœur attendait un mariage qui n'aurait pas lieu, qu'il put mettre un nom dessus : la panique.

2

Deux semaines plus tard

Des pas approchèrent dans le couloir, puis la poignée de la porte remua tandis que la personne de l'autre côté enfonçait une clé dans la serrure. Plaqué contre le mur, Kieran adressa un signe de tête à Finn, qui se tenait de l'autre côté de la porte de l'appartement qu'ils partageaient avec Dom sur Henrietta Street. Par mesure de précaution, Kieran avait mis de vieux habits – il n'avait pas envie que l'un de ses vêtements favoris soit déchiré dans la rixe. Bien qu'il reçût une rente généreuse, il ne tenait pas à la gaspiller en faisant raccommoder une bonne veste.

La porte s'ouvrit. En dépit de la faible lumière, la silhouette et la taille de l'homme qui entra ne laissaient planer aucun doute sur son identité.

— Maintenant ! ordonna Finn.

Kieran se jeta sur le nouveau venu, et Finn fit de même. Les deux frères étaient dans une excellente forme physique et s'entraînaient plusieurs jours par semaine à l'académie de boxe. Même ainsi, ils ne furent pas trop de deux pour plaquer leur adversaire au sol.

— Que se passe-t-il ? grogna Dom. Lâchez-moi, nom de nom !

— Nous te lâcherons si tu acceptes de nous suivre calmement, répondit Finn, pantelant.

— Vous suivre où ? Qu'est-ce que ça signifie ?

Finn esquiva un coup de coude dans la trachée avant de répondre :

— Si tu te montres docile, nous nous relèverons. Après, nous irons tous au *Eagle* boire quelques chopes et tout ira bien.

— Après quoi ? demanda Dom sans cesser de se débattre.

— Nous ne pouvons pas te le dire, répondit Kieran, hors d'haleine. Sache toutefois que ce sera très rapide et totalement indolore.

Après plusieurs autres vaines tentatives pour repousser les deux frères, Dom cessa enfin de lutter.

— Vous auriez pu simplement me demander de vous suivre.

— Dans la mesure où tu as disparu depuis quinze jours et que, la dernière fois que nous t'avons vu, tu fuyais comme si le diable était à tes trousses, nous n'étions pas certains que tu accepterais, se justifia Kieran.

— Une embuscade dans notre appartement nous a paru la meilleure option, ajouta Finn.

— Très raisonnable, en effet, railla Dom.

Les trois hommes restèrent étendus sur le sol le temps de reprendre leur souffle, leurs halètements ponctuant le crépitement du feu dans la cheminée. Enfin, ils se relevèrent péniblement.

Kieran envisagea brièvement de demander à son ami de changer ses vêtements froissés avant de se mettre en route, puis se ravisa. Maintenant que Finn et lui étaient parvenus à capturer Dom, mieux valait ne pas tarder. Finn griffonnait déjà un message pour prévenir les parties concernées. Plus tôt ils conduiraient Dom à destination, plus vite ils pourraient reprendre le cours normal de leur vie.

— Nous ferions bien d'y aller, déclara Finn en se dirigeant vers la porte.

Une fois sur le trottoir, il donna le billet et une pièce à un garçon qui les attendait, et ce dernier fila ventre à terre pendant que Kieran hélait un fiacre.

Voyant Dom lancer des regards à droite et à gauche, envisageant clairement de prendre la fuite, Kieran le mit en garde :

— N'y songe même pas !

— Je suis plus costaud que vous, mais vous êtes plus rapides, soupira Dom.

Une voiture s'arrêta, et Finn lança au cocher :

— Cavendish Square !

Dom écarquilla les yeux.

— Vous m'emmenez chez vos parents ? Willa n'y sera-t-elle pas ?

— Elle est à l'étranger, lui répondit Kieran. Elle est partie le lendemain de la cérémonie avortée.

Résigné, Dom grimpa dans le fiacre. Finn et Kieran le suivirent. Dans l'habitacle, il y eut un long silence. Le soir était tombé, et les réverbères projetaient des taches de lumière à l'intérieur du fiacre. Kieran en profita pour étudier son ami. Dom semblait avoir visité les enfers et n'en être pas encore complètement revenu. D'épais cernes noirs soulignaient ses yeux. En l'espace de quinze jours, il paraissait avoir fondu. Ses traits étaient tirés et hagards. C'était l'image d'un homme qui avait aimé et perdu.

Kieran avait vu d'autres hommes sombrer dans ce bourbier d'émotions qu'était l'amour, mais ne l'avait jamais expérimenté lui-même. Ce n'était pas qu'il soit incapable d'aimer. Il y avait toujours quelqu'un d'autre, une nouvelle sensation à explorer, une nouvelle aventure à vivre. S'enchaîner à une femme pour une longue période lui paraissait absurde. Mieux valait rester sans entraves, ouvert et prêt à vivre tout ce que l'existence mettait sur votre chemin.

L'amour avait la triste habitude de se transformer en aigreur. Il l'avait vu avec ses parents, et à présent avec Willa et Dom. L'effervescence initiale était sans doute merveilleuse, mais, par la suite, l'amour se refroidissait et se figeait comme du sang versé. Plus on aimait, plus grand était le chagrin qui suivait inévitablement.

— Comment va-t-elle ?

Dom avait prononcé sa question comme s'il avait dû aller la chercher au fond d'une tanière.

— Elle…

Kieran avait vu Willa pour la dernière fois quinze jours plus tôt. Finn et lui l'avaient rejointe dans l'entrée de l'église, où elle attendait de remonter l'allée jusqu'à l'autel, entourée de sa famille. Kieran n'avait jamais eu de problème pour trouver les mots justes. Pourtant, ce jour-là, face à sa sœur à qui il devait annoncer que son fiancé avait pris la poudre d'escampette, il était resté sans voix. C'était absurde. Finn et lui avaient agi dans son intérêt, il en était convaincu. Néanmoins, en regardant Willa dans sa robe de mariée, son voile cachant son visage et se soulevant légèrement à chaque respiration, il avait douté d'avoir pris la bonne décision.

Willa avait relevé son voile et l'avait dévisagé. Elle était pâle comme une feuille de papier, et sur ce papier se lisait une résolution terrible et glacée.

Il aurait préféré qu'elle l'insulte, qu'elle lui jette quelque chose à la figure, mais elle était restée parfaitement immobile et silencieuse. Il ne l'avait jamais vue aussi froide au cours de ses vingt-trois ans d'existence.

— Je suis navré, Will, avait-il enfin dit d'une voix rauque.

— Navré ? Navré pour quoi ? avait demandé sa mère.

L'inquiétude faisait ressortir son accent irlandais.

— Dom est parti, avait répondu Willa. Kieran et Finn l'ont aidé à s'enfuir.

— Il nous a demandé de dire à tout le monde que c'était toi qui avais annulé la cérémonie, avait précisé Finn.

— Comme si cela résolvait le problème, avait rétorqué le comte d'un ton acerbe.

Après cela, Willa n'avait plus parlé à ses frères. De retour de l'église, elle était montée dans sa chambre et n'en était plus ressortie de la journée ni de la nuit. Lorsque Kieran et Finn étaient venus pour le petit déjeuner, elle n'était plus là. Ils avaient trouvé un message de leurs parents annonçant qu'elle partait et qu'ils étaient sortis l'accompagner.

Se rendant soudain compte que Dom attendait une réponse, Kieran déclara :

— J'ignore où elle est. Si elle a écrit à nos parents, ils ne m'ont rien dit.

Mal à l'aise, il s'agita sur la banquette du fiacre, inconfortable et usée par d'innombrables voyageurs.

— Je suppose que je serai accueilli par un peloton d'exécution, déclara Dom.

— Tout ce que je sais, c'est que nous devons te conduire dans le salon vert, répondit Kieran. Je doute qu'on t'y attende avec des fusils. Mère tient trop à son papier peint.

— C'est rassurant, grommela Dom.

Néanmoins, lorsque le fiacre s'arrêta brièvement pour laisser le passage à une charrette, il ne tenta pas de bondir du véhicule et de s'enfuir. Il semblait s'être résigné à accepter les mesures punitives qui l'attendaient. Peut-être même les espérait-il.

Il y eut un long silence, que Finn tenta de combler en parlant d'une nouvelle maison de jeu qui venait de s'ouvrir sur Moreton Place, à Pimlico. Bien qu'il n'y soit pas encore allé, Kieran se joignit à la conversation. Cela tuait le temps et lui évitait de penser à cette matinée dans l'église, au terrible stoïcisme sur les traits de Willa lorsqu'elle avait appris que son fiancé était parti et qu'il en était responsable. Pourtant, il avait agi pour lui éviter une vie de malheur. N'avait-il pas bien fait ?

Le fiacre s'arrêta enfin devant Wingrave House. Ils descendirent, et Finn lança une pièce au cocher. Vu de la rue, avec toutes ses fenêtres éclairées, l'hôtel particulier du comte respirait l'opulence. Kieran n'y avait jamais prêté attention, jusqu'au jour où il avait amené son ami

Dom à la demeure familiale et que celui-ci s'était émerveillé du nombre de fenêtres et de bougies.

Si la famille de Dom était désormais presque aussi riche que celle du comte, elle avait bâti sa fortune à partir de rien.

Kieran, Finn et Dom gravirent les marches du perron, et Vickers, le majordome, leur ouvrit la porte.

La tension nouait le ventre de Kieran. Il n'avait cependant aucune raison d'être inquiet. On lui avait simplement demandé de livrer Dom ; c'était donc ce dernier qui aurait dû être nerveux. Pourtant, un mauvais pressentiment le tenaillait tandis qu'il s'enfonçait dans les couloirs de la demeure familiale. Il lança un regard à Finn. Si ce dernier partageait son appréhension, il n'en montrait rien.

Kieran ne lui enviait pas cette aptitude à cacher ce qu'il ressentait. Contrairement à Finn, il ne passait pas son temps assis à des tables de jeu et n'avait donc pas besoin d'afficher un visage de marbre. De plus, il n'avait aucune envie de réprimer ses réactions face à tous les délices que la vie avait à offrir.

Des voix leur parvenaient depuis le salon vert, une étrange symphonie composée du timbre lisse et cultivé de son père, des tonalités plus musicales de sa mère qui portaient encore le lyrisme de son Irlande natale, et des accents plus lourds et rugueux de l'East End de Ned Kilburn. En reconnaissant la voix de son père, Dom trébucha. Il poursuivit néanmoins son chemin tel un homme marchant vers son destin.

Kieran s'arrêta sur le seuil de la pièce. Son père se tenait devant la cheminée dans sa posture habituelle, les mains croisées dans le dos. Sa mère était assise sur le canapé, comme toujours à bonne distance de son époux. Aucun d'eux ne salua Kieran. Il ne les avait pas revus depuis le mariage. Ni lui ni Finn n'avaient été convoqués pour le traditionnel dîner familial du jeudi soir.

— Père, mère, les salua-t-il en s'avançant dans le salon.

Le comte pinça les lèvres, creusant de profonds sillons de chaque côté de sa bouche. Sa mère inclina à peine la tête pour recevoir son baiser sur la joue. Même si ses parents ne s'étaient jamais montrés très chaleureux, ils battaient cette fois des records de froideur.

— Monsieur Kilburn, ajouta Kieran en inclinant la tête à l'adresse du père de Dom.

Le grognement qu'émit Ned Kilburn était presque identique à ceux de son fils. Bien que Kilburn père approchât de la cinquantaine, il était toujours aussi imposant. En dépit de son costume luxueux, on l'imaginait aisément transportant des caisses de marchandises sur les docks de Londres. Animé par une ambition extraordinaire, il avait fait fortune en louant des entrepôts à des entreprises maritimes.

Si son regard à Kieran et à Finn fut glacial, il devint noir de fureur quand il aperçut son fils.

— Papa, grogna Dom.

Son père lui répondit par un autre grognement.

Kieran lança un regard vers la carafe en cristal posée sur une console. Elle était presque pleine, et la cave de son père était excellente. Toutefois, il n'était pas venu boire un verre. Plus vite il ressortirait de cette maison, mieux il respirerait.

— Nos responsabilités s'arrêtent ici, déclara-t-il. Vous avez Dom. Je vous souhaite une bonne soirée. Tu viens, Finn ?

Il s'inclina devant ses parents avec un sourire narquois qui démentait toute déférence.

Alors que son frère et lui se tournaient pour sortir, Vickers apparut dans le couloir et leur ferma la porte au nez. Surpris par ce manque de respect, Kieran s'arrêta net. Le personnel s'était toujours montré courtois et révérencieux envers lui, même après que Finn et lui avaient déménagé dans leur appartement de célibataires.

Il rouvrit la porte et découvrit deux valets costauds qui lui barraient la route. Il pivota sur ses talons et croisa le regard glacial de ses parents.

— C'était un piège, dit-il d'un ton accusateur.

— Toujours les grands mots ! répondit son père. Cela dit, oui, mon fils, le moment est venu de régler certains comptes.

Dom se laissa tomber dans un fauteuil pendant que Finn s'installait confortablement sur une méridienne. Kieran resta debout, les deux pieds fermement plantés dans le sol et les bras croisés sur le torse.

— Je suppose que les deux gaillards dans le couloir sont là pour imposer votre volonté, déclara-t-il. Une telle intimidation physique est indigne de vous, père.

— Ce qui est indigne, c'est que deux de mes fils aient contribué à faire échouer le mariage de leur propre sœur, rétorqua son père.

— Toute la ville en parle, renchérit la comtesse. Heureusement, nous sommes parvenus à éviter un scandale pire encore en faisant savoir que le fiancé était arrivé ivre à l'église, ce qui avait conduit Willa à annuler la cérémonie.

Un muscle tressauta dans la mâchoire de Dom.

— Même ainsi, l'affaire est sur toutes les lèvres, déclara le comte. Vous vous en êtes sûrement rendu compte.

— Dans les lieux que je fréquente, on ne s'intéresse pas au beau monde, répondit Kieran.

Sans doute, les rares fois où il était sorti pendant la journée, avait-il vu des gens distingués s'écarter de son chemin en échangeant des messes basses, mais cela n'avait rien de remarquable.

— C'est une chance que lady Willa ne nous attaque pas en justice pour rupture de promesse, déclara M. Kilburn avec un regard noir à son fils. Elle serait parfaitement en droit de le faire. Au lieu de ça, elle est partie en villégiature jusqu'à ce que le calme revienne. Ce genre de scandale ternit l'image des gens comme nous qui n'appartenons pas à l'aristocratie.

— Que diable vous est-il passé par la tête ? s'emporta le comte. Comment avez-vous pu provoquer un scandale d'une telle ampleur ?

— Et faire autant de mal à votre propre sœur ? renchérit la comtesse.

— Et pousser mon fils à commettre une erreur aussi monumentale ? ajouta M. Kilburn.

— Je prends mes propres décisions, grommela Dom.

— Encouragé par ces deux vauriens, rétorqua son père avec un regard mauvais vers Kieran et Finn.

Il y eut un silence au cours duquel Kieran se rendit compte que leurs questions n'étaient pas purement rhétoriques.

— Pourquoi n'interrogez-vous pas plutôt Finn ? demanda-t-il à ses parents qui le fixaient. C'est lui l'aîné.

— Il y a longtemps que nous n'espérons plus une réponse intelligente de sa part, répondit son père avec dédain.

Sa mère, qui n'était pourtant jamais d'accord avec son mari, hocha la tête.

En dépit de ces paroles blessantes, Finn resta imperturbable. Kieran le connaissait suffisamment pour ne pas se fier à cette absence apparente de réaction. Pour sa part, il avait toujours été ulcéré par la manière dont ses parents mentionnaient son frère ou s'adressaient à lui comme s'il était idiot.

— Ne parlez pas ainsi de Finn ! répliqua-t-il.

— Et toi, ne change pas de sujet, rétorqua sa mère. Pourquoi avez-vous aidé M. Kilburn à abandonner votre sœur devant l'autel ?

— Pour les aider tous les deux, répondit Kieran. Il était clair qu'ils s'engageaient tous deux dans la même voie désastreuse que vous. Nous voulions le leur éviter.

À ces mots, son père s'empourpra, et sa mère détourna la tête.

Après un bref regard gêné vers M. Kilburn, le comte déclara :

— Notre mariage ne vous concerne pas.

Finn, le regard perdu dans le vague, émit un petit rire amer.

— À l'évidence, nous vous avons laissés pendant trop longtemps n'en faire qu'à votre tête, poursuivit son père. Le résultat est calamiteux. Il est temps d'y remédier.

— D'y remédier ? répéta Finn dans un sursaut.

— De redresser la situation, précisa son père sur le ton impatient qu'il utilisait généralement avec son fils cadet.

Il se mit à marcher de long en large devant la cheminée tout en déclarant :

— Nous vous avons accordé à chacun une rente substantielle afin que vous n'ayez pas à travailler, mais force est de constater que notre générosité n'a fait qu'engendrer deux vauriens. C'est terminé. Il est temps de vous réformer. En commençant dès à présent.

Avant que Kieran ait eu le temps d'ouvrir la bouche pour protester, M. Kilburn intervint :

— C'est simple : pour prouver que vous êtes prêts à changer, vous devrez vous marier.

Kieran laissa échapper un petit rire incrédule tandis que Finn jurait dans sa barbe. Dom, quant à lui, restait aussi immobile et silencieux qu'une statue.

— Il ne s'agit pas d'épouser la première gourgandine que vous croiserez dans les lieux sordides que vous fréquentez, précisa la comtesse. Vos épouses devront être en tout point respectables et dotées d'une réputation immaculée.

Cette fois, Kieran éclata de rire, au grand agacement de ses parents.

— Me marier, moi ? dit-il quand il eut retrouvé un semblant de sérieux. Certes, vous n'êtes pas vraiment connus pour votre humour, mais, là, vous plaisantez.

— Pas le moins du monde, mon garçon, répondit M. Kilburn. Trouvez-vous une épouse comme il faut, sinon vous ne recevrez plus un sou de vos parents trop indulgents.

Kieran dévisagea son père puis sa mère.

— Vous nous couperiez les vivres ?

— Il est temps pour toi d'affronter les conséquences de tes actes, répondit le comte.

— Et votre solution est un mariage forcé avec une débutante ? Plutôt crever !

Choquée par son langage, sa mère eut un hoquet de surprise. Peu lui importait. Il était hors de question qu'ils lui dictent sa conduite.

— Tu crois pouvoir exercer un métier ? railla son père. Tu as vingt-sept ans, Kieran. Quelles sont tes compétences ? Tu n'as aucune aptitude hormis celle de t'encanailler et de causer des esclandres partout où tu passes. Tu crois sincèrement pouvoir gagner ta vie avec ces poèmes que tu gribouillais autrefois ?

— Je suis foutrement plus compétent que vous ne le pensez, père, rétorqua Kieran.

Il se retint de justesse de toucher le petit carnet contenant ses derniers vers, qu'il gardait dans sa poche de poitrine. La dernière fois que son père en avait trouvé un sur lui, il l'avait jeté au feu.

— Ton langage ! s'exclama la comtesse, offusquée.

— Pardonnez-moi, mère, si je ne m'exprime pas de la manière la plus châtiée et retenue. Jusqu'à aujourd'hui, vous ne vous êtes jamais préoccupée de Finn ni de moi, et soudain, vous voudriez qu'on vous obéisse au doigt et à l'œil comme deux épagneuls.

— Nous avons toléré vos frasques jusqu'à présent, mais c'est terminé, déclara son père, le dos droit. Avec tes frères et ta sœur, vous m'avez harcelé pour que je me défasse de mes biens dans les Caraïbes. Je l'ai fait. Vous avez insisté pour que je soutienne publiquement l'abolition de l'esclavage. Je l'ai fait. À présent, c'est votre tour de faire quelque chose pour *moi*.

— Soutenir la décence et l'humanisme ne requiert pas de compensation, répliqua Kieran.

— Le mal que tu as causé à ta sœur...

— Je le regrette sincèrement, maugréa Kieran.

— J'en doute, répliqua son père. Tu agis sans penser aux conséquences. Cela doit cesser. Chacun d'entre vous se trouvera une épouse respectable, sinon...

Kieran s'arma de courage, se demandant quelle menace serait assez convaincante pour qu'il se plie aux exigences de ses parents.

— Vous ne recevrez plus un penny, acheva M. Kilburn à la place du comte.

Kieran tressaillit. Incrédule, il dévisagea son père, sa mère puis M. Kilburn, entendant à peine le chapelet d'obscénités proférées par Dom et Finn.

— Plus un cent, confirma le comte. Votre appartement, vos factures, votre accès à Wingrave House... tout cela s'arrêtera. En outre, vous n'hériterez de rien à ma mort. Il en ira de même pour Dominic. Après le décès de M. Kilburn, il n'y aura pas d'héritage.

Sentant la tête lui tourner, Kieran chancela vers la méridienne et s'y laissa tomber aux côtés de Finn. En refusant d'obéir, il condamnait son frère et son meilleur ami à la pauvreté. Hors de la bulle de l'élite londonienne, le monde n'avait rien de facile ni de confortable. Il se fichait de savoir que vous étiez le troisième fils d'un comte. Il fallait gagner sa croûte ou mourir. Comment supporterait-il de voir son frère sombrer dans l'indigence ? Comment dormir en sachant que Dom était sorti de la misère pour mieux y retomber ?

— Les épouses respectables ne se trouvent pas sous le sabot d'un cheval, dit-il d'une voix éraillée. Aucun de nous trois n'est le bienvenu dans les cercles où naviguent ces modèles de vertu.

Il se souvenait à peine de la dernière fois où il avait fait une apparition dans un bal de la haute société. Cela devait remonter à cinq ans, sinon plus. Ses souvenirs de la soirée étaient brouillés par le temps et la quantité d'alcool qu'il avait ingurgitée avant de s'y rendre. Il avait le vague souvenir d'avoir volé une des plantes en pot qui bordaient la salle de bal et d'avoir parié avec Finn qu'elle s'écraserait au pied de l'escalier en moins de soixante secondes.

En revanche, il ne se rappelait pas s'il avait gagné ce pari ou non. Finn, lui, s'en souviendrait. Il avait toujours eu une excellente mémoire.

— Ta première tâche sera de trouver le moyen de faire oublier les souillures sur ta réputation, déclara la comtesse.

— Quant à toi, mon garçon, tu rentres à la maison, dit M. Kilburn à Dom. Te laisser cohabiter avec ces deux larrons fut la pire décision de ma vie.

Dom marmonna quelque chose d'inintelligible mais ne discuta pas l'ordre de son père.

— Et nous, devons-nous aussi rentrer au nid ? demanda Kieran d'un ton acerbe.

— Cette maison est également celle de ta sœur, répondit le comte. Elle restera indéfiniment à l'étranger plutôt que de dormir sous le même toit que vous. Vous pouvez continuer à vivre à Henrietta Street... pour le moment.

Kieran était tenaillé par le regret. Il avait sincèrement cru agir pour le bien de sa sœur en la libérant de ce mariage, en lui épargnant le sort de leurs parents. De toute évidence, elle ne partageait pas cet avis. Était-ce la peine de lui écrire, en sachant qu'elle brûlerait probablement sa lettre sans la lire ?

— Quel est le délai accordé par votre décret ? demanda Finn. Deux ans ? Trois ?

— Douze mois à compter de ce jour, répondit le comte.

— C'est de la folie ! s'exclama Kieran en bondissant sur ses pieds. Vous voulez que nous passions de parias à maris respectables en un an seulement ?

— Cette contrainte de temps vous motivera, assura sa mère en pianotant sur le guéridon en marqueterie à ses côtés.

Kieran se tourna vers Finn, qui haussa les sourcils d'un air résigné. Lorsqu'il regarda Dom, celui-ci pinça les lèvres, comme pour dire : « Que pouvons-nous y faire ? »

Bouillonnant de fureur, il dévisagea ses parents et M. Kilburn. Ils le dévisagèrent en retour, l'air implacables. Il pouvait hurler, mettre le salon vert sens dessus dessous, cela ne servirait à rien.

Il devait regarder la vérité en face : ils n'avaient pas le choix. Finn, Dom et lui devaient se trouver des épouses respectables ou tout perdre.

Le problème était que la seule jeune femme respectable qu'il connût était la sœur de Dom, la très décorative Céleste Kilburn. Il ne l'avait pas vue depuis le mariage avorté et avait peu de chances de la recroiser. Elle fréquentait des cercles extrêmement guindés, et la rencontrer nécessiterait beaucoup de stratégie et de subterfuges.

Heureusement, en matière de manœuvres sournoises, Kieran n'avait jamais eu de scrupule.

3

Une autre journée, une autre expédition chez les couturiers.

Céleste Kilburn aurait dû être reconnaissante. Elle se souvenait encore de l'époque où sa famille vivait à Ratcliff et des nombreuses nuits où elle était allée se coucher la faim au ventre car le dîner avait été constitué d'une petite tourte divisée en quatre parts. Elle sentait encore le sol froid sous ses pieds nus parce qu'ils n'avaient pas assez d'argent pour acheter des souliers pour elle *et* pour Dom. Dom travaillait avec son père sur les docks, tandis qu'elle restait à la maison pour aider sa mère avec les travaux à la pièce que celle-ci rapportait. Dom avait plus besoin de chaussures qu'elle.

Depuis qu'ils avaient laissé cette misère derrière eux, onze ans plus tôt, Céleste avait possédé d'innombrables paires de chaussures, y compris des bottines souples en peau de chevreau et des souliers de danse ornés de rubans en satin si délicats qu'on ne pouvait les porter qu'une fois.

Son père tenait à ce qu'on la voie faire des achats sur Pall Mall au moins deux fois par semaine. C'était pourquoi elle se tenait à présent devant le comptoir d'une boutique, attendant qu'on emballe des souliers dont elle n'avait pas besoin.

— Quelles acquisitions avez-vous faites aujourd'hui, mademoiselle Kilburn ? demanda une voix distinguée derrière elle.

— Rien de bien important, lady Jarrett.

Affichant un sourire courtois, elle se retourna vers l'épouse du baron.

— Je vous en prie, je meurs de curiosité, insista cette dernière.

Si son ton était aimable, son regard était perçant et calculateur.

Céleste se retint de serrer les mâchoires et demanda au bottier :

— S'il vous plaît, montrez à lady Jarrett ce que je viens d'acheter.

Il sortit les souliers de leur boîte et les présenta à la baronne. Celle-ci extirpa une lorgnette de son réticule et les examina. Céleste respira calmement, feignant d'être parfaitement sereine alors qu'elle redoutait que son choix ne soit ridiculisé par l'une des personnalités les plus averties et critiques de la haute société.

— Excellent choix, jugea enfin lady Jarrett. Ce satin bleu avec des rubans crème est particulièrement élégant.

Céleste expira en silence pendant que la baronne poursuivait :

— Je vous félicite pour la sobriété de cette palette de couleurs. Vous auriez vu les souliers criards que portait Mlle Findlay la semaine dernière au bal du comte d'Ashford !

Elle frémit ostensiblement

Le sous-entendu était clair. La famille de Mlle Findlay avait fait fortune dans les tentures murales. Comme les Kilburn, ils ne faisaient pas partie de l'aristocratie et, par conséquent, chacune de leurs actions était scrupuleusement surveillée, jusqu'à la couleur des chaussures d'Eliza Findlay.

En réalité, Céleste aurait préféré des souliers en satin bleu ornés de rubans vert bouteille. Heureusement, elle avait opté pour la version crème plus sobre.

— J'espère qu'ils vous plairont toujours lorsque je les porterai pour le récital chez lord Hempnall, répondit-elle.

— Tant qu'ils se marient harmonieusement avec une robe appropriée, répondit la baronne avec un petit sourire froid.

Elle se tourna vers le bottier.

— Je suis venue examiner ma dernière commande.

— Tout de suite, milady, répondit-il aussitôt.

Il claqua des doigts, et un assistant vint finir d'emballer les achats de Céleste pendant que le patron entraînait la baronne vers un fauteuil ouvragé en bois doré.

— Je vous souhaite un bon après-midi, lady Jarrett, lança Céleste tandis qu'on tendait ses paquets à son valet de pied. Comme toujours, ce fut un plaisir de vous voir.

« Espèce de triste despote », ajouta-t-elle en pensée.

Occupée à examiner une demi-douzaine de paires de souliers, la baronne la salua distraitement d'un geste de la main.

Céleste sortit de la boutique, suivie par sa caméριste et, fermant la marche, par son valet chargé de ses achats. Comme toujours, cette rencontre avec lady Jarrett avait été pénible et avait gâché le peu de plaisir qu'elle aurait eu à étrenner ses nouveaux souliers.

À quoi bon ? Tout cela était vain. Lorsque, sur votre lit de mort, entourée de votre famille en larmes, le prêtre vous administrerait l'extrême onction, vos dernières paroles seraient-elles : « Je n'ai jamais bu de vin pétillant à bord de l'un des ballons de M. Montgolfier et je n'ai jamais connu de passion torride mais, Dieu soit loué, j'ai possédé tant de souliers ! » ?

Elle ferma les yeux et se laissa étourdir par le vacarme de la circulation sur Pall Mall.

— Mademoiselle Kilburn, vous avez rendez-vous à 13 heures chez Mme Jacqueline. Elle vous a promis de nouvelles belles robes et plein de potins.

Rouvrant les yeux, Céleste se tourna vers le visage patient de Dolly, sa caméριste. Elles étaient ensemble depuis que Céleste avait quitté le pensionnat, et Dolly sentait toujours lorsque sa maîtresse était d'humeur maussade.

— Non pas que Mademoiselle s'adonne aux commérages, ajouta-t-elle prudemment.

— À défaut de provoquer mes propres scandales, je dois me satisfaire de ceux des autres, répondit Céleste avec un sourire.

Elle se mit en marche vers la boutique de la couturière car il était presque 13 heures. Elle n'avait jamais adopté la manie distinguée d'être toujours en retard, surtout avec les commerçants. Elle était incapable de jouer avec le temps précieux des autres. Heureusement, Dolly ne tentait plus de l'empêcher d'être toujours à l'heure.

— Votre frère provoque suffisamment de scandales pour deux, dit la camériste en marchant à ses côtés.

— Avec l'aide généreuse des frères Ransome.

Bien qu'il fût fort peu probable que les frères en question se promènent sur Pall Mall à cette heure de la journée, elle avait baissé la voix. Finn et Kieran Ransome n'avaient que faire des potins, comme le démontrait le nombre de fois où leurs exploits noircissaient les pages des feuilles à scandale. Néanmoins, elle ne tenait pas à ce qu'ils apprennent que la sœur de leur ami commérait dans leur dos.

Sans doute s'en seraient-ils moqués. Surtout Kieran.

Le seul fait d'évoquer son nom lui procurait un léger frisson, ce qui était absurde. Les quelques fois où elle l'avait croisé, l'ami de Dom avait à peine remarqué sa présence, se contentant d'incliner légèrement la tête et, éventuellement, de lui adresser un courtois « Bonjour, mademoiselle Kilburn ». Rien de plus. S'il était vexant d'être considérée comme indigne d'intérêt, c'était aussi bien ainsi. Partout où allait Kieran Ransome, l'infamie le suivait. Or la famille Kilburn s'était donné suffisamment de mal pour que la réputation de Céleste soit irréprochable.

Ce qui était bien dommage.

Une visite chez Mme Jacqueline était censée vous remonter le moral. Aussi Céleste redressa-t-elle les épaules lorsqu'elle aperçut la boutique de la couturière.

Une clochette retentit lorsqu'elle poussa la porte. Elle fut accueillie par un parfum d'eau de rose et des exclamations en français tandis que Mme Jacqueline et une assistante venaient à sa rencontre.

— Mademoiselle Kilburn, toujours aussi ponctuelle ! s'exclama la couturière de sa voix chantante.

Céleste s'efforça de sourire, bien qu'elle trouvât sa remarque déprimante. Elle lui rappelait que, en dehors de son travail pour des œuvres de charité, chaque aspect de sa vie était strictement régenté et totalement dépourvu de variété. Selon les principes de Ned Kilburn, les mardis et les vendredis étaient consacrés aux achats.

À mesure que son père s'était enrichi, ils avaient déménagé de Ratcliff à Cheapside puis à Hans Town. Leurs toilettes s'étaient faites de plus en plus raffinées, et leur personnel de plus en plus nombreux. À l'instar de Dom, Céleste avait reçu des leçons d'élocution pour effacer toute trace de son accent de l'East End. Puis elle avait été envoyée dans une pension pour jeunes filles de bonne famille afin d'apprendre à se comporter avec autant de dignité qu'une aristocrate. Avec plus de dignité, même. Lorsque votre fortune était récente, vous deviez respecter un code de conduite rigide.

C'était ce que lui avaient expliqué ses professeurs. On était beaucoup plus exigeant avec les filles des nouveaux riches, qui devaient impérativement éviter de trahir leurs origines humbles.

Céleste menait donc une existence parfaitement respectable, fréquentant les mêmes lieux tous les jours, rencontrant les mêmes personnes, tenant les mêmes conversations et ne faisant jamais, jamais, quoi que ce soit qui puisse être jugé vaguement inconvenant. Comme de porter des souliers bleus avec des rubans verts.

Elle était née pauvre et vivait désormais dans une cage. Une cage dorée, certes, remplie de belles choses et garnie de mets fins, mais une prison néanmoins. Même si elle s'efforçait de chanter entre les barreaux, personne ne l'entendait.

Inconsciente de la crise existentielle que traversait sa cliente, Mme Jacqueline déclara :

— Les robes que vous avez commandées sont prêtes, Mademoiselle. Voulez-vous les essayer ?

Était-ce son imagination, ou la couturière et Dolly avaient échangé un regard complice ?

Ce ne pouvait être qu'une impression, car il ne se passait jamais rien d'intéressant dans sa vie, pas même un secret entre sa couturière et sa femme de chambre.

Céleste, qui connaissait bien la boutique, se dirigea vers la pièce du fond, où se trouvaient les cabines d'essayage : une rangée d'alcôves, chacune protégée par un rideau afin de protéger l'intimité des clientes pendant qu'elles se déshabillaient. Tous les rideaux étaient fermés, ce qui indiquait que les cabines étaient occupées.

— Par ici, Mademoiselle, dit Madame Jacqueline en lui indiquant la dernière cabine. Je l'ai réservée spécialement pour vous.

Voilà qui était une nouveauté, car la couturière veillait scrupuleusement à ne privilégier aucune cliente. Céleste écarta l'épais brocart, se glissa dans la cabine...

... et se retrouva nez à nez avec Kieran Ransome.

Elle retint un petit cri en le voyant presser un doigt sur ses lèvres.

Son pouls résonnait dans ses oreilles. Ce n'était pas tous les jours qu'elle se trouvait avec un voyou incroyablement séduisant dans une cabine d'essayage.

— Que faites-vous ici ? chuchota-t-elle.

— Je vous attendais.

Il lui adressa un sourire au charme dévastateur, et elle recula dans un coin de la cabine.

Celle-ci était très petite – à peine un mètre cinquante sur un mètre cinquante. Bien qu'il ne fût pas exceptionnellement grand, Kieran parvenait, par sa présence, à occuper pratiquement tout l'espace.

— Comment êtes-vous entré ici ? demanda-t-elle.

Son sourire s'élargit encore.

— On me connaît chez Mme Jacqueline.

— Je n'en suis pas étonnée, maugréa Céleste.

Un homme de sa réputation devait connaître les cabines d'essayage de toutes les boutiques pour femmes de Londres à Paris.

— Vous avez soudoyé Dolly et Mme Jacqueline, devina-t-elle.

— Bien sûr.

Il eut l'audace de lui faire un clin d'œil. Son cœur perfide s'accéléra.

— Votre réseau de complices est presque admirable, dit-elle.

Elle était assez impressionnée par la manière dont elle parvenait à rester calme. Ce n'était pas facile, pourtant. Elle ne s'était encore jamais retrouvée seule avec Kieran Ransome, et tout en elle, son corps comme son esprit, était sens dessus dessous.

Il était regrettable qu'il soit aussi beau. Il avait hérité de la chevelure brune ondulée de sa mère ainsi que de ses yeux noirs, surmontés chez lui par de spectaculaires sourcils épais. Sa bouche était large et sensuelle, son nez parfaitement proportionné et sa mâchoire ciselée.

Si les frères Ransome étaient particulièrement séduisants, c'était toujours auprès de Kieran qu'elle se sentait légèrement étourdie et essoufflée, consciente des moindres parcelles de peau sur son corps.

Elle jalousait son frère pour de nombreuses raisons : pour son sexe qui lui offrait une liberté qu'elle n'aurait jamais, pour son aptitude à repousser les contraintes de la société en faisant tout ce qui lui plaisait quand cela lui plaisait. Mais, surtout, elle lui enviait le temps qu'il passait avec Kieran Ransome. Elle-même ne pourrait jamais espérer rester plus de cinq minutes seule en sa compagnie si elle voulait conserver sa réputation.

Aujourd'hui faisait exception.

— Je ne comprends pas pourquoi vous vous êtes donné autant de mal pour me voir, chuchota-t-elle.

— Je ne suis pas vraiment accueilli à bras ouverts chez les Kilburn, répondit-il. Surtout avec le climat qui règne actuellement entre nos familles.

— Je crois avoir entendu mon père parler de vous en des termes qui rappelaient sa période sur les docks de Londres.

Kieran esquissa un sourire.

— J'ai mérité chacun de ces qualificatifs. C'est pourquoi j'ai jugé plus sage de vous aborder par des moyens détournés.

Qu'il ait fait autant d'efforts pour lui parler était assez flatteur, et elle devait reconnaître qu'elle était assez émoustillée à l'idée de se retrouver clandestinement avec lui sans chaperon. Pourtant, des années passées à contrôler ses moindres faits et gestes l'incitèrent à demander :

— Êtes-vous sûr de ne pas m'avoir confondue avec l'une de vos maîtresses sophistiquées ?

— Impossible.

Son rire incrédule, lui, n'était guère flatteur.

— Alors que me voulez-vous ?

— Vous êtes sans doute au courant de l'ultimatum que votre père et mes parents nous ont posé, à Finn, Dom et moi. Nous devons tous les trois trouver des épouses de bonne réputation dans l'année, sinon ils nous couperont les vivres.

— En effet.

Comment aurait-elle pu l'ignorer ? Dom était revenu vivre à la maison depuis quinze jours et ne cessait depuis de se disputer avec leur père. Leur mère, morte cinq ans plus tôt, n'était plus là pour s'interposer entre les deux hommes et les apaiser. Dom et Ned Kilburn se ressemblaient trop et s'adoraient, ce qui se traduisait par des conflits permanents. Bien que Dom fût destiné à rejoindre l'entreprise familiale, le père et le fils s'opposaient sur tout, d'autant plus que Dom bafouait les conventions à la moindre occasion, écumant les lieux les plus mal famés de Londres en compagnie des frères Ransome. Mais la fête était finie.

Du moins, en théorie.

— Vous comprenez donc mon besoin de trouver une épouse respectable, déclara Kieran.

Elle leva aussitôt les mains dans un geste défensif.

— Ne comptez pas sur moi pour vous épouser.

— Oh, juste Ciel, non ! répondit-il précipitamment.

Décidément, il était vexant.

— Dom sait quel genre de vaurien je suis. Si je vous courtisais, il se ferait un collier avec mes entrailles.

Si étrange cette précision soit-elle, elle la réconforta légèrement.

— Dans ce cas, en quoi puis-je vous être utile ?

Il se pencha vers elle, ce qui, dans cet espace réduit, signifiait qu'il se tenait très près. Il dégageait une odeur envoûtante, mélange de feu de bois, de cuir et d'herbes. L'ombre d'une barbe naissante obscurcissait ses joues. S'il s'était penché encore un peu, elle aurait pu l'embrasser.

Elle humecta inconsciemment sa lèvre inférieure. Quel goût aurait-il ? Sans doute un goût interdit et délicieux...

Comme s'il avait lu dans ses pensées, il baissa les yeux vers sa bouche. Elle aurait juré avoir vu ses pupilles se dilater et sa pomme d'Adam tressauter.

Ne serait-il pas terriblement excitant d'être embrassée par Kieran Ransome dans une cabine d'essayage de la boutique de Mme Jacqueline ?

À sa déception, il se redressa.

— Vous êtes la femme la plus respectable que je connaisse, dit-il.

— Dites plutôt que je suis la *seule* femme respectable que vous connaissiez, corrigea-t-elle. À l'exception, naturellement, de votre mère et de votre sœur.

— En tant que telle, poursuivit-il, vous avez accès à tous les événements convenables de Londres, ceux-là même où un homme pourrait rencontrer nombre de dames bien sous tous rapports et en âge de se marier.

Elle comprit enfin où il voulait en venir.

— Vous souhaitez que je vous introduise dans ces milieux ?

Il eut un sourire ravi.

— Je ne suis plus invité ni bienvenu dans aucune réception respectable depuis des années. Avec votre aide, je pourrais montrer à la société que ma transformation en gentleman bien comme il faut est en bonne voie. Par la même occasion, j'aurais la possibilité de rencontrer le genre de femme que nos familles approuveraient en tant que fiancée potentielle.

— Je suis un moyen d'arriver à vos fins, en somme.

Il était difficile de ne pas trouver sa requête déprimante. Kieran ne l'avait jamais vraiment remarquée jusqu'à ce qu'elle puisse lui être utile.

Sa première réaction fut de refuser catégoriquement. Elle prit néanmoins le temps de réfléchir à la meilleure manière de lui dire d'aller se faire voir d'une manière distinguée.

— Vous n'avez pas besoin de me répondre sur-le-champ, déclara Kieran. Toutefois… il serait préférable que vous me donniez rapidement une réponse, car le délai que l'on m'a accordé est assez court.

— Dans la mesure où vous avez convaincu mon frère de fuir devant l'autel – oui, j'ai appris la vérité de la bouche même de Dom – et que vous devez maintenant faire face aux conséquences de vos actes, vous n'êtes pas vraiment en position d'exiger quoi que ce soit de ma part.

Il inclina la tête.

— Toutes mes excuses, dit-il. Y réfléchiriez-vous plus facilement en sachant que ce que j'entreprends pourrait bénéficier à votre frère ?

— Pas particulièrement. J'ai du mal à croire à votre altruisme.

Elle crut distinguer une lueur de respect dans ses yeux noirs.

— Dans ce cas, je vais me retirer.

— Oui, cela me semble judicieux.

Elle n'avait entendu aucun bruissement dans les autres cabines. Elles étaient probablement désertes. Toutefois, elle avait pris suffisamment de risques pour la journée. Si l'on surprenait Kieran Ransome sortant du minuscule espace qu'ils avaient partagé, elle ne pourrait échapper au scandale.

Dans cette vie, les femmes ne possédaient pratiquement rien. Leurs biens matériels étaient généralement la propriété de leurs maris ou de parents masculins. Leurs corps également, ainsi que leurs enfants. Leur réputation appartenait à tout le monde, du moins à tous ceux qui étaient obnubilés par la question.

Si Kieran Ransome était vu sortant de cette cabine, il serait considéré comme un modèle de virilité alors qu'elle serait humiliée et mise au ban de la société.

— Faites attention en sortant, lui recommanda-t-elle.

— Je suis toujours prudent.

— C'est faux. Je viens juste de lire vos dernières aventures avec lady Selwyn dans *The Hawk's Eye*, notamment la partie où vous avez failli être abattu par son mari en vous enfuyant de sa chambre.

Il haussa les sourcils, et elle se rendit compte qu'elle avait un peu trop montré son intérêt pour lui. Oui, elle le trouvait fascinant. Cela dit, il n'avait pas besoin de le savoir.

Elle s'éclaircit la voix et lança un regard vers le rideau pour lui indiquer qu'il était temps pour lui de partir. Il s'inclina avec un air narquois, ce qui n'était pas chose facile dans l'espace exigu, puis, après s'être assuré qu'il n'y avait personne dans les parages, se glissa derrière le rideau et disparut.

Restée seule, Céleste s'adossa au mur avec un soupir de soulagement. Cette conversation n'avait duré que quelques minutes, mais c'était la plus longue qu'elle avait jamais eue avec Kieran. Quant à l'émoi qu'elle avait ressenti, il était sans doute le produit d'une toquade immature associée au fantasme de toutes les choses scandaleuses qu'elle aurait aimé faire si elle n'avait pas été… qui elle était.

Hélas, la proposition de Kieran Ransome était tout sauf scandaleuse. Elle aurait aussi bien pu être un réverbère ou une aiguière, un objet remplissant une fonction. Personne ne se demandait jamais ce que désirait un réverbère ou une aiguière.

S'efforçant d'oublier sa rencontre avec Kieran, elle acheva ses essayages avec Mme Jacqueline puis rentra chez elle. Après le déjeuner, elle pourrait au moins s'atteler à une tâche utile pendant quelques heures – elle avait des habits à trier pour la prochaine vente de charité.

Alors qu'elle tendait ses gants et son bonnet à Dolly dans le vestibule, son père apparut et lança un regard approbateur vers son valet chargé de paquets.

— À la bonne heure ! s'exclama-t-il. Montrons à ces aristos que nous savons dépenser aussi bien qu'eux.

Elle se hissa sur la pointe des pieds pour l'embrasser sur la joue.

— Je ne m'attendais pas à te trouver à la maison, dit-elle. D'ordinaire, à cette heure, tu es dans tes bureaux.

Son père savait-il qu'elle avait passé quelques minutes seule dans une cabine d'essayage avec Kieran Ransome ? Impossible. Ce n'était pas comme si elle arborait une empreinte écarlate sur son sein. Même si Kieran ne l'avait pas touchée, elle baissa les yeux pour s'assurer qu'elle ne portait aucune trace de sa rencontre avec le libertin le plus notoire de Londres.

— Je suis venu chercher quelques papiers, répondit-il. J'ai bien fait, car je suis tombé sur lord Montford devant notre porte. Il t'attend dans le petit salon.

— Lord Montford ? Le comte vient généralement les mercredis.

— Sa mère voudrait que tu ailles prendre le thé chez elle afin de goûter la nouvelle recette de biscuits de sa cuisinière. Tu te rends compte ? Une marquise t'invite sur un coup de tête à prendre le thé comme si tu faisais déjà partie de la famille !

— Mais... mais..., balbutia-t-elle, contrariée. Je dois me rendre à la salle communale pour préparer la vente de charité du mois prochain. Je dirai à lord Montford de m'excuser auprès de sa mère.

L'air satisfait de son père s'évanouit. Il parut perplexe, puis demanda à voix basse, d'un ton énervé :

— Tu crois que les invitations de marquises tombent du ciel ? Que les gens comme nous peuvent se permettre de les refuser ?

Les gens comme nous. La pauvreté et le dur labeur opposés à la richesse héritée et aux privilèges. On en revenait toujours au même point.

— Lady Stretton comprendra, répondit-elle en tapotant le bras de son père.

Il se dégagea et agita un doigt sous son nez.

— Écoute-moi bien, ma fille. Notre réputation dans la bonne société est déjà assez précaire. Le mariage de Dom avec la fille d'un comte aurait dû nous apporter plus de prestige, mais nous pouvons désormais tirer un trait dessus. C'est une valse dangereuse que nous dansons avec les aristos, et c'est toi que tout le monde voit sur la piste. Tes fiançailles avec lord Montford nous protègent…

— Nous ne sommes pas officiellement fiancés, corrigea Céleste.

Ce n'était pas la chose à dire. Son père s'empourpra.

— Vous êtes officieusement officiellement fiancés, si tu préfères, grogna-t-il. Lord Montford vient de me dire qu'il comptait faire sa demande avant la fin de la saison.

Une main invisible s'enroula autour de la gorge de Céleste et la serra. La saison prendrait fin dans moins de deux mois et, de toute évidence, il était déjà acquis qu'elle accepterait d'épouser lord Montford. Ses désirs importaient peu. Ils n'avaient jamais compté.

— Pense à l'honneur qu'on te fait, ajouta son père. C'est l'homme dont toutes les mères rêvent pour leurs filles. Si tu ne le ferres pas tout de suite, une douzaine d'autres débutantes se jetteront sur lui.

Voyant que Céleste ne répondait pas, il se pencha vers elle.

— Tous les sacrifices que j'ai faits, travaillant vingt heures par jour, même les dimanches, ne voyant pratiquement jamais ma femme ni mes enfants, tous les compromis que j'ai dû faire pour me hisser au sommet, pour t'envoyer dans une bonne pension et acheter cette belle maison, c'était pour ça. Pour toi !

— Pour moi, vraiment ? demanda-t-elle d'une voix plaintive.

— Réfléchis. Tu seras comtesse, puis marquise. La petite fille qui cousait des jupons pour les dames n'aura plus jamais à lever le petit doigt de sa vie. C'est ça que je veux pour toi.

Il s'interrompit un instant, puis reprit d'une voix émue :

— Je me rappelle encore quand, en rentrant après le travail, je te trouvais recroquevillée sur ta petite paillasse. J'écartais les cheveux de ton visage en priant pour qu'un jour tu dormes dans un vrai lit, avec des draps propres, et que tu sois comme ces dames pour qui ta mère et toi cousiez des jupons. Nous y sommes presque. C'est à portée de ta main.

Céleste déglutit pour tenter de dénouer le nœud dans sa gorge. C'était sans doute ingrat de sa part d'aspirer à autre chose qu'à cette vie d'oisiveté, de confort permanent et de privilèges. Dans moins de deux mois, son destin serait scellé. N'était-ce pas ce qu'elle était censée vouloir ?

Lorsque son père avait fait fortune, sa voie avait été toute tracée, et il n'était pas question de s'en écarter. Elle était comme un cheval d'attelage équipé d'œillères, sauf qu'elle entrapercevait d'autres possibilités entre les pièces de cuir, ce qui rendait plus difficile d'avancer droit devant, aiguillonnée qu'elle était par la volonté obstinée de son père d'être accepté par l'aristocratie.

— Je vais rejoindre lord Montford dans le petit salon, annonça-t-elle en affichant un air faussement joyeux. Je lui dirai à quel point je suis honorée par l'invitation de sa mère et lui demanderai si elle ne peut pas reporter notre thé à demain.

— Tu accepteras l'invitation de la marquise, corrigea son père. La vente de charité peut attendre.

Elle inspira profondément et s'efforça de garder son calme.

— Papa, quand j'ai voulu créer une fondation pour aider les gens de Ratcliff, tu as refus...

— Nous n'avons pas besoin d'être associés à ce quartier, l'interrompit-il. Il appartient au passé ; nous regardons vers l'avenir.

— Au moins, laisse-moi aller faire mon travail aujourd'hui. J'ai promis de venir les aider.

Elle luttait contre la frustration. Elle avait été amèrement déçue de devoir abandonner son projet d'aider les familles de son ancien quartier. Néanmoins, elle avait obéi, enterrant son ambition pour aider sa propre famille.

— Monte tout de suite dans le petit salon et dis à lord Montford que tu te rendras chez la marquise sur-le-champ.

Ned Kilburn croisa les bras sur son large torse, sa posture habituelle pour indiquer que la question était tranchée... en sa faveur, naturellement.

Il était impossible de désobéir à son père. Lui et Dom comptaient sur elle pour que la famille puisse un jour graviter dans les plus hautes sphères de la société. En refusant l'invitation de lady Stretton, elle risquait de l'insulter, ainsi que lord Montford, mettant en danger la position sociale des Kilburn et les rêves de son père alors qu'il avait tant fait et tant sacrifié pour son frère et elle.

Le seul vestibule de leur maison à Hans Town était plus grand que leur ancien appartement à Ratcliff. La demeure comptait des salons et des pièces jamais utilisés, des chambres dans lesquelles personne n'avait jamais dormi. Pourtant, en dépit de sa taille, ses murs semblaient se resserrer autour d'elle.

— Oui, papa, dit-elle enfin.

Les traits de son père se détendirent aussitôt, et il lui caressa affectueusement la joue.

— Merci, ma petite étoile. Je retourne au bureau. Je te verrai ce soir au dîner.

Avant qu'elle ait pu répondre, il tourna les talons et sortit.

Elle se tourna vers le miroir suspendu au-dessus d'une console et lissa ses cheveux, essayant de paraître aussi posée et parfaite que son père la voulait. Sa chevelure étant naturellement indisciplinée, Dolly devait utiliser des poignées d'épingles pour maintenir en place sa coiffure de jeune femme respectable.

Une simple épingle à cheveux ne pesait rien. En revanche, utilisées en masse, elles devenaient d'un poids insupportable. Le soir, quand Dolly les ôtait une à une, le cuir chevelu de Céleste était endolori, et il n'était pas encore complètement remis le lendemain matin lorsqu'il fallait de nouveau planter les épingles.

Un visage familier et souriant apparut derrière elle. Elle plaqua un sourire sur ses lèvres avant de se retourner vers lord Montford.

Il était grand, et elle devait pencher légèrement la tête en arrière pour regarder dans ses yeux bleus. Des yeux qui étaient bordés de petits sillons, la marque d'un gentleman qui passait le plus clair de son temps à cheval dans Rotten Row ou à tirer sur les oiseaux effrayés par ses rabatteurs dans son domaine à la campagne. Indépendamment de sa fortune et de son titre, lord Montford était un homme séduisant. Pourtant, le pouls de Céleste ne s'accélérait pas quand elle le voyait. Il ne lui adressait jamais ces sourires ou ces clins d'œil coquins qui venaient si facilement à Kieran Ransome et qui la laissaient toujours légèrement étourdie.

— Pardonnez-moi de ne pas vous avoir attendue dans le salon, dit-il en s'inclinant légèrement.

Elle fit une révérence.

— J'allais justement vous y rejoindre, milord.

— J'insiste pour que vous m'appeliez Hugh, Céleste, répondit-il avec un petit rire. Après tout, vous êtes pratiquement mon épouse.

« Nous ne sommes même pas fiancés », pensa-t-elle, agacée.

— J'étais impatient de vous faire part de la généreuse invitation de ma mère, poursuivit-il. Je sais que le mardi, après vos courses, vous vous occupez de charité, mais, naturellement, vous préférerez vous joindre à mère et à moi. Elle a hâte d'avoir votre opinion sur les nouveaux biscuits au citron de sa cuisinière.

— Je suis sûre qu'elle n'a pas besoin de moi pour se faire un avis.

— Elle tient à vous guider en matière de goût et d'expertise.

Comme s'il lui faisait un grand compliment, il ajouta :

— Mère voit du potentiel en vous et serait navrée que vous le gâchiez.

Oh, par pitié ! Céleste ouvrit la bouche pour lui dire où il pouvait se mettre son potentiel, puis la referma. Son père lui avait clairement fait comprendre qu'elle devait impérativement conserver des relations cordiales avec le comte.

Elle inspira laborieusement. La cage qui comprimait sa poitrine l'empêchait de respirer. Elle se sentait acculée, étouffée, et ne pouvait fuir nulle part. Au bout du compte, ils finiraient par l'écraser, la briser, et son père et lord Montford ramasseraient les miettes de ce qu'elle avait été en se félicitant d'avoir si bien réussi.

Il devait y avoir une issue, une forme d'exutoire, ne serait-ce que temporaire…

— Je vais faire avancer ma voiture pour vous conduire chez nous, annonça Montford.

— Comme c'est prévenant de votre part.

Il ne lui était jamais venu à l'esprit qu'elle pourrait refuser. Et, à en juger par le sourire suffisant qu'il affichait, il se trouvait également très attentionné.

Dolly, qui avait dû écouter sa conversation avec son père, approcha avec son bonnet et ses gants. Céleste les prit en conservant un air aimable tout en réfléchissant à toute allure.

Lorsqu'elle rentrerait de son thé chez lady Stretton, elle écrirait à Kieran Ransome en lui indiquant où et quand la trouver.

Ce voyou la voulait pour sa réputation irréprochable ? Eh bien, peut-être avait-il quelque chose à lui offrir en retour...

4

Kieran se faufila parmi les gens qui attendaient devant chez *Catton's*, s'attirant des regards stupéfaits. Les clients croyaient-ils qu'il coupait la file, ou bien leur surprise était-elle due au fait qu'on le voyait rarement dans un établissement aussi distingué et respectable ?

Il s'arrêta sur le seuil du célèbre salon de thé, près d'un panneau indiquant que tout le sucre utilisé dans les pâtisseries de la maison était produit exclusivement par des hommes libres. Des odeurs de vanille, de beurre et de cannelle flottaient dans l'air, et l'atmosphère bruissait de conversations de dames. S'il y avait là quelques hommes qui dégustaient des gâteaux devant une tasse de thé, la clientèle était essentiellement féminine.

Kieran reconnut quelques dames, de jeunes veuves et des femmes mariées plus aventureuses. Toutefois, la plupart lui étaient inconnues, ce qui était précisément son problème.

Avec un peu de chance, son rendez-vous d'aujourd'hui le mettrait sur la bonne voie pour le résoudre.

Il examina la salle, à la recherche de Céleste Kilburn. Il croisa le regard de plusieurs dames, certaines le dévisageant d'un air offusqué, d'autres baissant les cils avec cette attitude typique d'une femme qui aimait ce qu'elle voyait.

Il avait été plus que surpris de recevoir l'après-midi précédent le billet de Céleste Kilburn qui lui demandait de la retrouver aujourd'hui chez *Catton's*. Après leur discussion dans la cabine d'essayage, il avait cru le sujet définitivement clos. Pourtant, son message à l'écriture nette et précise lui proposait bien de la rejoindre dans ce salon de thé. Il avait souri en lisant le post-scriptum : « Habillez-vous comme un gentleman respectable. »

Il la repéra enfin, assise seule à une table. Sa femme de chambre se tenait non loin de là, discutant avec une autre domestique.

Il ressentit un étrange pincement dans la poitrine.

Sa brève conversation avec Céleste Kilburn dans la cabine de Mme Jacqueline avait été la plus longue qu'il avait jamais eue avec elle. De fait, il ne s'était jamais tenu aussi près d'elle. Dieu savait que, dans sa vie, il avait fait bien pire qu'avoir une discussion chaste avec une femme dans un espace réduit ou en rencontrer une en plein jour dans un salon de thé bondé. Pourtant, son pouls s'était légèrement accéléré.

Céleste l'aperçut, et bien qu'elle ne lui sourît pas vraiment, ses yeux noisette aux paupières lourdes s'illuminèrent quand elle le reconnut. C'était une femme saisissante, avec de hautes pommettes et un menton fier, qui devenait une créature captivante lorsque l'excitation l'illuminait de l'intérieur.

En réalité, il ne l'avait jamais vue manifester la moindre excitation. D'ordinaire, elle paraissait légèrement indifférente, le regard ailleurs, comme si elle se transportait mentalement dans un autre lieu plus intéressant que celui où elle se trouvait.

Ce n'était pas le cas en cet instant. Elle semblait ancrée dans le présent et posait un regard vif sur lui tandis qu'il approchait. Elle glissa une main sur son front, lissant sa chevelure auburn.

Il s'arrêta devant elle, ôta son chapeau et écarta les bras pour se laisser examiner.

— Cela vous convient-il ? demanda-t-il. J'ai fait de mon mieux pour avoir l'air d'un gentleman respectable, comme vous me l'avez demandé.

Le regard de Céleste se promena lentement sur lui, passant du sommet de sa tête à son torse, s'arrêtant un instant au niveau de l'entrejambe, puis descendant plus bas. Il portait ses vêtements les plus sobres et non pas l'un des gilets extravagants qu'il affectionnait. Il était même allé jusqu'à se raser ce matin-là.

L'examen de Céleste était minutieux, comme si elle pouvait voir le sauvage sous ce vernis.

— Cela ira, conclut-elle. J'avais besoin de vérifier que vous pouviez vraiment jouer le rôle d'un homme convenable.

Il tira une chaise et s'y assit.

— Cela veut-il dire que vous m'aiderez ?

— Mon aide aura un prix.

Il fronça les sourcils. Ce n'était pas ce à quoi il s'était attendu. Remarquant sa confusion, elle ajouta :

— Vous avez vraiment cru que je vous aiderais par simple bonté d'âme ? Ne répondez pas à cette question. Je devine aisément ce que vous pensiez.

— Je croyais que les ladies pratiquaient la charité.

— Je ne suis pas une lady. En tout cas, pas de naissance.

— Vous l'êtes par vos actes et aux yeux du public. Votre travail pour diverses organisations caritatives en est la preuve.

— Ce qui nous amène à la raison pour laquelle vous m'avez demandé mon aide.

Elle fit un signe de tête à un serveur, qui approcha avec un plateau chargé d'une théière, de tasses et d'une assiette de pâtisseries miniatures. Elle resta silencieuse pendant qu'il dressait la table, puis releva la tête en entendant Kieran émettre un petit rire.

— Qu'y a-t-il de si drôle ? demanda-t-elle lorsque le serveur se fut éloigné.

— Je vois que mon dressage a commencé, répondit-il. En temps normal, il y aurait du whisky dans cette théière et les pâtisseries auraient des formes érotiques.

Elle choisit un petit chou en forme de dôme et plaça dessus une cerise confite, si bien qu'il ressembla à un sein.

— Voilà qui devrait être plus à votre goût, déclara-t-elle en le lui tendant. Pour ce qui est de l'alcool, nous pouvons probablement extraire quelques gouttes de cognac de ce cake aux fruits.

Il rit de nouveau, cette fois de surprise. Depuis qu'elle était sortie de pension, il la trouvait physiquement attirante, mais il ne s'était pas attendu qu'elle ait aussi de l'esprit et de l'humour. C'était là une découverte délicieuse.

— Quel est votre prix ? demanda-t-il.

— Je vous donnerai accès aux meilleures réceptions et vous présenterai aux dames les plus respectables en quête de mari. En échange…

Elle se pencha en avant et baissa la voix.

— En échange, vous m'emmènerez dans tous les lieux scandaleux que fréquentent les gens peu recommandables.

Il resta interdit. Le brouhaha autour d'eux s'estompa. Elle le dévisageait sans sourciller, comme si sa requête était aussi ordinaire que si elle avait demandé une autre tasse de thé.

Kieran se flattait de posséder une certaine facilité avec le langage. Il aimait le son des mots, leurs formes, leurs textures et leur variété infinie. Pourtant, il ne parvint qu'à balbutier :

— Vous… vous… vous voulez vous rendre dans des bouges ?

— Oui, pourquoi pas ?

— Parce que… parce que… vous êtes… *vous*.

Comme elle continuait à le dévisager calmement, il ajouta :

— Les filles bien ne vont pas dans les tripots ni dans les soirées de débauche.

— Il y a tant d'éléments dans cette phrase que je déteste, dit-elle avec une grimace. Tout d'abord, j'ai vingt-trois ans ; je ne suis plus une gamine. Ensuite, j'en ai assez d'être « une fille bien ». C'est étouffant. Vous ne savez pas ce que c'est d'être enfermée dans un petit enclos propret, comme un cochon de concours. Votre frère, le mien et vous pouvez faire ce que vous voulez quand vous le voulez.

Incrédule, Kieran écoutait le flot de paroles qui se déversait des lèvres de Céleste dans un chuchotement urgent.

— Plus maintenant, rectifia-t-il.

Elle leva les yeux au ciel.

— Vous pouviez le faire jusqu'à présent et vous auriez pu continuer à le faire si vous n'aviez commis la bêtise, vous et Finn, de pousser mon frère par la porte d'une sacristie. Il n'en demeure pas moins que, contrairement à moi, vous avez mené une vie totalement libre d'obligations et où personne n'attendait rien de vous. Depuis des années, j'entends parler de vos exploits, alors que je n'en ai aucun à mon actif. Si vous acceptez mes conditions, cela va changer.

À la fois choqué et ravi, il éclata de rire. De nombreuses têtes se tournèrent dans leur direction. Il leur répondit en s'enfonçant en arrière sur sa chaise, en écartant les jambes et en les allongeant devant lui, l'image même de l'indolence insolente.

— Je n'aurais jamais imaginé que derrière la façade si calme de Céleste Kilburn battait un cœur sauvage.

— Il y a beaucoup de choses à mon sujet que vous ignorez, rétorqua-t-elle.

— Apparemment.

— Si vous souhaitez réellement améliorer votre réputation, vous cesserez de vous conduire comme un débauché et commencerez par vous asseoir correctement.

La première impulsion de Kieran fut de s'affaler encore plus. Toutefois, elle n'avait pas tort. À contrecœur, il se redressa sur sa chaise et planta ses pieds dans le sol. Une fois sa posture corrigée, il poussa un soupir. Finalement, cela n'avait pas été trop difficile.

— Il faut penser à *votre* réputation, déclara-t-il. Si je vous emmène, vous, une femme non mariée, dans certains des endroits les plus mal famés de Londres, votre image en sera écornée. Les dégâts ne seront peut-être pas irréparables, mais les effacer prendra un temps considérable.

— Je me déguiserai pour cacher mon identité, répondit-elle.

— Je vois que vous y avez réfléchi.

La dissuader n'en serait que plus difficile.

— Longuement, répondit-elle, l'air grave. Je ne m'attends pas que vous compreniez à quel point j'ai besoin de vivre cette expérience, Kieran. Vous devrez me croire sur parole.

Il étudia les traits de cette femme qu'il connaissait à peine. Son regard était rempli de désir, d'exigence et de détermination. Elle était Céleste Kilburn, un parangon de vertu, aussi estimée que convenable. Pourtant, sa requête indiquait qu'une tout autre femme bouillonnait sous cette image de jeune fille idéale.

— Si je refuse..., commença-t-il.

— Alors notre accord est annulé, répondit-elle fermement. Vous devrez trouver une autre femme à la réputation immaculée pour vous introduire dans le beau monde.

Il pianota sur le bord de la table en réfléchissant. Il l'avait prévenue des risques sans parvenir à la dissuader. Il ne connaissait aucune autre femme susceptible de l'aider, si bien que, s'il refusait d'accéder à sa requête, il perdrait toute chance d'entrer dans les bonnes grâces de la haute société.

— Ai-je le choix ? grommela-t-il. Soit, j'accepte vos conditions.

— Excellent, dit-elle d'un ton guindé qui ne reflétait en rien la nature scandaleuse de leur négociation.

Elle pinça les lèvres comme si elle se retenait de sourire.

Kieran était soulagé. L'aide de Céleste lui serait très précieuse, et il était capable de bien se tenir le temps qu'il lui faudrait pour trouver une épouse. Toutefois, son soulagement était tempéré par le fait qu'il venait de conclure un accord parfaitement inconvenant avec la sœur de son meilleur ami.

S'il arrivait quelque chose à Céleste, si sa réputation était ternie à cause de leur pacte... il ne pourrait jamais se faire pardonner.

Pour la première fois de sa vie, il allait devoir être très, très prudent.

— Souhaitez-vous vraiment vous marier ou cette quête d'une fiancée est-elle uniquement motivée par l'ultimatum de votre famille ? demanda-t-elle.

— Sincèrement... je n'en ai aucune envie.

— Ainsi parle le libertin. Pourquoi s'attacher à une seule personne si l'on n'y est pas obligé ?

Il lui adressa le sourire qui lui permettait souvent d'obtenir ce qu'il voulait.

— Vous doutez déjà de moi ?

Elle ouvrit la bouche puis la referma, l'air songeur.

— Je douterai probablement toujours de vous, répondit-elle enfin. Cependant, je ferai ce que vous me demandez si vous faites ce que je vous demande en retour.

Il lui tendit la main pour sceller leur accord. Elle fit discrètement non de la tête, et il retira sa main.

— Quand commençons-nous ? demanda-t-il. Bientôt, j'espère. Je vous laisse le choix de la réception, bien que…

— Avant, vous m'emmènerez dans un lieu louche, l'interrompit-elle.

Il fronça les sourcils.

— N'est-ce pas vous qui devriez d'abord m'introduire au sein d'une assemblée respectable ?

— Comme vous l'avez dit, je suis une fille bien, donc digne de confiance. Vous, en revanche, êtes un libertin peu fiable.

— Je suis arrivé presque à l'heure à notre rendez-vous, fit-il valoir.

— Un effort de ponctualité ne rachète pas une vie entière de comportements douteux, répliqua-t-elle.

Elle but une gorgée de thé du bout des lèvres, puis ôta un gant pour saisir un biscuit et le grignoter. Il s'efforça de ne pas lorgner ses doigts qui effleuraient sa bouche.

— Je vous accuserais de me calomnier si tout ce que vous dites n'était pas exact.

— Vous comprenez donc que j'aie besoin d'une preuve de votre bonne volonté, dit-elle. Soyez sincère : vous n'avez jamais eu l'intention d'accomplir votre part du marché.

Il esquissa un sourire contrit.

— Si insultantes que soient vos paroles, elles sont également exactes. J'espérais que vous me feriez entrer dans une réception distinguée, où j'aurais noué les liens nécessaires pour ne plus avoir à respecter notre engagement.

— Vous n'êtes qu'un incorrigible vaurien, dit-elle, agacée.

Comme pour le lui confirmer, il saisit le chou qui ressemblait à un sein et lécha langoureusement son glaçage avant de l'engloutir.

Elle ne semblait plus irritée. Ses joues rosirent, mais elle ne détourna pas les yeux.

Un élan de désir brûlant le traversa.

Surpris, il fronça les sourcils. Fichtre ! Il se refusait peu de choses, mais son intérêt croissant pour Céleste Kilburn faisait désormais partie de ces interdits. Dom verrait d'un très mauvais œil qu'un libertin notoire comme lui souille la réputation de sa sœur.

Il s'essuya les lèvres et demanda :

— Pendant combien de temps m'accorderez-vous votre aide ?

— Jusqu'à la fin de la saison.

— Que se passera-t-il ensuite ?

— Peu importe, répondit-elle en balayant la question d'un geste. Cela devrait nous laisser suffisamment de temps pour mettre en œuvre notre plan d'attaque.

— Vous avez déjà planifié notre tactique, devina-t-il.

— Un général avisé ne part pas au combat sans une stratégie arrêtée, répondit-elle avec un petit sourire satisfait.

Ce côté fier et rusé le surprit et l'enchanta tout à la fois.

— Quel est donc notre ordre de marche, mon général ?

— La première chose à faire est de vous présenter à certaines des personnalités les plus respectables de la société, répondit-elle du ton clair et déterminé d'un officier supérieur. Vous serez mon cavalier lors d'une manifestation ouverte au public, ce qui montrera à toutes les personnes présentes que je me porte garante de votre intégrité. Une fois sur place, je vous obtiendrai une invitation à une réception où vous rencontrerez des jeunes femmes à la réputation irréprochable.

— Des frappes ciblées, approuva-t-il. Je suis content de voir que l'un de nous sait comment procéder.

— Depuis mes débuts dans le monde, je n'ai fait qu'apprendre à gérer mon image. Au moins, tout ce savoir inutile servira enfin à quelque chose.

Inutile. Le mot résonna dans son esprit, un signe de plus que la vie de Céleste ne la satisfaisait pas. Évidemment, si elle avait été satisfaite, elle n'aurait pas exigé de lui qu'il l'entraîne dans les endroits louches de Londres.

— Il faudra un certain temps avant que vous vous refassiez une réputation, poursuivit-elle. Je m'efforcerai de vous faire inviter à d'autres événements. Nous avons jusqu'à la fin de la saison, après quoi vous ne serez probablement pas encore fiancé, mais le terrain aura été préparé pour que vous puissiez faire la cour à une dame de votre choix.

— Et si je ne me suis pas suffisamment amendé d'ici là ? demanda-t-il. Le délai est court, à peine deux mois, et j'ai fait des choses très, très vilaines.

Il ne put s'empêcher de sourire en repensant à certaines de ces choses.

Céleste Kilburn ne sembla pas trouver cela amusant.

— Si ces deux mois avec moi ne suffisent pas à restaurer votre réputation, je crains qu'il n'y ait pas d'espoir, répliqua-t-elle sèchement.

— Très bien, mon général, dit-il avec un salut militaire. Nous avons un plan pour m'aider, mais si vous tenez vraiment à ce que j'honore ma part du marché…

— J'y tiens, dit-elle fermement.

— Où souhaitez-vous aller pour votre première sortie scandaleuse ?

— À Vauxhall, répondit-elle aussitôt.

— Vous n'êtes pas sérieuse ! Vauxhall est pour les touristes.

Légèrement embarrassée, elle fit une moue agacée.

— Dans ce cas, je veux aller dans une maison de jeu.

Comme il ne réagissait pas, elle releva le menton.

— J'ai entendu mon père réprimander Dom parce qu'il fréquentait des salles de jeu. C'est mon tour d'y aller.

— Très bien, grommela-t-il. Je vous enverrai un billet demain soir pour vous dire où me retrouver.

Le regard de Céleste s'illumina.

— Je me déguiserai pour que l'on ne me reconnaisse pas.

— Toutefois, si vous insistez pour fréquenter ces lieux de perdition, j'ai besoin que vous me prouviez que vous serez à même d'évoluer parmi ces gens douteux.

— Vous le prouver ? Comment ?

— À vous de voir. Vous voulez vivre un peu plus dangereusement ? Voici votre chance de me montrer jusqu'où vous êtes prête à aller. Ici. Maintenant.

Il avait lancé son défi presque comme une plaisanterie, dans l'espoir de la décourager, mais une partie de lui brûlait de curiosité et avait envie de voir ce que ferait la respectable Céleste Kilburn.

— Nous sommes dans un lieu public, au milieu de la journée, objecta-t-elle.

Il se contenta de sourire, et elle poussa un soupir résigné.

Elle balaya la salle du regard, cherchant ce qu'elle pourrait faire. Observer les pensées défiler sur son visage était plus fascinant que d'assister à un spectacle de variétés.

Mais qu'était cette étrange petite voix dans sa tête ? *Oh, Seigneur…* Était-ce sa conscience ?

Il réprima un frisson.

Inconsciente du dilemme qui l'agitait, Céleste continuait à regarder autour d'elle. Soudain, une voix aiguë perça le brouhaha des conversations.

— C'est inacceptable, disait une femme attablée avec deux compagnes.

Elle était élégamment vêtue, avec des cheveux blonds relevés en une coiffure sophistiquée. Son trait le plus saisissant était son air pincé.

— J'exige de parler à la responsable de cet établissement, ordonna-t-elle.

— Permettez-moi de vous apporter une autre théière plus chaude, milady, répondit calmement la serveuse.

— La première n'aurait jamais dû arriver froide, insista la cliente blonde.

— Il ne m'a pas semblé qu'elle était si froide, lady Carenford, glissa une de ses compagnes.

— Elle était aussi glacée que la Serpentine en hiver, rétorqua l'autre.

Elle se tourna de nouveau vers la serveuse.

— Allez chercher votre supérieure sur-le-champ !

Le visage rouge de honte et, supposa Kieran, de colère, la serveuse s'inclina et disparut à la recherche de la propriétaire.

— Bigre, si c'est cela, la bonne société respectable, je préfère la compagnie des débauchés, maugréa Kieran.

— Elle mériterait qu'on lui retourne sa théière sur la tête, grommela Céleste. À défaut, je me contenterai d'un papier et d'un crayon.

Kieran sortit son calepin de sa poche intérieure, l'ouvrit et chercha une page vierge. Il surprit le regard de Céleste, intriguée par les vers qu'il avait composés. Il ne lui laissa pas le temps de les lire.

Elle ne les lirait jamais. Jamais.

Lorsqu'il trouva enfin une page blanche, il la déchira et la lui tendit avec un petit crayon. Elle réfléchit un instant, puis se pencha sur la table et griffonna quelques mots. Il tenta de les lire, mais elle replia le papier.

— Excusez-moi un instant, dit-elle.

Se souvenant de ses bonnes manières, il se leva en même temps qu'elle, puis se rassit et, captivé, la regarda se faufiler entre les tables en direction de lady Carenford.

Elle ne l'aborda pas directement pour lui donner une réprimande méritée. Elle se cogna contre une table voisine, faisant tomber un plateau posé en équilibre sur le bord de celle-ci. Le fracas attira l'attention de lady Carenford et de ses deux compagnes. Pendant qu'elles se retournaient pour voir ce qu'il se passait, Céleste laissa tomber le papier sur l'assiette de lady Carenford, puis revint tranquillement s'asseoir face à Kieran avec une expression lisse et énigmatique.

Lady Carenford se redressa sur sa chaise, fronça les sourcils en apercevant le papier dans son assiette, le déplia et le lut.

Son teint devint cireux. Elle lança des regards ahuris autour d'elle. Céleste prit soin de garder les yeux rivés sur Kieran et but calmement son thé.

Une femme brune portant un tablier immaculé s'approcha de la table de lady Carenford, la serveuse derrière elle.

— Je suis Isabel Catton, milady, se présenta-t-elle. Véra m'a dit que vous souhaitiez me parler. Il semblerait qu'il y ait un problème avec la température de votre thé.

Lady Carenford afficha un sourire forcé qui s'étira d'un côté à l'autre de son visage, lui donnant une allure de tête de mort. Le regard brillant et fiévreux, elle répondit d'une voix forte :

— Tout va bien. Je n'ai aucune plainte. Je suis sincèrement désolée de vous avoir dérangée pour rien…

Elle sortit une pièce de son réticule et la tendit à Véra.

— C'est pour vous. Votre service est impeccable. Prenez, je vous en prie. Avec mes compliments.

Véra accepta la pièce d'un air méfiant, puis lady Carenford se leva d'un bond et fila vers la porte. Perplexes, ses deux amies la suivirent, l'une d'entre elles saisissant un biscuit sur une assiette et le glissant dans son réticule avant de partir. Mme Catton et Véra échangèrent un regard stupéfait, puis la propriétaire haussa les épaules et aida la serveuse à débarrasser la table.

Kieran se retourna vers Céleste, qui paraissait totalement indifférente à la scène étrange à laquelle ils venaient d'assister.

— Qu'avez-vous écrit dans votre message ? demanda-t-il.

— J'ai simplement expliqué à lady Carenford que si elle ne présentait pas immédiatement des excuses à la serveuse, lord Carenford serait très intéressé d'apprendre que *maestro* Olivari fait bien plus que lui apprendre le chant. Lady Carenford n'ayant pas encore engendré d'héritier, son mari prendrait très mal cette nouvelle.

— Comment savez-vous tout ça ?

— Avoir une réputation irréprochable a ses avantages. On se confie à moi, les gens étant convaincus que je garderai le secret. En réalité, je stocke simplement les informations pour le jour où elles me seront utiles.

Au cours de sa vie, Kieran avait vu et fait des choses qui auraient scandalisé la plupart des gens convenables. Il n'était pas facile de le choquer.

Pourtant, Céleste Kilburn, l'image même de la vertu, le laissait pantois.

— Personne ne sait qui vous êtes vraiment, n'est-ce pas ? chuchota-t-il, admiratif.

— Les gens n'en ont aucune idée, répondit-elle tranquillement.

Kieran se cala contre le dossier de sa chaise. Il était venu aujourd'hui chez *Catton's* en pensant que Céleste s'apprêtait à conclure un pacte avec le diable. En réalité, elle était bien plus dangereuse qu'il aurait pu l'imaginer. Si quelqu'un avait besoin de protection, c'était lui.

5

Le regard fébrile de Céleste allait et venait de la lettre sur sa coiffeuse à son miroir.

La brève missive était arrivée plus tôt dans la soirée, juste après le dîner, alors que son père et elle se trouvaient dans le salon. Heureusement, son père avait été trop absorbé par la lecture de l'édition du soir de son journal pour remarquer que le valet apportait un message à sa fille. Elle avait su de quoi il retournait avant même de voir l'écriture masculine, rapide et inclinée, qui disait simplement :

Au coin de Hans Street et de Pavilion Road. Minuit.

Il n'y avait pas de signature, ni même d'initiales. Elle n'en avait pas besoin pour savoir qui avait envoyé ce message.

À présent, les mains tremblantes d'excitation, elle achevait de se maquiller. Lorsqu'elle eut terminé, elle tourna le visage d'un côté puis de l'autre, contemplant son œuvre.

— Qu'en penses-tu, Dolly ? demanda-t-elle à sa femme de chambre qui se tenait derrière elle.

— Mettez la perruque, Mademoiselle. Je vais vous aider.

Céleste se coiffa de la perruque noire, tirant d'un côté et de l'autre pour cacher sa chevelure auburn. Dolly arrangea les fausses tresses et enfonça des épingles pour les maintenir en place.

— Secouez vigoureusement la tête, Mademoiselle.

Céleste s'exécuta et constata avec satisfaction que la perruque ne bougeait pas.

— Cela devrait faire l'affaire, déclara-t-elle. Suis-je bien déguisée ?

— Oh, Mademoiselle, j'ai du mal à croire que c'est vous.

— Parfait !

La veille, après avoir quitté Kieran Ransome, elle avait envoyé Dolly dans un magasin de fournitures de théâtre pour acheter du maquillage et une perruque. Elle avait passé plusieurs heures la veille et le jour même à s'entraîner.

Un sentiment de fierté l'envahit à la vue de son reflet dans le miroir. Ses cours de peinture à l'école avaient enfin servi à quelque chose. À l'aide d'ombres minutieusement appliquées, elle avait affiné son nez, rendu sa bouche plus petite et ses lèvres plus fines. Elle avait creusé une fossette dans son menton et abaissé l'angle de ses pommettes. Avec sa perruque, elle devenait une autre femme.

Si son œuvre était réussie, personne ne la reconnaîtrait ce soir. Et Kieran ? Un léger frisson la parcourut en imaginant sa réaction devant sa métamorphose.

— Passons à la robe, recommanda Dolly.

Cette dernière jouait un rôle capital dans sa transformation. Céleste se leva afin que sa femme de chambre l'aide à enfiler le vêtement. Elle l'avait commandée à Mme Jacqueline un an plus tôt, un jour où sa garde-robe sobre et trop sage l'avait déprimée. Toutefois, son père lui avait interdit de la porter en raison de son décolleté plongeant et du satin vert émeraude qui épousait trop étroitement les formes de son corps. Depuis, Céleste avait pris un peu de poids, si bien que la robe était encore plus moulante, ses seins débordant du corsage.

Elle avait autrefois rêvé d'entrer dans une salle de bal avec cette robe, imaginant les regards scandalisés, et peut-être aussi quelques airs approbateurs accompagnés de remarques salaces. Ces rêves et ces fantasmes devaient rester au placard, comme sa robe, par décret de son père.

— Votre père et votre frère auraient une apoplexie s'ils vous voyaient, déclara joyeusement Dolly.

— Ils ne me verront pas, Dieu merci !

Dans la mesure où Dom était censé se refaire une réputation, il était très peu probable qu'elle le croise dans les lieux où elle comptait se rendre.

La pendule sur la cheminée indiquait minuit moins le quart. Il lui restait quinze minutes pour s'éclipser de la maison et retrouver Kieran à leur lieu de rendez-vous. Dolly lui tendit une cape noire qu'elle drapa autour de ses épaules. La nervosité lui picotait la peau, et elle avait la gorge sèche.

— J'ai du mal à croire que je suis en train de faire cela, murmura-t-elle en rabattant la capuche sur sa perruque.

— Il est grand temps, répondit Dolly. Votre famille vous tient la bride tellement haute que n'importe qui d'autre étoufferait.

— Viens-tu de me comparer à une jument ? plaisanta Céleste.

Elle entrouvrit la porte de sa chambre pour regarder dans le couloir. Un valet portant une lampe faisait sa ronde, et elle referma aussitôt le battant. Lorsqu'il se fut éloigné, elle sortit sur la pointe des pieds, suivie de Dolly. Avançant dans le noir, se guidant en touchant le mur, elles rejoignirent l'escalier de service. Une fois au rez-de-chaussée, Dolly passa devant. La porte de l'office était ouverte, la lumière dans la pièce se répandant sur le sol du couloir. M. Mooney, le majordome, était encore debout, examinant la dernière commande de vins. Dolly poussa Céleste dans le recoin le plus sombre et étira le cou pour regarder dans l'office. En reculant, Céleste heurta un balai oublié dans le couloir. Il tomba sur le sol dans un fracas qui lui glaça le sang.

Son aventure allait se terminer avant d'avoir commencé.

— Qui est là ? demanda la voix du majordome.

— C'est moi, Dolly, répondit la camériste en s'avançant dans la lumière.

Elle entra dans la pièce et se planta devant le bureau de M. Mooney.

— Cet après-midi, j'ai vu un individu louche traîner près des écuries. J'ai pensé que vous deviez le savoir.

Céleste profita de ce que le majordome était distrait pour passer en silence devant la porte.

— Merci, Dolly, répondit M. Mooney. Je demanderai à Sam et à Henry de garder l'œil ouvert au cas où il reviendrait. Ne devriez-vous pas être couchée ? Mlle Céleste est une lève-tôt.

En entendant prononcer son nom, Céleste fut prise de scrupules. Elle courait un risque considérable, et son châtiment serait sévère si son père apprenait qu'elle était sortie de la maison au milieu de la nuit dans un accoutrement inconvenant. Elle ignorait ce qu'il lui ferait, car elle ne lui avait jamais donné de raison de la punir. Toutefois, Ned Kilburn était impitoyable en affaires, et tout portait à croire qu'il le serait également lorsqu'il s'agirait de la discipliner. Compte tenu de ce qu'il avait imposé à Dom, elle ne pouvait qu'imaginer ce qu'elle aurait à endurer.

— L'idée que cet homme rôde autour de la maison me turlupinait, dit Dolly à M. Mooney. Je me sens mieux maintenant que je sais que vous demanderez à nos deux grands gaillards d'être vigilants. Puisque je suis debout, je vais passer par le garde-manger pour calmer une petite faim. Bonne nuit, monsieur Mooney. Ne veillez pas trop tard, vous non plus.

— Bonne nuit, Dolly.

Le majordome se replongea dans son livre de comptes, et Dolly revint dans le couloir. Elle fit signe à Céleste de la suivre et l'entraîna vers la cuisine, dont une porte donnait sur la cour derrière la maison. Céleste trépigna d'impatience pendant que sa femme de chambre vérifiait qu'il n'y avait personne puis, quand elle décrocha une cape d'une patère et lui fit signe que la voie était libre, elle se précipita vers la porte. Elle l'ouvrit lentement, en priant pour que les gonds ne grincent pas. Un agréable air frais l'enveloppa lorsqu'elle franchit le seuil, lui donnant un sentiment de liberté. Bien qu'elle ne se soit jamais trouvée dans la cour à une heure aussi tardive, elle n'avait pas le temps d'observer en détail ce lieu familier devenu soudain étrange.

Dolly referma la porte derrière elles, et elles longèrent les écuries. Une fois dans la rue, elles hâtèrent le pas sur le trottoir, dans l'obscurité ponctuée par les taches de lumière des réverbères.

Céleste ne pouvait cesser de penser à son père. Que dirait-il ? Et Dom ?

Elle se moquait de la réaction de lord Montford. Non, ce n'était pas tout à fait vrai. Il détenait la clé du statut de sa famille, et elle ne pouvait se permettre de le scandaliser.

Depuis qu'elle avait atteint sa majorité, elle ne s'était jamais trouvée dans la rue après la nuit tombée, hormis pour sortir d'une maison et grimper dans une calèche afin de se rendre à un dîner ou une réception, ou en revenir. La sensation était aussi grisante que le vin. Elle lançait des regards fascinés autour d'elle.

La plupart des fenêtres donnant sur la rue étaient éteintes. Çà et là, un brin de lumière filtrait entre des rideaux. Elle aurait voulu s'arrêter pour tenter de voir ce que faisaient les gens chez eux. Cependant, elle devait retrouver Kieran à minuit et, si elle était en retard, il partirait sans doute sans elle. C'était le genre de chose à craindre de la part d'un homme tel que lui.

Un homme avec qui elle allait être seule cette nuit. Elle ne s'était trouvée brièvement en tête à tête avec un prétendant potentiel qu'une poignée de fois. Une minute sur un balcon sombre à parler du temps n'était pas la même chose que de passer une nuit entière avec un homme sans chaperon, un homme diablement séduisant et séducteur.

Son cœur battait à tout rompre. Il était absurde de se mettre dans un tel état parce qu'elle allait retrouver Kieran. Il avait été très clair sur ses intentions à son égard. Il la considérait sûrement comme une sœur.

Pourtant… la manière dont il avait mangé ce petit chou en forme de sein chez *Catton's*, le regard qu'il lui avait lancé en léchant le glaçage…

Absurde ! Il flirtait comme d'autres prisaient du tabac. Ce n'était qu'une habitude, rien de plus.

Elle passait bien trop de temps à se pâmer devant Kieran Ransome. Elle ferait mieux de profiter au maximum de cette soirée et de savourer le plaisir d'être enfin hors de chez elle à l'approche de minuit.

La liberté. Pour la première fois depuis que la réussite de son père avait changé la vie de leur famille, Céleste était libre de faire ce qu'elle voulait. Par où commencer ? Les possibilités étaient presque trop nombreuses.

Elle fut prise d'un fou rire. Dolly lui lança un regard amusé et compréhensif.

Elles croisèrent peu de personnes, et celles-ci étaient soit trop ivres, soit trop pressées d'arriver à destination pour leur prêter attention. Fort heureusement, elles ne virent aucun policier faisant des rondes dans les rues, ce qui aurait alarmé Céleste si cela n'avait servi ses intérêts.

Elles approchaient du croisement de Hans Street et de Pavilion Road. Un fiacre attendait sous un réverbère, un homme brun arborant un gilet brodé nonchalamment adossé à sa portière. Sa longue silhouette svelte était reconnaissable entre toutes, même à cette distance.

— Ce M. Ransome est un sacré coquin, chuchota Dolly.

— Cela ne t'a pas empêchée d'accepter son argent afin qu'il puisse m'attendre dans une cabine d'essayage chez Mme Jacqueline.

— Je savais qu'il se comporterait convenablement, autrement M. Dominic lui aurait fait passer un sale quart d'heure, répondit la femme de chambre avec un clin d'œil.

Bien qu'il soit rassurant d'avoir un frère qui veillait sur vous, l'instinct protecteur de Dom était parfois étouffant.

Céleste rejeta sa capuche en arrière et s'avança vers Kieran. Il lança un bref coup d'œil dans sa direction, tourna la tête, puis la regarda de nouveau avec plus d'attention. Un lent sourire s'afficha sur ses lèvres lorsqu'il entrevit sa gorge nue et les éclats de satin vif entre les pans de sa cape. Un petit feu s'embrasa dans le ventre de Céleste. Elle avait l'habitude que les hommes la regardent avec admiration, mais jamais avec une telle charge sexuelle.

— C'est une belle nuit, ma beauté, susurra-t-il. Rendue encore plus belle par votre apparition.

Il ne l'avait pas reconnue !

— Et que comptez-vous faire par une si belle nuit ? demanda-t-elle en prenant une voix plus grave et en retrouvant un peu de son ancien accent.

Le sourire de Kieran se fit diabolique.

— Nous pourrions composer des vers, et celui qui écrira le meilleur poème aura le droit de demander ce qu'il veut à l'autre.

— Seriez-vous poète, monsieur ?

Elle ne pouvait croire qu'elle badinait ainsi avec Kieran. Si c'était un rêve, c'était le meilleur qu'elle avait jamais fait, et elle ne voulait surtout pas se réveiller.

— Lorsque la muse est généreuse, je peux être très inspiré, répondit-il.

Il s'avança d'un pas vers elle, puis se figea et son sourire s'effaça.

— Mon Dieu, *Céleste* ?

— Il semblerait que mon déguisement soit réussi.

Elle lui adressa à son tour un sourire malicieux, dont l'effet fut gâché par l'expression d'horreur qui s'était peinte sur le visage de Kieran.

— Ne répétez jamais à Dom ce que je viens de vous dire, dit-il. Quoi qu'il arrive.

— La partie au sujet de la poésie ? Ou celle où vous me faisiez des avances ? D'ailleurs, êtes-vous vraiment poète ?

— Ne lui dites strictement rien, insista-t-il sans desserrer les dents.

Il écarta un pan de sa cape pour voir sa robe, et son regard descendit tout le long de son corps.

Partout où ses yeux se posaient, elle sentait une onde de chaleur l'envahir.

Pourtant, il semblait contrarié.

— Cela ne vous plaît pas ? demanda-t-elle.

— Pas du tout, répondit-il en relâchant sa cape.

— Je n'avais rien d'autre à mettre, dit-elle en s'efforçant de cacher sa déception. Je veux dire, rien de suffisamment immodeste.

— Celle-ci l'est définitivement, maugréa-t-il. Que Dieu me vienne en aide ! Je suppose qu'il est inutile de tenter de nouveau de vous convaincre d'abandonner ce plan insensé ?

— Vous perdriez votre temps, répondit-elle fermement.

— Grimpez dans la voiture, soupira-t-il.

— Nous devons d'abord déposer Dolly devant une maison sur Chesterfield Hill à Mayfair, annonça-t-elle. Sa sœur y travaille, et elle m'y attendra.

— Très bien, ensuite nous irons au Jenkins's, déclara-t-il. Si cette maison de jeu vous convient.

— Vous connaissez ces choses mieux que moi.

— Si vous avez d'autres idées, il vous suffit de le dire, répondit-il avec un petit sourire ironique. C'est votre expédition en enfer, mon cœur. Je suis à vos ordres.

Céleste ressentit un frisson de plaisir en l'entendant l'appeler « mon cœur » et savoura la sensation d'être, pour une fois, aux commandes de sa propre vie.

Où voulait-elle aller ? Il y avait tant de possibilités qu'elle en avait le tournis. Elle avait tout le Londres nocturne à sa disposition, sans vraiment savoir ce que cela signifiait. Elle avait souvent imaginé tous les lieux secrets et dépravés qui s'animaient une fois la nuit tombée. Pourtant, au moment d'en citer un, aucun nom ne lui venait en tête.

— Le Jenkins's conviendra très bien, répondit-elle enfin.

— Parfait. Allons-y donc.

— Pourriez-vous ne pas avoir l'air d'un adolescent que l'on traîne derrière soi pour rendre visite à une vieille tante ? demanda-t-elle, agacée.

— Il n'y a rien d'adolescent en moi, mon ange, répondit-il en baissant un regard éloquent vers son décolleté.

Elle sentit ses genoux faiblir, mais refusa de laisser ses manigances la distraire de son objectif : découvrir le Londres scandaleux.

Elle donna l'adresse à Chesterfield Hill au cocher, puis Kieran lui tendit la main pour l'aider à grimper à bord. Elle fut surprise de le voir faire de même avec Dolly, bien qu'elle soit une domestique. Puis il monta dans le fiacre à son tour, referma la portière, tapa contre le plafond, et le fiacre s'ébranla brusquement, les secouant d'un côté et de l'autre dans l'étroit habitacle. Le chemin jusqu'à Mayfair fut aussi cahoteux.

Elle évita de se plaindre des ressorts usés du fiacre, ne serait-ce que pour contredire Kieran qui, à en juger par les regards suspicieux qu'il lui lançait, s'attendait précisément qu'elle le fasse. Enfin, ils arrivèrent devant la maison de Chesterfield Hill, et Dolly descendit.

— C'est votre dernière chance, dit Kieran à Céleste. Avant que votre camériste nous laisse, je peux vous ramener toutes les deux chez vous et personne ne saura rien.

— Nous allons à la maison de jeu ou je ne vous accompagnerai même pas à un simple thé mondain, répliqua-t-elle. N'essayez plus de me dissuader.

— Je constate que les Kilburn sont tous aussi obstinés les uns que les autres, soupira-t-il.

— Dans combien de temps dois-je revenir te chercher ? demanda Céleste à Dolly.

— Je n'ai pas vu Lily depuis des lustres, Mademoiselle, répondit la femme de chambre à travers la fenêtre. Nous discuterons sans doute toute la nuit. Revenez quand vous voudrez, mais nous devons toutes deux être rentrées avant 5 heures du matin. C'est l'heure à laquelle le personnel de cuisine commence à s'activer.

— Je ferai de mon mieux, répondit Céleste.

Elle peinait à s'imaginer rentrant au petit jour encore vêtue de ses habits de soirée. Mais Dom et les frères Ransome le faisaient tout le temps. Elle voulait vivre la même expérience.

Lorsque Dolly se fut éloignée vers les écuries, le cocher demanda :

— Où va-t-on, chef ?

— Au coin de Shepherd et de Hertford Street, répondit Kieran.

Le cocher fit claquer sa langue, et ils se remirent en route. Kieran était assis en face d'elle et, dans l'espace exigu, leurs genoux ne cessaient de s'entrechoquer. Elle changea de position à plusieurs reprises, se heurtant chaque fois à une partie de lui.

— À quoi jouez-vous ? demanda-t-il.

— Ce n'est pas ma faute si vous avez d'aussi longues jambes.

— La prochaine fois, je les enlèverai et les déposerai près du cocher.

Il y eut un long silence. Elle avait à moitié espéré que leur première sortie ensemble serait chargée de cette tension sensuelle qu'elle avait perçue lorsqu'il avait vu son déguisement. Au lieu de cela, ils semblaient se porter mutuellement sur les nerfs. Sa première aventure commençait mal.

— Comment dois-je vous appeler ? demanda-t-il soudain.

En voyant son air surpris, il expliqua :

— Je ne peux pas annoncer à tout le monde que vous êtes Mlle Céleste Kilburn. Notre plan tomberait à l'eau. Il vous faut un pseudonyme.

— Appelez-moi…

Une foule d'idées lui vinrent à l'esprit, toutes excitantes.

— Appelez-moi Salomé, répondit-elle enfin.

— La femme qui a dansé pour Hérode parce qu'il lui avait promis de lui donner tout ce qu'elle voudrait ? Celle qui a exigé la tête de saint Jean-Baptiste ?

— Oui, Salomé, répéta-t-elle en croisant les bras sur sa poitrine. J'ai enfin la possibilité de choisir moi-même mon nom. Je déteste mon prénom.

— Céleste est pourtant un très joli prénom.

Bien qu'elle fût touchée par le compliment, elle répondit :

— Il est trop précieux, trop… céleste.

— Vous préférez être une femme de chair et d'os plutôt qu'un idéal éthéré. Salomé évoque une femme qui met les hommes à genoux.

Elle sursauta. Elle ne s'était pas attendue qu'il comprenne son envie d'être quelqu'un d'autre, son besoin d'être une femme puissante.

Lorsque le fiacre s'arrêta, il se pencha vers elle.

— Le moment est venu de découvrir votre première maison de jeu, Salomé.

6

« C'est une erreur monumentale », pensa Kieran en descendant du fiacre devant le Jenkins's et en lissant les plis de son gilet favori aux broderies or et noir.

Pourtant, lorsqu'il se tourna pour aider Salomé-Céleste à sortir du véhicule, l'excitation lui picotait la peau. Sa cape gonfla quand elle descendit sur le trottoir, laissant entrevoir des fragments de sa robe verte. S'il avait déjà vu des femmes dans des tenues bien plus impudiques, le fait qu'elle porte une toilette aussi révélatrice le troublait. Peut-être était-ce pour cela qu'il regardait avec autant d'attention les émotions défiler sur son visage. Il était encore sous le charme de sa mascarade, et cela n'avait rien à voir avec ses yeux brillants de curiosité, ni avec le fait que les couches de fard sur son visage ne pouvaient cacher son expression, un mélange émouvant d'excitation et d'appréhension.

Il réagissait simplement à son déguisement.

Elle s'arrêta pour contempler la porte d'entrée de l'établissement sur Shepherd Street, un bâtiment d'un étage avec un portique à colonnes auquel on accédait par quelques marches, comme toutes les autres maisons de la rue. La porte peinte comportait un heurtoir simple en laiton.

— Je m'attendais à quelque chose d'un peu plus sinistre, admit-elle. Avec des démons nous accueillant autour d'une gueule pleine de flammes.

— Les démons sont à l'intérieur, répondit-il.

— Vraiment ? demanda-t-elle d'une voix vibrante d'excitation.

— Non, dit-il avec un sourire. Mais je ne veux pas vous gâcher le plaisir de la découverte.

Il n'avait pas la responsabilité de veiller à ce qu'elle s'amuse, néanmoins… elle avait dit avoir *besoin* de courir ce risque. D'où venait cette pulsion désespérée qui la poussait à mettre sa réputation en danger ? Quelles pressions subissait-elle pour avoir exigé cet accord insensé ?

Quels que soient les fardeaux qui pesaient sur elle, elle semblait les avoir mis de côté ce soir. Son visage rayonnait de joie.

Il avait fréquenté de nombreuses maisons de jeu, avait goûté aux plaisirs qu'elles offraient jusqu'à en être blasé. Toutefois, en voyant son expression avide et la curiosité qui brillait dans ses yeux, il ressentit une forme d'euphorie à son tour.

— Venez, dit-il en lui offrant son bras.

Elle le prit, puis sursauta légèrement.

— Qu'y a-t-il ? demanda-t-il.

— Rien, répondit-elle avant de s'éclaircir la voix. Je ne m'attendais pas que vous soyez… aussi ferme.

Il méritait une médaille pour se retenir de lui répondre par une réplique grivoise. Cependant, son plus grand défi fut de résister aux images qui affluaient dans sa tête, celles de sa douceur contre sa fermeté, de ses doigts effleurant d'autres parties de lui, vêtues ou non.

— Vous avez un peu forcé sur le rouge, observa-t-il tandis qu'ils se dirigeaient vers le perron.

Elle porta ses doigts à ses joues.

— C'est surtout que je suis tellement excitée de découvrir ma première maison de jeu. Et vous, vous êtes-vous fardé ?

— Pas ce soir.

Il aurait dû mentir et attribuer le feu sur ses propres joues à autre chose que des désirs soudains et inattendus.

Elle haussa les sourcils.

— Mais cela vous arrive ?

— Ne sous-estimez jamais l'effet dramatique d'un regard souligné d'une ligne de khôl.

Comme ils approchaient de la porte, il reprit :

— Voici quelques années, il y avait une autre maison de jeu si sélecte qu'elle n'avait même pas de nom. Elle vous aurait plu. La propriétaire s'appelait Cassandra, une femme d'une élégance inouïe. L'établissement a fermé, et personne ne sait ce qu'est devenue Cassandra… Cependant, une certaine duchesse très influente lui ressemble à s'y méprendre.

Ils gravirent les marches et il ajouta avec un haussement d'épaules :

— Le Jenkins's fera l'affaire pour vos premiers pas dans le monde du jeu. L'endroit est de bon goût, et la maîtresse des lieux ne tolère pas les trublions.

Avant même qu'il ait touché le heurtoir, la porte s'ouvrit, et un majordome imposant en livrée apparut. Il lança un regard impassible à Kieran puis se tourna vers Céleste.

Celle-ci parut indécise, comme si elle se demandait quelle était la meilleure attitude à adopter face au domestique. Naturellement, elle ignorait comment se comportaient les femmes dans ce genre d'établissement. Puis elle releva le menton en affichant un air froid et blasé, même si une petite lueur d'incertitude brillait toujours dans ses yeux.

Une émotion qu'il n'aurait su définir envahit Kieran quand il la vit ainsi. Il était profondément touché qu'elle affronte directement et avec détermination une situation inédite et effrayante. Il n'avait pas prévu qu'elle serait aussi courageuse.

Le majordome s'effaça pour les laisser entrer.

Kieran et Céleste franchirent le seuil ensemble, et il sentit une légère vibration la parcourir. Pour lui, entrer dans une maison de jeu était parfaitement anodin. Aux yeux de Céleste, cela représentait beaucoup plus.

La même pensée dérangeante vint de nouveau le turlupiner : pourquoi prenait-elle un tel risque ? Quelle raison la poussait-elle à jouer avec sa réputation ?

Une servante s'approcha pour prendre les gants et la cape de Céleste. Celle-ci les lui tendit, révélant sa robe ajustée qui moulait son corps comme de l'émeraude liquide. Il dut faire un effort considérable pour arracher son regard d'elle, et même ainsi, son image demeura imprimée sur ses rétines.

Heureusement, trop occupée à examiner son environnement, elle ne sembla pas le remarquer. Un lustre inondait le vestibule de lumière, et d'énormes vases chinois contenant des palmiers montaient la garde de chaque côté d'une porte qui donnait sur une salle immense, haute de plafond et bordée de grandes fenêtres. Des lustres massifs illuminaient une foule de gens en tenue de soirée qui allaient et venaient sans qu'on comprenne ce que chacun faisait exactement. Le brouhaha était considérable.

— C'est plus bruyant que le marché couvert de Billingsgate, observa-t-elle.

— Et le langage y est encore plus grossier, répondit-il avec un sourire. Surtout à mesure que la nuit avance et que les pertes au jeu s'accumulent. Toutefois, comme je vous l'ai dit, les fauteurs de troubles ne sont pas tolérés ici, et quiconque se comporte mal est aussitôt escorté jusqu'à la porte. Ah ! Madame Jenkins ! Vous êtes éblouissante ce soir.

Il s'inclina devant une femme noire d'un certain âge qui s'avançait vers eux dans une robe bleu roi.

— Monsieur Ransome, vous distribuez les flatteries avec une telle générosité ! répondit-elle. Ce sont mes saphirs qui éblouissent, pas moi.

Elle toucha l'impressionnant collier qu'elle portait au cou et agita la tête pour faire danser ses boucles d'oreilles.

— Ce ne sont que des pierres froides, à la valeur et à la beauté négligeables comparées aux vôtres, répliqua Kieran en lui faisant un baisemain.

Mme Jenkins émit un petit rire rauque.

— Heureusement que je m'interdis de flirter avec les clients de mon établissement, déclara-t-elle avant de se tourner vers Céleste. Vous venez de cueillir cette ravissante prune dans votre verger ?

— Madame Jenkins, permettez-moi de vous présenter Salomé.

— Salomé comment ? demanda la maîtresse des lieux.

— Juste Salomé, répondit Céleste.

Mme Jenkins ne sourcilla pas, se contentant de hocher la tête. De toute évidence, elle avait l'habitude que ses clients recourent à des pseudonymes.

— Soyez la bienvenue. Comme c'est votre première visite et que M. Ransome est un client particulièrement généreux, permettez-moi de vous offrir une première mise de dix livres.

Elle claqua des doigts, et un valet en livrée s'approcha précipitamment avec une liasse de billets posée sur un coussin.

— Vous êtes trop aimable, murmura Céleste en rangeant l'argent dans son réticule.

— Le devoir m'appelle, déclara Mme Jenkins. Je vous souhaite une excellente soirée et de la chance, quel que soit le jeu qui vous tente.

Après un regard entendu vers Kieran et Céleste, elle s'éloigna d'un pas majestueux, un sourire énigmatique aux lèvres.

— Quelle femme extraordinaire ! chuchota Céleste en la regardant se faufiler dans la foule de la grande salle.

— Il n'en existe pas deux comme elle, confirma Kieran en lui offrant son bras. Allons-y, nous ne gagnerons rien à rester plantés ici.

Céleste posa la main sur sa manche, et il la recouvrit de la sienne pour lui donner du courage. Le contact de leurs peaux nues déclencha en lui une onde de chaleur qui se répandit dans tous les recoins de son corps.

Il la vit écarquiller les yeux. *Zut !* Elle l'avait ressentie, elle aussi.

Leur relation était basée sur un échange de bons procédés, rien de plus. Il ferait bien de ne pas l'oublier.

En pénétrant dans la salle, ils furent accueillis par un mur de bruit et de chaleur. Il s'efforça de voir la scène à travers les yeux de Céleste, comme s'il la découvrait pour la première fois. Des gens se tenaient debout et braillaient autour des nombreuses tables disposées dans la pièce, les cris d'euphorie se mêlant aux exclamations de consternation, le tout accompagné par les acclamations de ceux qui encourageaient les parieurs. Les robes en soie et les bijoux des dames se détachaient sur le fond sombre des costumes des hommes. Des domestiques en livrée circulaient avec des plateaux chargés de verres de vin, esquivant avec une adresse admirable les gestes brusques des clients. Des rafraîchissements étaient servis dans une pièce qui jouxtait la grande salle, où un buffet proposait des assiettes de rosbif accompagné de pommes de terre, un assortiment de cakes salés et sucrés ainsi que des vins pétillants. Des portes-fenêtres s'ouvraient sur un balcon où l'on apercevait les bouts incandescents de cigares rougeoyant dans la nuit.

Céleste écarquilla les yeux en entendant des membres des classes supérieures proférer des jurons corsés de leurs voix à l'accent distingué. Kieran lui lança un regard. Il était presque gêné qu'elle entende des mots aussi grossiers.

— Le langage ici est aussi débridé que la fièvre du jeu, dit-il d'un ton d'excuse.

— Vous oubliez que je suis la fille d'un ancien docker, répondit-elle. Néanmoins, j'avoue qu'il est assez étrange d'entendre ces élégantes dames et ces honorables gentlemen jurer comme des charretiers.

— Ce genre de lieu n'est distingué qu'en apparence, dit-il.

— En effet. Plus on regarde, plus on remarque des détails indiquant le manque de retenue de la clientèle.

Plusieurs hommes avaient dénoué leur cravate, révélant des cous nus qui luisaient de sueur. Une douairière tripotait ouvertement les fesses d'un jeune dandy qui semblait plutôt apprécier ses attentions. Loin des petits gloussements discrets et courtois de la bonne société, les clients n'hésitaient pas à rire à gorge déployée en renversant la tête en arrière. De même, la colère ne se cachait pas. Devant une table de vingt-et-un, deux hommes se poussèrent l'un l'autre jusqu'à ce qu'un valet costaud vienne les séparer.

— C'est comme si quelqu'un avait amplifié le volume d'une réunion plus respectable, observa Céleste. Même si les gens n'en sont pas à s'étriper ou à copuler à même le sol.

Kieran émit un petit rire et se garda de lui dire qu'il s'était régulièrement trouvé dans des établissements où la clientèle faisait précisément ces deux choses, lui-même y participant.

— Mme Jenkins n'autoriserait pas ce genre de comportement, assura-t-il.

Céleste continuait à regarder attentivement autour d'elle, comme si elle voulait graver les moindres détails de cette scène dans sa mémoire.

— Dites-moi ce que vous ressentez, demanda-t-il.

Pour une raison obscure, il avait besoin de le savoir.

— Il y a une impression palpable de sauvagerie, répondit-elle. Comme si les laisses qui obligent chacun à suivre un code de conduite strict avaient été relâchées et que les clients pouvaient donner libre cours à leurs pulsions primaires.

— Est-ce ce qui vous a amenée ici ? L'envie de vous abandonner à vos pulsions primaires ?

Il saisit deux flûtes de vin pétillant sur le plateau d'un serveur qui passait par là et lui en tendit une.

Elle rosit légèrement avant de répondre :

— Seriez-vous choqué si je vous répondais oui ?

— Un peu, admit-il. J'ignore ce qui se cache derrière votre façade convenable et bien élevée.

Une exclamation bruyante les interrompit, et ils restèrent un moment silencieux.

Kieran but une gorgée et laissa la saveur amère et l'effervescence du vin sur sa langue le ramener à la réalité du lieu et de la compagnie. Flirter avec Céleste Kilburn n'était pas une option.

— Maintenant que nous sommes ici, que souhaitez-vous faire ? demanda-t-il.

— Tout d'abord, j'aimerais… Plus que tout, je voudrais… je…

Elle lui lança un regard contrit par-dessus le bord de sa flûte puis conclut :

— Je ne sais pas.

— Venir ici était votre plan. Vous deviez quand même avoir une petite idée de ce qu'on y fait.

— En fait, je n'ai jamais su ce qui se passait dans une maison de jeu, avoua-t-elle. Père n'a cessé de réprimander Dom parce qu'il fréquentait de tels établissements, si bien qu'ils m'ont toujours paru interdits et dangereux. Tout ce que je sais, c'est qu'on y joue à des jeux de hasard et d'argent, mais j'ignore lesquels et comment on y joue.

Il la guida à travers la salle, lui montrant les choix qui s'offraient à elle.

— Quoi que vous ayez imaginé, faites-le, dit-il. Lancez-vous.

— Facile à dire pour vous. Pour moi, c'est une autre paire de manches.

— Pour celle que vous avez laissée derrière vous, peut-être. Mais vous êtes Salomé, à présent. Ce que Salomé veut, Salomé l'obtiendra.

Elle hésitait encore, le front plissé.

— Je suis tellement habituée à ce que d'autres gens contrôlent tous les aspects de ma vie, me disent ce que je peux faire et ne pas faire, que je me suis convaincue que tout m'était interdit.

— Ils ont semé en vous les graines du doute. Il leur a suffi ensuite de les laisser germer.

Il l'entraîna de côté pour contourner un client qui paraissait déterminé à engloutir autant de flûtes de vin pétillant que la maison était disposée à lui en offrir.

— C'est ce que font la plupart des familles, ajouta-t-il avec un sourire ironique.

— Mon père et Dom ne sont pas si méchants. Ils veulent mon bien.

— Vous défendez ceux qui vous entravent.

— L'amour est complexe, répondit-elle. Il existe rarement sous sa forme la plus pure.

Il resta silencieux un moment, l'étudiant. Elle n'avait rien d'une oie blanche.

— Vous avez voulu venir ici, n'est-ce pas ? lui rappela-t-il d'une voix douce. Si cela vous déplaît, vous n'avez qu'un mot à dire et nous partirons sur-le-champ.

— Merci. Je… je n'ai pas l'habitude qu'on prenne mes désirs en considération.

Maudite famille… Dom inclus.

— Ne pensez plus aux autres, répondit-il. Qu'ils aillent au diable. Vivez pour vous-même et soyez qui vous voulez être.

Elle hocha la tête, puis redressa les épaules.

— Allons aux tables de jeu, déclara-t-elle en relevant le menton.

Il était bien plus à l'aise avec une plume qu'avec un pinceau, et la peinture n'était pas son fort. Toutefois, il avait un œil pour tout ce qui était beau et captivant. En rassemblant son courage, en puisant dans sa force intérieure et son goût pour l'aventure, Céleste se transformait encore plus qu'elle ne l'avait fait avec ses fards. La détermination et l'appétit de vivre brillaient dans ses yeux. C'était une femme sur le point de se métamorphoser.

Lorsqu'il l'avait prise pour une autre un peu plus tôt, il avait été attiré par elle. Cette Céleste, la vraie Céleste, capturait son attention et refusait de la libérer.

— Par où commencer ? dit-elle en examinant la salle. Il y a le pharaon, le vingt-et-un... Ou peut-être devrais-je essayer le brelan ?

— Vous pouvez jouer à tous ces jeux, mais avant, j'aimerais attirer votre attention sur les gens qui se tiennent autour des tables.

Elle parut perplexe.

— J'en vois beaucoup qui semblent parier eux aussi, alors qu'ils ne jouent pas, observa-t-elle. Sur quoi parient-ils ?

Plutôt que de le lui expliquer, il s'approcha d'un groupe qui se pressait autour d'une table de vingt-et-un. Cinq hommes assis tenaient des cartes. C'étaient de jeunes pédants que Kieran connaissait de vue parce qu'ils fréquentaient les mêmes lieux. Il s'efforçait de les éviter autant que possible. C'était un homme qui se tenait debout derrière les joueurs qui l'intéressait.

— Hedgerly ! lança-t-il au gentleman au nez chaussé de lunettes.

Lawrence Hedgerly avait fait fortune dans l'industrie, et bien qu'il ne hantât pas les maisons de jeu, il lui arrivait de les fréquenter.

— Ransome, répondit-il avec un petit salut distrait.

Il s'inclina devant Céleste.

— Madame.

— Monsieur, répondit-elle avec un léger accent cockney.

— Comment vont les jeux, ce soir ? demanda Kieran.

— Amusants et plutôt fructueux, répondit Hedgerly avec un petit rire. Ces blancs-becs croient pouvoir m'avoir, mais je ne suis pas devenu propriétaire de trois grands domaines à la campagne en me reposant uniquement sur mon charme.

— Je n'en doute pas. Je vous parie vingt livres que Lonsdale se grattera le nez lorsqu'il recevra ses prochaines cartes.

— Vous paraissez bien sûr de vous, répondit Hedgerly en haussant les sourcils.

— Et vous paraissez douter, Hedgerly.

— Peuh, vous ne m'aurez pas en m'aiguillonnant ainsi, Ransome ! Pourtant, j'accepte votre pari.

Kieran, Céleste et Hedgerly concentrèrent leur attention sur Lonsdale, un dandy au visage rubicond qui attendait la prochaine distribution de cartes. La tension monta d'un cran tandis que les autres joueurs recevaient les leurs. Les doigts de Céleste se resserrèrent autour de l'avant-bras de Kieran.

Soudain, il se désintéressa totalement de son pari, toute son attention se portant sur la sensation de cette main qui agrippait son bras.

« Concentre-toi, bon sang ! » se sermonna-t-il.

Enfin, le banquier déposa des cartes devant Lonsdale. Chacun retint son souffle puis…

Lonsdale se gratta le nez.

— Flûte, marmonna Hedgerly.

Céleste sautilla de joie, ce qui eut sur son décolleté un effet saisissant qu'il s'efforça vaillamment de ne pas remarquer. Il se tourna vers Hedgerly et tendit la main.

L'industriel grommela pour la forme mais déposa une petite liasse de billets dans sa paume.

— Ma défaite m'a laissé la gorge sèche, déclara-t-il. Je m'en vais de ce pas chercher un rafraîchissement.

Il s'inclina de nouveau avant de s'éloigner.

— Comment avez-vous su que Lonsdale se gratterait le nez ? demanda Céleste quand il fut parti. Une mouche s'était posée dessus ?

— Il a un tic nerveux lorsqu'il a une mauvaise main, expliqua Kieran en l'entraînant à l'écart de la table. Le désordre dans ses cheveux et ses vêtements indique qu'il n'a cessé de perdre toute la soirée, ce qui le pousse à prendre des risques. Comme il a redemandé des cartes, il était fort probable qu'il dépasserait les vingt et un points et perdrait de nouveau. D'où mon pari.

Elle le dévisagea et, l'espace d'un instant, ce fut comme si ce qui les entourait disparaissait, les isolant du reste du monde.

— Je ne sais pas ce qui me surprend le plus, dit-elle. Que les gens parient sur tout et n'importe quoi, ou que vous soyez un expert en la matière.

— Parce qu'un vaurien comme moi ne saurait avoir un talent ?

Elle esquissa un sourire.

— Parce que vous êtes si modeste, répondit-elle. À votre place, je crierais sur tous les toits que personne ne peut me battre aux paris les plus improbables.

— Si je me vantais, je découragerais les gens susceptibles de parier contre moi, dit-il, amusé. En outre, si vous voulez un véritable expert dans l'art du pari, étudiez Finn. Les facilités de mon frère au jeu frôlent le génie.

— Finn ? répéta-t-elle, dubitative.

Kieran se raidit légèrement, bien qu'il pût comprendre sa réaction. Finn lui-même ne se donnait jamais la peine de contredire ceux qui le considéraient comme un débauché à l'esprit lent, une image qui lui collait à la peau depuis ses années à Eton, où ses résultats académiques avaient été désastreux. De fait, il semblait même encourager les autres à le prendre pour un idiot.

Puis Céleste déclara :

— Nous ne sommes pas toujours ce que les autres croient voir en nous.

Il regarda dans ses yeux, un mélange de vert, de marron et d'or, et le sol sous ses pieds sembla bouger, comme rendu instable par sa perspicacité.

Désireux de retrouver son équilibre, il détourna les yeux et reconnut le costume noir de son frère à l'autre bout de la salle. Cela n'avait rien de surprenant, Finn étant un habitué des lieux. Ce qui l'était plus, c'était que, si Finn avait remarqué sa présence, il ne soit pas venu vers lui. Mais c'était aussi bien ainsi. Même s'il était peu probable que Finn reconnaisse Céleste sous son déguisement, mieux valait ne pas courir de risque et l'éviter.

Pour ne pas tenter le sort, il entraîna Céleste vers d'autres tables.

— Les jeux en eux-mêmes sont intéressants, expliqua-t-il. Mais si vous cherchez des sensations plus grisantes et plus subtiles, concentrez-vous sur les paris des spectateurs. C'est là que se joue le vrai sport.

— Il faut étudier les joueurs attablés, les observer, suivre l'évolution de leurs parties et la manière dont ils réagissent, résuma-t-elle.

— Exactement.

Elle se tourna vers une table de brelan, et un sourire curieux illumina ses traits. Ses expressions étaient si dynamiques, si chargées d'émotion qu'il était impossible de ne pas se demander ce qu'une telle spontanéité donnerait dans un lit.

Tu peux toujours te poser la question, Ransome. Tu ne le sauras jamais.

— Il est temps de tenter ma chance, annonça-t-elle en exerçant une légère pression sur son bras.

Elle le lâcha et il la regarda s'éloigner, incapable de ne pas admirer la courbe délicieuse de son cou. Plusieurs têtes se tournèrent sur son passage.

« Concentre-toi sur autre chose », s'ordonna-t-il.

Son attention fut attirée par une voix mâle très jeune qui déclarait avec un enjouement forcé :

— Attendez-moi là, Antoinette. Je dois parler avec le chef des croupiers. Je reviens tout de suite.

En se retournant, Kieran vit un jeune homme pâle qui ne devait avoir guère plus de dix-huit ans, accompagné d'une femme tout aussi jeune en robe de soie bleu nuit. Dès que le jeune homme tourna le dos à son amie, son expression faussement joyeuse se décomposa en un masque de peur. Se tordant les mains, il lançait des regards paniqués autour de lui, un voile de transpiration luisant sur sa peau.

Kieran s'approcha de lui et lui glissa à voix basse :

— Combien as-tu perdu ?

— Je... je... je vous demande pardon ? balbutia le jeune homme.

— Tu as parié au-delà de tes possibilités, dit Kieran en s'efforçant d'afficher l'air le plus neutre possible. Tu as perdu ta rente trimestrielle en misant trop gros pour impressionner la demoiselle.

Le jeune homme passa une main sur son menton, sur lequel poussaient quelques poils de barbe, pas encore assez pour qu'il ait à se raser régulièrement.

— Je ne voulais pas qu'elle me prenne pour un péquenaud qui ne sait pas ce qu'il fait.

— L'erreur la plus commune du monde, dit Kieran.

Il éprouvait une certaine compassion pour le garçon. Combien de fois avait-il commis la même bêtise quand il avait son âge ?

Il glissa une main dans sa poche et déposa discrètement une liasse de billets dans la main du jeune homme.

— M-m-merci, balbutia le garçon en écarquillant les yeux.

— Tu as assez joué, dit Kieran sans croiser son regard. Emmène la demoiselle en lieu sûr, loin de ces vautours.

Il lança un regard vers la jeune femme en bleu entourée d'hommes âpres au gain.

— Et cesse de gaspiller ton argent bêtement, ajouta-t-il. Pour séduire, un sonnet est bien plus efficace.

— Je vous suis très reconnaissant, monsieur, répondit le jeune homme sincèrement. Infiniment reconnaissant.

— File, lui dit Kieran en s'éloignant.

Il réprima un sourire amer. Il lui avait donné presque toute la somme qu'il avait prévu de dépenser ce soir. Il pouvait aisément demander du crédit à Mme Jenkins, mais il n'aimait pas jouer avec l'argent des autres.

Il aperçut Céleste près d'une autre table de brelan. Elle semblait être en train de parier. Son air incertain avait disparu ; elle se tenait le dos droit, le regard brillant d'assurance. Trois hommes lui tournaient autour, plus intéressés par elle que par le jeu. Elle ne paraissait pas le remarquer.

Il fit un pas dans sa direction et se rendit compte soudain qu'il serrait les poings. Il baissa les yeux vers ses mains et les regarda avec perplexité, comme si elles avaient obéi aux ordres d'un autre que lui.

Pourtant, cet élan protecteur qu'il ressentait à l'égard de Céleste était bien le sien.

Quelques instants plus tard, elle vint vers lui d'un pas guilleret, rayonnante, et agita une liasse de billets comme un éventail. Se plantant devant lui, elle prit une pose de gravure de mode.

— Félicitations, lui dit Kieran en luttant pour se ressaisir.

Elle n'avait pas besoin de savoir qu'il avait été prêt à se ruer sur quiconque lui aurait fait des avances.

— J'espère que vous avez vidé les poches de tout le monde, ajouta-t-il.

— Quinze livres ! répondit-elle en riant. J'ai parié que la dame qui jouait au brelan tousserait lorsque le joueur assis à sa droite lancerait les dés.

Elle avait un rire rauque qui s'enroulait autour de lui telle une caresse de velours.

— Comment en êtes-vous arrivée à cette conclusion ? demanda-t-il.

— En observant le jeu, j'ai constaté que le monsieur gagnait et qu'elle fulminait de perdre. Je me suis doutée qu'elle tenterait de le déstabiliser quand il jouerait.

Elle agita de nouveau ses billets, et il lui prit précipitamment la main pour l'arrêter. La chaleur de sa peau se diffusa aussitôt en lui, une certaine partie de son anatomie de lui s'animant, exigeant de l'action. Les pupilles de Céleste se dilatèrent, et le fard qu'elle avait copieusement appliqué sur son visage ne put cacher la rougeur soudaine de ses joues, une couleur qui correspondait au feu qu'il sentait couler dans ses veines.

Bon sang ! Ce n'était pas le moment.

Il la libéra lentement.

— Prenez garde, dit-il à voix basse. Nous avons beau être dans une maison de jeu, mieux vaut ne pas exciter les convoitises en exhibant vos gains. Il y a ici des gens qui pourraient être tentés.

Ils se dévisagèrent un long moment, l'air entre eux chargé de non-dits et de pulsions réprimées.

— Maintenant que vous avez gagné, vous voudrez sans doute continuer à jouer, dit-il.

Elle cligna des yeux, s'extirpant de la bulle qui les avait enveloppés un instant tous les deux.

— Ne devrais-je pas m'arrêter avant que ma chance tourne ?

— Non, vous devriez tester les limites de cette chance, répondit-il.

En voyant son air surpris, il se mit à rire.

— Si vous cherchiez quelqu'un qui prône la tempérance, vous vous êtes trompée de personne.

— J'ai suffisamment de ces gens-là autour de moi, répondit-elle avec une moue ironique.

— Alors soyons intempérants, madame Salomé, dit-il en lui offrant son bras.

— À la bonne heure.

Elle posa la main sur son bras et lui sourit. Ce n'était pas le sourire courtois un peu distant qu'il lui avait vu lors de diverses mondanités au fil des ans. Il était énigmatique et narquois, comme s'ils partageaient tous deux un secret coquin.

Ce n'était plus la sœur de Dom, mais une femme à part entière.

Il l'entraîna vers d'autres tables de jeu. Au cours de l'heure suivante, elle plaça des paris tant sur les parties elles-mêmes que sur les gens qui les regardaient. Elle ne gagna pas toujours et perdit presque tout son argent avant de se refaire. Rien n'entamait son enthousiasme ; sa bonne humeur était contagieuse.

Lui-même commençait à avoir des crampes aux mâchoires à force de sourire.

— Pourquoi n'êtes-vous pas contrariée ? demanda-t-il après qu'elle eut perdu une somme substantielle en pariant contre une autre femme.

Elle tendit deux livres à la dame et répondit :

— Quoi qu'il advienne, j'apprends et je vis. Je n'aurais fait ni l'un ni l'autre en restant sagement à la maison. Mais vous aussi, vous me surprenez.

— Les téméraires comme moi n'aiment pas être prévisibles.

Bien qu'il ignorât ce qu'elle pouvait lui trouver de surprenant, il s'étonnait lui-même de rester à ses côtés en s'assurant qu'aucun homme ne l'importune. Il aurait pu la laisser se débrouiller seule.

Toutefois, il était normal qu'il veille sur elle. S'il lui arrivait quelque chose, Dom et le père Kilburn lui demanderaient des comptes et se vengeraient. Il ne faisait que se protéger lui-même.

— Je croyais que vous alliez jouer comme moi, dit-elle. Au lieu de cela, vous me soufflez des idées diaboliques et me laissez prendre tous les risques.

— Mon appétit pour les jeux d'argent est modéré. Quelques paris ici et là suffisent à étancher ma soif.

Elle n'avait pas besoin de savoir qu'il avait donné pratiquement tout son argent au garçon pâle.

Elle le dévisagea d'un air songeur puis, lançant un regard par-dessus son épaule, sursauta et pâlit. Kieran se retourna pour voir ce qui avait capté son attention.

Un grand homme blond se tenait à l'entrée de la salle. Il avait la peau claire et possédait ce genre de beauté anglaise un peu fade. Ses larges épaules remplissaient sa veste impeccablement taillée.

— Flûte ! marmonna Céleste.

— Vous le connaissez ? demanda Kieran en sentant aussitôt revenir son instinct protecteur.

— Oui. C'est la dernière personne qui doit me voir ici.

Elle pâlit encore plus et ajouta d'une voix étranglée :

— Il vient dans notre direction.

7

Le cœur de Céleste battait douloureusement dans sa poitrine tandis que lord Montford marchait vers eux d'un pas décidé. Elle aurait dû se douter qu'elle croiserait un visage familier au cours de ses pérégrinations dans le Londres interlope. Néanmoins, elle n'aurait jamais imaginé que ce serait celui de Montford.

Que faisait-il ici ? Et, pour l'amour de Dieu, pourquoi venait-il vers eux ?

L'attention de Montford n'était pas dirigée sur elle mais sur Kieran.

— Bonsoir, Ransome, dit le comte. Nous nous sommes rencontrés une fois, bien que brièvement. Je suis lord Montford.

— Milord, répondit Kieran d'un air indifférent.

— Avez-vous vu votre frère ?

Kieran fit un geste vague de la main.

— Il me semble avoir aperçu Finn ici, en effet.

Céleste ravala son hoquet de surprise.

— Non, non, je voulais parler de votre autre frère, Simon, dit Montford.

Il se tourna vers Céleste, qui sentit sa gorge se nouer. Allait-il la reconnaître ?

S'il voyait au travers de son maquillage et de sa perruque, elle était perdue. Elle ne savait pas grand-chose sur les maisons de jeu, mais elle était sûre que les femmes non mariées ne les fréquentaient pas, encore moins en compagnie d'un des libertins les plus notoires de Londres, et surtout pas dans une robe moulante vert émeraude qui révélait plus qu'elle ne dissimulait.

Le regard de lord Montford s'arrêta un peu trop longtemps sur son décolleté avant de remonter vers son visage.

Mon Dieu, mon Dieu…

— Nous sommes-nous déjà rencontrés ? demanda-t-il en inclinant la tête sur le côté.

Quel était le contraire de la réaction policée et respectable qu'aurait eue Céleste Kilburn ?

— J'en doute, mon chou, répondit-elle en reprenant son vieil accent de Ratcliff. Je me souviendrais d'un joli minois et de mains douces comme les vôtres. On dirait du lait, ces mains.

Kieran faillit s'étrangler. Il semblait se retenir d'éclater de rire tandis que lord Montford la dévisageait d'un air glacial.

Sa voix ! Le comte avait dû la reconnaître et comprendre qui elle était. D'un instant à l'autre, il allait lui arracher sa perruque et la montrer du doigt, en criant à tous les clients du Jenkins's qu'elle était Céleste Kilburn, fille du magnat Ned Kilburn, détruisant à jamais sa réputation et celle de sa famille.

La périphérie de son champ de vision se teinta de rouge. Il était absurde qu'on accorde autant de valeur à un concept aussi inutile qu'une réputation. Il était d'autant plus absurde qu'un homme comme lord Montford ait le pouvoir de la détruire avec quelques mots.

Elle lutta de toutes ses forces pour cacher sa terreur et sa fureur.

Lord Montford se tourna brusquement vers Kieran, l'air impatient.

— Simon est-il ici ce soir ?

— Les goûts austères de mon frère aîné ne le portent pas à fréquenter ce genre d'endroit, répondit Kieran.

— J'espérais lui demander son avis sur une question financière, mais vous avez raison, bien sûr. Ce n'est pas ici que je le trouverai.

Lord Montford s'inclina devant Kieran et adressa un bref signe de tête à Céleste.

— Je vous souhaite une bonne soirée, dit-il sèchement avant de s'éloigner.

— Quel poseur ! grommela Kieran. Comment vous sentez-vous ?

Sans s'en rendre compte, Céleste s'était affaissée contre lui, se servant de son corps solide pour se stabiliser.

— Je crois que la chaleur de la pièce m'est montée à la tête, répondit-elle.

— Je crois surtout que c'est le fait que vous le connaissez et que vous mouriez de peur qu'il ne vous reconnaisse, précisa-t-il en lui offrant son bras pour la soutenir. N'ayez crainte, il n'a aucune idée de votre véritable identité.

— Pour le moment, dit-elle en se redressant. J'aimerais beaucoup rester, mais il serait plus sage de partir avant de le croiser de nouveau.

Kieran lança un regard vers lord Montford, qui discutait avec un homme plus âgé à l'entrée du salon des rafraîchissements.

— Ce qu'il est guindé !

Avec un certain soulagement, elle suivit Kieran vers le vestibule en lançant des regards nerveux derrière elle. Alors qu'un valet leur tendait leurs affaires, il lui demanda :

— Alors, qu'avez-vous pensé de votre première incursion dans le Londres louche ?

— J'en suis encore toute retournée, et ce n'est pas uniquement à cause de la peur, répondit-elle en enfilant sa cape.

— Vous vous en êtes admirablement sortie, assura-t-il avec un sourire canaille qui fit encore s'accélérer son pouls. Vous avez plus de courage qu'une lionne.

Malgré elle, elle savoura son compliment. C'était comme se draper dans du velours.

— J'avais peur que les gens ne perçoivent ma nervosité.

— Au début, peut-être. Puis vous vous êtes ressaisie et avez dévoré la nuit comme un festin.

Ils sortirent dans la rue. Elle aurait préféré rester dans le chaos sublime de la maison de jeu, mais elle devait se montrer prudente. Se retirer avant que lord Montford la reconnaisse signifiait qu'elle pourrait de nouveau s'aventurer dans la nuit. Avec Kieran.

Elle devait néanmoins garder la tête froide. Un détail qui l'avait troublée un peu plus tôt lui revint en mémoire.

— Vous ne m'aviez pas dit que Finn se trouvait lui aussi au Jenkins's.

— Comme il ne nous a pas vus, je n'ai pas jugé nécessaire de le mentionner.

— S'il vous plaît, ne triez plus les informations pour moi, dit-elle avec agacement. Il y a déjà trop de monde autour de moi qui le fait en décidant pour moi ce que j'ai besoin de savoir ou pas.

Elle fit la grimace.

— Dorénavant, je ne vous cacherai plus rien, promit-il.

Elle l'observa furtivement pendant qu'il hélait un fiacre. Durant toute la nuit, il l'avait traitée avec une considération remarquable. Personne, même au sein de sa famille, ne l'écoutait jamais. Ce beau voyou, lui, l'avait fait, et c'était d'autant plus agréable qu'elle ne s'y était pas attendue.

Une voiture s'arrêta au bord du trottoir, et il l'aida à monter à bord. Elle avait oublié de remettre ses gants, et le contact de leurs doigts nus lui procura un délicieux frisson.

Ce fiacre se révéla un peu plus spacieux que le précédent. Leurs genoux ne s'entrechoquaient pas, même si Kieran avait allongé ses jambes avec cette nonchalance que seuls les hommes pouvaient se permettre.

— Bien que je n'aime pas recourir à la stratégie, nous devons réfléchir à la prochaine étape, annonça-t-il. Ma réforme apparente est entièrement entre vos mains expertes.

Elle baissa les yeux vers ses mains croisées sur ses genoux et les imagina enroulées autour de son bras nu. Elle chassa aussitôt cette image et répondit d'un ton décidé :

— J'ai choisi un lieu connu pour son prestige et ouvert au public. Il y aura quelqu'un là-bas à qui je veux vous présenter. Si tout se passe bien et que vous jouez correctement votre rôle de gentleman respectable…

— Je note que vous avez mis l'accent sur « jouer un rôle », observa-t-il avec sarcasme.

— Vous avez dit « ma réforme apparente » et non « ma réforme effective ».

Il éclata de rire, un son riche et grave qui l'enveloppa comme une soie grège. Elle se mit à rire à son tour.

— Je vous en prie, poursuivez l'explication de votre stratégie, mon général, demanda-t-il, hilare.

— La personne à qui je veux vous présenter organise une réception dont les convives sont triés sur le volet, et j'espère vous obtenir une invitation. Si vous y apparaissez avec moi à vos côtés, la haute société vous considérera comme honorable.

— Nous savons tous deux que c'est loin d'être le cas, commenta-t-il, sardonique.

— En êtes-vous sûr ? J'ai vu ce que vous avez fait pour ce jeune homme au Jenkins's.

D'abord pris de court, il afficha rapidement un air neutre.

— Ce n'était rien.

— Au contraire, insista-t-elle. Vous lui avez évité de se couvrir de honte devant la demoiselle et, ce faisant, vous l'avez protégée elle aussi.

Comprenant soudain, elle ajouta :

— C'est pour cela que vous n'avez pas parié. Vous lui aviez donné tout votre argent !

— Ce n'était qu'un caprice, dit-il avec un geste vague de la main. Ne brossez pas de moi un portrait trop flatteur. Je suis un débauché invétéré qui ne pense qu'à lui-même.

— Pourquoi tenez-vous tant à vous donner le mauvais rôle ?

Intriguée et frustrée, elle se pencha en avant comme si elle pouvait le forcer à accepter ses louanges.

— C'est celui que j'ai joué toute ma vie, répliqua-t-il. Insouciant, irréfléchi, dépensier et toutes les sortes d'épithètes qui accompagnent généralement un fils benjamin.

— Le benjamin, répéta-t-elle.

Elle devina soudain qui l'affublait de tels qualificatifs.

— Ils se trompent, vous savez. Votre famille.

Il sursauta comme si elle l'avait giflé.

— Je n'ai jamais parlé de ma famille !

— Pourtant j'ai raison, n'est-ce pas ?

Voyant qu'il s'enfonçait dans un silence têtu, elle changea de place et vint s'asseoir sur la banquette près de lui.

— Je me souviens très clairement d'être allée chez vous, à Wingrave House. Je rendais visite à votre mère. Quand vous êtes entré dans la pièce, elle ne vous a pas salué. Elle s'est contentée d'accepter le baiser que vous avez déposé sur sa joue tout en continuant à parler comme si vous n'étiez pas là. Puis Simon est arrivé à son tour, et elle lui a proposé de l'accompagner dans un atelier d'artiste. Vous, elle ne vous a pas invité.

— Vous avez une mémoire prodigieuse pour les trivialités.

— Cela n'avait rien de trivial, loin de là, répondit-elle en scrutant son visage dans l'ombre. Lorsque vous avez proposé de l'accompagner vous aussi, elle a répondu : « Tu ne trouveras pas de vin ni de danseuses de revue là-bas,

Kieran, rien qui pourrait intéresser quelqu'un comme toi. »

Il tiqua. D'une manière presque imperceptible, mais elle le vit. Il réagissait au souvenir de la cruauté de sa mère, comme il avait tiqué ce jour-là dans le salon de Wingrave House.

Céleste eut de la peine pour lui et prit sa main. Elle était beaucoup plus grande que la sienne, belle et bien faite, comme les mains du *David* de Michel-Ange. Elle aurait pu l'étudier durant des heures.

Ce serait pour une autre fois.

— Depuis que mon père a fait fortune, on m'a enfermée dans une cage, dit-elle doucement. Céleste, la gardienne de l'honneur des Kilburn. Céleste, la garante de la respectabilité de notre maison. C'est épuisant d'être dans cette cage. Personne ne me demande qui je suis, ce que je voudrais être. Personne ne me voit vraiment.

Elle marqua une pause, puis reprit en baissant encore la voix :

— Moi, je vois en vous un homme bon et généreux. Mon opinion n'a sans doute aucune valeur, mais je tiens à vous le dire quand même.

Elle exerça une légère pression sur sa main. Pendant un temps, il ne réagit pas, puis il serra doucement sa main à son tour.

Durant le long silence qui suivit, elle prit conscience que sa jambe était pressée contre la sienne et qu'elle tenait toujours sa main dans la sienne. Il baissa les yeux sur ses lèvres tandis qu'elle observait la faim qui obscurcissait son regard et contractait sa mâchoire.

Il devint beaucoup plus difficile de respirer dans la cabine très chaude et très petite.

Lui-même avait une respiration légèrement irrégulière. Il se redressa, la tension dans ses membres se transmettant aux siens.

— Je crois que vous devriez retourner sur votre banquette, dit-il lentement, d'une voix très basse.

— Oui, vous avez raison. On est trop serrés dans cette voiture.

Elle reprit maladroitement sa place en face de lui. Cela n'atténua en rien la tension entre eux. Quand elle ne put plus supporter le silence, elle déclara d'une voix forte :

— La prochaine fois, j'aimerais que vous choisissiez de nouveau l'endroit où nous irons. Nous avons déjà établi que ma connaissance du Londres sulfureux était plutôt…

— Limitée ?

Il émit un petit rire en voyant son regard noir.

— Il n'y a aucune honte à cela. Vous avez mené une vie protégée.

— Pas toujours, lui rappela-t-elle. À certains égards, je connais les recoins les plus sombres de cette ville mieux que vous.

— Ressentez-vous l'envie de les revoir ?

Il semblait sincèrement curieux de le savoir.

— Je les vois dans le cadre de mes œuvres de charité. Pour ce qui est de Ratcliff, j'y suis retournée peu après la mort de ma mère.

Elle regarda par la fenêtre du fiacre. Les rues sombres qui défilaient de l'autre côté de la vitre étaient celles du West End, et les dangers qu'elles recelaient n'étaient rien comparés aux menaces qui planaient sur les taudis qui bordaient le fleuve. La plupart des habitants de l'East End étaient des familles honnêtes qui travaillaient dur. Cependant, parmi elles se terraient des êtres malveillants. Après le décès de sa mère, elle avait pris soin de ne retourner à Ratcliff qu'en pleine journée et dans ses habits les plus sobres, et s'était fait accompagner par un valet à qui elle avait demandé de mettre ses vêtements de ville plutôt que sa livrée.

— Peu après être sortie de pension, je suis retournée là où nous habitions, reprit-elle d'un ton absent. Nous occupions deux pièces au dernier étage d'un immeuble. Il y faisait une chaleur étouffante en été, et nous gelions en hiver. Une autre famille s'y était installée, une femme et ses trois enfants en bas âge. Ils m'ont regardée comme si j'étais folle d'être revenue voir ces lieux. J'étais comme un fantôme hantant mes souvenirs. Je revoyais ma mère penchée sur sa montagne de pièces à coudre. Cette vie lui a volé sa beauté.

— Si vous lui ressemblez, elle devait être très belle, dit-il doucement.

Même si elle savait que les flatteries lui venaient machinalement, elle rosit.

— J'avais toujours cru que tout s'arrangerait une fois que nous aurions quitté cette mansarde, poursuivit-elle en observant les halos de lumière des réverbères devant lesquels ils passaient. Pourtant, maman est tombée malade et est morte à Hans Town. La dentelle française de son bonnet, les draps en lin irlandais, le thé de Ceylan, les chirurgiens de la Faculté royale de médecine... rien de tout cela n'a pu la sauver.

Elle tourna de nouveau la tête vers Kieran.

— Quand ma mère est morte, j'ai compris à quel point toutes ces choses étaient fugaces et illusoires. Ce jour-là, je me suis juré que si j'avais la chance de pouvoir contrôler mon existence, je la saisirais. Je n'en ai jamais eu l'occasion ni le courage. Jusqu'à aujourd'hui.

— D'où notre pacte, dit-il. Sachez une chose : je n'essaierai pas de vous empêcher de vivre pleinement vos expériences. Nous nous aiderons l'un l'autre à obtenir ce que nous voulons. Vous pouvez compter sur moi.

La gravité inattendue de ses paroles la pénétra. Au fil de la soirée, elle était allée de surprise en surprise, et il était de loin la plus stupéfiante.

Jusqu'à présent, le béguin superficiel qu'elle avait ressenti pour Kieran reposait sur ce qu'elle croyait savoir de lui. Un voyou, un libertin, le genre d'individu qui donnait matière à remplir les feuilles à scandale mais qui n'avait pas de véritable dimension en dehors d'être cette machine à alimenter les ragots.

Il était bien plus que cela. Il y avait en lui une profondeur, des nuances et une complexité dont elle se doutait qu'elles allaient la tarabuster jusque tard dans la nuit.

— J'espère vous avoir offert une nuit mémorable, dit-il presque timidement.

— Indubitablement.

Elle songea à sa marche dans les rues obscures pour le retrouver, à son entrée au Jenkins's, à sa conversation avec la maîtresse des lieux, à son premier pari gagné. Il y avait eu un moment effrayant lorsqu'elle avait rencontré lord Montford, mais même cette brève terreur avait ajouté à l'excitation de faire ce qu'elle avait tant voulu faire depuis si longtemps.

Rien de cela n'aurait été possible ni aussi exaltant sans la présence de Kieran à ses côtés. Il lui avait fait confiance, l'avait encouragée comme personne ne l'avait jamais fait. Cela valait tous les risques de scandale.

Ce n'était que provisoire, naturellement. Dans moins de deux mois, la saison prendrait fin et lord Montford demanderait officiellement sa main. En outre, elle devait accomplir sa part du marché avec Kieran. Elle avait déjà conçu un plan pour lui obtenir des invitations aux bonnes soirées, où il serait présenté à des jeunes femmes comme il faut, dont l'une deviendrait son épouse.

Kieran et elle étaient destinés à d'autres gens, et leur temps ensemble était compté. Alors, tant qu'elle avait encore la possibilité de vivre sa propre vie, elle en profiterait au maximum.

Néanmoins, tandis qu'elle regardait son beau visage souriant à demi caché dans l'ombre, une angoisse se lova au creux de son ventre. Elle devait faire preuve de sagesse et protéger son cœur. Cela représenterait, elle le soupçonnait, un défi encore plus grand que celui d'éviter la disgrâce sociale.

8

Kieran s'efforçait de ralentir le pas, mais ses pieds refusaient de lui obéir. Ils le poussaient vers Regent's Park, où il devait retrouver Céleste, mais une telle hâte allait à l'encontre des principes d'un noceur invétéré. En théorie, les vauriens comme lui étaient trop blasés pour se précipiter quelque part.

Pourtant, il contournait les piétons trop lents et se faufilait entre les véhicules pour traverser New Road et rejoindre le parc. Il aurait pu prendre son cheval ou un fiacre, mais il lui avait semblé plus rapide d'y aller à pied.

Il avait emmené Céleste au Jenkins's deux soirs plus tôt. Sur le chemin du retour, elle avait annoncé avoir en tête un événement spécial pour ses débuts en tant que débauché réformé. Ce matin, elle lui avait envoyé un message lui donnant rendez-vous dans le parc.

Il espérait que sa course n'avait pas mis ses vêtements trop en désordre. Il devait être présentable pour rencontrer la personne à laquelle Céleste voulait le présenter, mais, plus important encore, il voulait qu'elle approuve sa tenue.

Il s'arrêta brusquement.

— Crétin ! lança derrière lui un homme qu'il avait failli percuter.

— Va te faire voir ! répondit Kieran machinalement.

Il n'avait passé qu'une nuit avec Céleste dans une maison de jeu, et il perdait déjà de vue son objectif initial. Elle n'était qu'un instrument, un moyen de pénétrer dans l'enceinte de la société convenable, où il se trouverait une épouse respectable. Peu importait qu'il ait été gratifiant de la voir s'épanouir sous les nombreux lustres du Jenkins's. Peu importait qu'elle l'ait qualifié de « bon » et de « généreux » (ce que personne n'avait jamais fait) et que le contact de sa main dans la sienne ait allumé des feux dans tout son corps.

Non, cela n'avait pas d'importance. Ils devaient suivre des chemins différents, et il était hautement improbable que Dom voie d'un bon œil qu'un débauché tel que lui ait des vues sur sa sœur.

En revanche, l'important était de ne pas être en retard à son rendez-vous avec Céleste. Il pénétra dans Regent's Park et marcha à grands pas vers le lieu qu'elle lui avait indiqué.

— Bon sang, pourquoi fait-il si jour ? marmonna-t-il.

Le soleil faisait scintiller l'eau du lac comme si l'on avait éparpillé une poignée de pièces d'or sur sa surface. Le spectacle était si ravissant qu'il en oublia presque le motif de sa présence dans le parc à une heure aussi indue. Il ne devait toutefois pas perdre de vue les deux raisons de sa venue : montrer à la bonne société qu'il s'était amendé et, ce faisant, se trouver une fiancée.

Comme le lui avait expliqué Céleste dans son message, un grand pavillon se dressait au bord du lac. Il hâta le pas en apercevant la demoiselle en question. Elle contemplait les cygnes et les canards qui glissaient sur la surface de l'eau.

Elle avait troqué sa provocante robe vert émeraude contre une redingote bleu pâle très sage portée par-dessus une robe blanche. Au lieu de sa perruque noire, elle cachait sa chevelure auburn sous un chapeau de paille orné de rubans assortis à sa redingote.

Il aurait préféré qu'elle ne l'attire que sous sa forme de Salomé, mais elle était aussi captivante aujourd'hui que deux soirs plus tôt.

Qu'il ait envie de lécher son long cou blanc alors qu'elle était vêtue si sobrement n'était pas de bon augure.

Fichtre, il était dans le pétrin si une nuit en sa compagnie et le fait d'avoir simplement tenu sa main le mettaient dans un tel état ! Parce qu'il avait besoin d'elle et de ses relations sociales, il devrait trouver un moyen de se contrôler en sa présence. Cela tiendrait de la prouesse.

Naturellement, il avait la ferme intention de lui éviter des ennuis. Du moins, des ennuis *publics*. Elle paraissait très enthousiaste à l'idée de se plonger dans toutes sortes d'embrouilles en privé, et il aurait menti en affirmant qu'il n'avait pas hâte de la voir à l'ouvrage. Il devrait simplement oublier à quel point elle était perspicace et compatissante, ainsi que le plaisir qu'il avait ressenti en la touchant, ne serait-ce que brièvement.

Impossible.

Comme si elle avait senti son regard sur elle, elle se tourna, l'aperçut et agita la main dans sa direction. Il la salua en retour et la rejoignit. Sa cameriste se tenait non loin, occupée à discuter avec un gardien au physique avantageux.

— Me voici de nouveau debout alors que le soleil est encore haut dans le ciel, dit-il. Cela commence à se produire à une fréquence alarmante.

— Vous allez devoir vous y faire, car la bonne société se réunit souvent en plein jour.

— Bonté divine ! répliqua-t-il avec une grimace. Avec une lumière aussi cruelle, c'est un miracle qu'ils parviennent à se reproduire.

— Nous sommes censés fermer les yeux, faire appel à notre imagination et penser à notre devoir, répondit-elle.

Elle le regarda de la tête aux pieds et ajouta :

— De toute façon, vous êtes aussi séduisant à midi qu'à minuit.

Son torse se gonfla, et il lutta pour réprimer le petit sourire suffisant qui lui venait aux lèvres. Il avait déjà reçu des compliments plus élaborés, mais les mots simples de Céleste le comblaient.

— Je tiens à ce que vous sachiez que je m'investis pleinement dans notre projet, annonça-t-il. Depuis notre escapade l'autre nuit, je n'ai pas mis le pied dehors après 22 heures. Je ne suis pas allé au théâtre ni à aucune soirée privée.

Son lit était également resté vide.

— Quel noble sacrifice, ironisa-t-elle.

Il afficha un large sourire. Il aimait l'entendre se moquer de lui.

— Quel sera mon sacrifice aujourd'hui ? demanda-t-il. Ce pavillon me remplit d'effroi. Il paraît si… convenable.

Il frissonna.

— C'est une exposition qui, heureusement, est ouverte à tous. C'est l'idéal pour votre première sortie car vous n'avez pas besoin d'invitation. Avant que nous y entrions, je dois savoir : éternuez-vous au printemps ?

— Quelle drôle de question ! s'étonna-t-il.

— Répondez-y.

— Les clous de girofle me font éternuer, mais c'est tout.

Elle hocha la tête d'un air satisfait.

— Alors vous êtes paré pour le combat.

— « Allons, encore une fois à la brèche… », etc., répondit-il, citant Shakespeare.

Il lui offrit son bras, qu'elle accepta. Ce n'était que la troisième fois qu'ils marchaient ainsi, et c'était bien trop agréable. Il ne fallait pas qu'il s'habitue à l'avoir à son bras.

Ils se dirigèrent vers le pavillon, la femme de chambre de Céleste marchant à quelques pas derrière eux. À mesure qu'ils approchaient, une forte odeur fleurie les enveloppa. Sans doute provenait-elle des matrones aristocratiques, des jeunes filles élégantes et des dandys qui se dirigeaient eux aussi vers la tente. De nombreux regards surpris se tournèrent vers eux, certains outrés.

— Ne le faites pas, le mit en garde Céleste.

— Que ne dois-je pas faire ?

— Leur répondre avec un geste obscène, une grimace ou les mille autres choses que vous avez envie de faire.

— Jamais ! protesta-t-il.

Un instant plus tard, il avoua :

— D'accord, j'en ai eu envie. Je me suis retenu, ce qui devrait jouer en ma faveur.

— Je vous félicite d'être légèrement moins irrévérencieux qu'à votre habitude.

— Merci.

Lorsqu'ils arrivèrent à l'entrée du pavillon, il comprit enfin pourquoi elle lui avait demandé s'il éternuait. Une grande banderole proclamait : « Exposition horticole de Regent's Park, 1818 ». D'un bout à l'autre de la tente, des tables étaient chargées de plantes de toutes sortes ; des spécimens plus gros, incluant des arbres fruitiers miniatures et des palmiers tropicaux, étaient posés dans des pots sur le sol. Les plantes en fleurs emplissaient l'air chaud de parfums capiteux et leurs couleurs contrastaient avec les tenues plus sobres des visiteurs. Ceux-ci s'arrêtaient devant chaque plante, affichant des expressions intéressées laissant entendre qu'ils étaient prêts à parler botanique avec qui voudrait bien aborder le sujet.

— Ce n'est pas une orgie, murmura Kieran.

— C'était ce à quoi vous vous attendiez ? lui demanda Céleste.

— On peut toujours espérer, grommela-t-il. Que faisons-nous à présent ?

Elle se dirigea vers la première rangée de tables.

— À présent, nous voyons et sommes vus. En temps voulu, je vous présenterai à l'homme qui est notre cible. Nous ne pouvons aller lui parler directement ; cela le rendrait méfiant.

Elle échangeait des salutations avec des gens en passant. Certains saluaient également Kieran ; d'autres, plus nombreux, le dévisageaient d'un air indigné ou faisaient mine de ne pas le voir. Il avait l'habitude qu'on lui batte froid et n'y attachait pas d'importance. Tant qu'on ne lui tirait pas dessus ou qu'on ne lui collait pas son poing dans la figure, il s'en moquait.

L'atmosphère sous la tente était humide et sentait le renfermé, autant à cause de l'accumulation de plantes que de la foule venue les admirer. Surtout, elle était alourdie par le poids des convenances et de la bienséance.

— N'oubliez pas qu'on ne crache pas par terre, lui dit Céleste à voix basse. Et ne faites pas d'avances à une femme, même si elle vous fait les yeux doux.

— Je ne suis pas si sauvage, maugréa-t-il.

Elle haussa les sourcils.

— J'ai lu ce qui s'est passé au théâtre.

— Ah oui ? Quel théâtre ?

Elle pouffa de rire.

— Mon Dieu, vous êtes vraiment incorrigible !

— À vous entendre, on croirait que c'est un défaut.

— Pour quelqu'un qui veut corriger sa réputation, ça pourrait l'être.

— L'autre soir, dans le fiacre, vous m'avez défendu. Voilà à présent que vous me peignez sous le même jour scandaleux que tous les autres.

Elle se tourna vers lui avec un air navré.

— Vous avez raison. Je m'excuse, vous méritez mieux.

— Merci.

Il eut un pincement au cœur, touché de voir qu'elle se souciait de ses sentiments – sans compter qu'il était rare d'entendre quelqu'un reconnaître son erreur.

— Bonjour, mademoiselle Kilburn, dit poliment une dame aux cheveux gris.

Elle lança un regard méfiant vers Kieran, et il fut pris de l'envie de faire un commentaire déplacé rien que pour voir la tête de Céleste.

Non, il n'était pas pervers au point de saper ses efforts.

— Bonjour, lady Newstead, répondit Céleste. Comment va votre petit-fils ?

Les traits de lady Newstead s'illuminèrent.

— Il connaît déjà son alphabet !

— Mais il a à peine deux ans ! s'exclama Céleste.

— Deux ans et trois mois, répondit fièrement lady Newstead. Il tient de sa mère.

— Lady Newstead, peut-être connaissez-vous M. Kieran Ransome ? Le fils du comte de Wingrave.

— Milady, la salua Kieran avec une élégante courbette.

La dame âgée et Céleste parurent légèrement surprises qu'il soit capable d'exécuter une telle manœuvre. Il se retint de lever les yeux au ciel. Pour qui le prenaient-elles ? Comme tout fils d'aristocrate, il avait eu un maître à danser. Affichant un air affable, il déclara :

— Lorsque votre petit-fils aura dépassé le stade de l'abécédaire, il aimera peut-être les livres de Samuel le pirate. Ce sont des récits d'aventures, mais qui s'accompagnent tous de solides leçons morales.

Lady Newstead eut du mal à cacher sa stupeur avant de retrouver un sourire aimable.

— Quelle brillante suggestion ! Je transmettrai votre conseil à la nurse de mon petit-fils.

— Je vous souhaite une excellente visite de l'exposition, milady, dit Kieran en s'inclinant de nouveau.

Céleste l'entraîna un peu plus loin et, après quelques pas, lui glissa :

— Merveilleuse prestation.

— Comme je vous l'ai dit, je ne suis pas totalement un sauvage, répondit-il en savourant l'admiration dans sa voix. Comment se fait-il que vous soyez autant au courant de mes escapades ? Dom est trop bavard.

Elle resta silencieuse un moment avant de répondre :

— J'ai lu des articles sur vous.

— Dans ces journaux à ragots qui passent pour du divertissement, dit-il d'un ton agacé. Pourquoi perdez-vous votre temps à lire de tels torchons ?

Elle s'arrêta pour admirer une explosion de roses mauves.

— Comme je vous l'ai dit, vous avez le privilège de vivre la vie que j'aimerais vivre.

Il étudia son profil pendant qu'elle contemplait les fleurs.

— Ce n'est donc pas moi qui vous fascine.

— Je n'ai pas dit ça.

Un léger sourire apparut au coin de ses lèvres, et son pouce le démangea de caresser cette bouche afin de sentir sa douceur.

— Je vois que vous admirez mon rosier de Damas, déclara un gentleman aux joues roses qui se tenait près de la plante.

— Ces fleurs sont magnifiques, lord Hempnall, répondit Céleste.

L'homme se lança alors dans un long monologue détaillé sur la culture de la rose, les difficultés d'entretenir un bon drainage et la meilleure période pour la taille. Céleste l'écoutait attentivement et Kieran s'efforça d'en faire autant, même s'il ne pouvait s'empêcher de penser à une certaine danseuse remarquablement créative dans l'application des pétales de rose.

Son discours achevé, lord Hempnall ajouta :

— J'avoue ma surprise de vous voir ici, monsieur Ransome, parmi nous autres amateurs d'horticulture. Tout ceci doit vous paraître un peu… sage.

— Pourtant, l'univers de la botanique a tant à nous apprendre, milord, répondit Kieran. « Toi, perchée sur ta tige, je ne te laisserai pas languir. Les belles endormies reposent, va donc t'assoupir. J'épandrai doucement tes feuilles sur le lit du jardin où tes amies gisent sans parfum ni vie. »

— Bravo ! s'exclama lord Hempnall.

— C'est Thomas Moore qu'il faut féliciter, répondit Kieran.

Il n'était pas disposé à réciter ses propres vers ici. Le public de l'exposition d'horticulture n'était pas son audience de prédilection.

— Belle érudition ! commenta lord Hempnall d'un air approbateur.

— Un tel intellect et une telle sophistication ajouteraient indubitablement à la réussite de votre soirée musicale, ne pensez-vous pas ? demanda Céleste. C'est bien la semaine prochaine ?

« Bien joué, mademoiselle Kilburn », songea Kieran, qui se retint de lui donner un coup de coude et de lui adresser un clin d'œil complice.

— En effet, approuva lord Hempnall. Joignez-vous donc à nous, monsieur Ransome.

— Votre invitation me touche profondément, répondit Kieran en s'inclinant. Nous ferez-vous l'honneur de vous produire vous-même ?

Lord Hempnall se mit à rire.

— Une chèvre enrouée chanterait mieux que moi.

— Dans ce cas, j'apporterai un sirop pour votre chèvre.

Le gentleman rit de nouveau. Céleste paraissait satisfaite.

— Je vous enverrai l'adresse de M. Ransome afin que votre secrétaire puisse lui faire parvenir un carton d'invitation, annonça-t-elle. Ravie de vous avoir vu, lord Hempnall. Nous nous reverrons donc pour votre récital.

Kieran s'inclina devant lord Hempnall, puis Céleste et lui poursuivirent leur chemin.

— Bravo, mon général, lui dit-il. Notre campagne progresse.

— De nombreuses jeunes femmes d'excellente famille et à la réputation immaculée assisteront au récital du vicomte. Vous ne pourrez pas déclarer votre intention de courtiser l'une d'elles si vite, mais je vous les présenterai. Ce sera une étape importante.

— Et si je ne fais la cour à personne d'ici la fin de la saison et de notre accord ?

Elle lui adressa un regard ironique.

— Entre ma présence pour garantir votre probité, votre charme irrésistible et votre faculté à réciter de la poésie, je suis sûre que vous trouverez une femme qui sera ravie d'attendre chez elle que vous veniez lui faire la cour.

— Mon charme irrésistible, hein ? répéta-t-il en se rengorgeant. Vous rougissez.

— C'est qu'il fait terriblement chaud ici.

Elle porta la main à son cou, et il ne put détacher son regard de ses longs doigts fins sur sa gorge blanche.

— J'ai vu un vendeur de limonade près du lac, déclara-t-il. Bien que ce ne soit pas du sang de jeunes vierges, j'en boirais volontiers.

Comme ils se tournaient vers la sortie du pavillon, le séduisant lord Montford se mit en travers de leur chemin. Il salua Kieran d'un signe de tête, bref mais aimable. Lorsqu'il pivota vers Céleste, ses traits s'illuminèrent.

— Mademoiselle Kilburn, dit-il en s'inclinant sur sa main. Quel plaisir de vous trouver ici.

— Bonjour, lord Montford.

Bien que le ton de Céleste ne débordât pas d'affection, il indiquait néanmoins un certain degré d'intimité.

— Je crois que vous connaissez M. Kieran Ransome, dit-elle.

À peine eut-elle prononcé ces mots qu'elle sembla vouloir les ravaler.

— Nous nous sommes vus récemment au Jenkins's, déclara négligemment Kieran. Mais ne parlons pas de ces lieux devant Mlle Kilburn alors que nous avons là une merveilleuse exposition d'horticulture qui mérite toute notre attention.

Lord Montford parut légèrement perplexe tandis que Kieran lui souriait d'un air convaincu. Bientôt, le comte se mit à sourire à son tour, à demi persuadé lui aussi qu'ils devaient examiner chaque plante et chaque fleur avec zèle. Kieran avait appris de Finn l'art de convaincre, une technique dont son frère se servait avec une efficacité redoutable dans toutes les maisons de jeu de Londres.

Puis l'attention de lord Montford fut attirée par la main de Céleste sur le bras de Kieran, et une lueur possessive brilla dans ses yeux lorsqu'il les releva vers Céleste.

Celle-ci se raidit presque imperceptiblement.

— La famille de M. Ransome et la mienne sont très amies, dit-elle d'un ton délibérément nonchalant.

— Ah oui, bien sûr, répondit lord Montford aimablement. Au fait, Céleste, vous souvenez-vous de l'autre jour, quand vous avez pris le thé chez ma mère ? Elle m'a dit que vous aviez apprécié ses biscuits au citron, et serait ravie que notre cuisinière transmette la recette à la vôtre.

— Quelle belle attention de sa part, répondit Céleste.

Si son ton était cordial, son regard était froid.

Kieran sentit une tension monter en lui. Le comte ne disait rien de menaçant, pourtant quelque chose chez lui semblait gâcher la joie de Céleste.

— Nous vous verrons mercredi pour le dîner, votre père et vous, n'est-ce pas ? demanda lord Montford.

— Mon père ne manquerait ça pour rien au monde, répondit-elle.

— Excellent ! Je veillerai à ce qu'il y ait des biscuits au citron à la fin du repas.

— Je m'en réjouis d'avance.

— Ravi de vous avoir revu, monsieur Ransome, déclara lord Montford en s'inclinant.

L'instant d'après, il s'était éloigné. Kieran et Céleste restèrent un moment silencieux. Elle semblait figée.

— De quoi avez-vous besoin ? demanda-t-il.

— De limonade.

Il l'entraîna rapidement à l'extérieur et, bientôt, ils se retrouvèrent au bord du lac, chacun un verre à la main. Un enfant tentait de faire voguer un petit voilier, ce que son insistance à placer des cailloux sur la proue du navire rendait difficile. Le ciel était devenu gris pâle, comme souvent à Londres à cette époque de l'année.

Un vent frais agitait les rubans du chapeau de Céleste.

— Lorsque nous avons conclu notre accord, vous avez omis de me dire que vous aviez un prétendant, déclara Kieran.

— Ce n'est pas important, répondit-elle, l'air absent.

Puis elle se reprit et déclara plus fermement :

— Non, c'est faux. C'est de la plus haute importance. Lord Montford représente le reste de ma vie, et j'ai besoin de faire quelque chose pour moi-même avant d'être contrainte à une existence faite d'expositions d'horticulture et de thés avec sa mère qui soutient que j'adore les biscuits infects de sa cuisinière.

— Allez-vous vous fiancer ?

Elle resta silencieuse un moment.

— Pas encore, répondit-elle. Mais cela ne devrait pas tarder.

Le ventre de Kieran se noua.

— D'après mon père, lord Montford devrait faire sa demande officielle à la fin de la saison.

— Avez-vous des sentiments pour lui ?

L'annonce des futures fiançailles de Céleste était une surprise sans l'être. Cela ne rendait pas la nouvelle plus facile à digérer.

— Ce qui importe, ce sont les sentiments de mon père, répondit-elle d'une voix morne. Il a hâte que je devienne l'épouse d'un comte et qu'ensuite j'obtienne le titre de marquise.

Il frotta son torse pour soulager l'étrange sensation qui lui oppressait la poitrine.

— Je comprends mieux maintenant les termes et la durée de notre accord.

Elle émit un petit son sans joie qui ressemblait vaguement à un rire. Se tournant vers lui, elle déclara avec une soudaine véhémence :

— Vous devez me comprendre. Si j'éconduis le comte, les Kilburn et leur nouvelle fortune ne seront jamais acceptés par les branches les plus hautes de la société. Nous ne pouvons pas nous permettre le moindre faux pas. Après que Dom a abandonné Willa devant l'autel, il est devenu encore plus important que je joue mon rôle de jeune dame parfaite.

Les muscles de Kieran se tendirent.

— C'est à vous qu'incombe la corvée. J'ai envie de courir jusqu'à Hans Town et de hurler à Dom et à Ned Kilburn qu'il est injuste de faire reposer toute cette responsabilité sur vos épaules.

— Depuis quand l'équité régit-elle le monde ? répliqua-t-elle d'un ton las. Ce que je désire ne compte pas. J'épouserai le comte, un point c'est tout. Mon rôle dans la société sera figé dans l'ambre pour toujours. L'épouse parfaite, la mère de grands hommes, celle qui aide son époux à réaliser ses rêves.

— C'est pourquoi vous voulez vivre toutes les expériences possibles dans le Londres peu recommandable pendant que vous le pouvez encore.

Il avait envie d'entrelacer ses doigts aux siens, de lui montrer qu'elle n'était pas aussi seule que sa maudite famille la forçait à être.

Elle esquissa un petit sourire maladroit.

— Jusqu'à présent, vous avez été un excellent guide. C'est beaucoup plus amusant que d'aller faire des achats dont je n'ai pas besoin ou de rendre des visites mondaines ennuyeuses.

Il se tourna face à elle.

— Si vous pouviez avoir quelque chose, n'importe quoi, rien que pour vous, qu'est-ce que ce serait ?

Elle parut sur le point de répondre, puis se ravisa.

— Je vous en prie, dites-le-moi, insista-t-il. Je tiens à ce que vous sachiez qu'avec moi vous pourrez toujours dire ce que vous pensez.

L'espace d'un instant, il crut qu'elle ne lui ferait pas suffisamment confiance pour lui parler, mais elle finit par déclarer :

— Quand papa a découvert que je me rendais à Ratcliff, il a été fou de rage. Il refuse que nous entretenions le moindre lien avec le lieu d'où nous sommes issus. Selon lui, cela ne peut qu'encourager les gens de la haute à nous mépriser.

— Comme si l'origine de la fortune des familles du prétendu beau monde était sans tache, commenta Kieran dans un ricanement.

— Mon père veut que nous soyons considérés comme des vôtres. Quand j'ai proposé de créer une fondation qui collaborerait directement avec les habitants de Ratcliff pour améliorer leurs conditions de vie, il me l'a interdit. Il a dit que je devais me limiter aux ventes de charité et autres nobles œuvres de bienfaisance où je ne risque pas de « me salir les mains » avec du vrai travail.

Elle poussa un soupir amer avant de reprendre :

— Si je pouvais faire venir des précepteurs et des enseignants à Ratcliff, fournir des manuels et des ardoises pour que les enfants et les adultes apprennent à lire et à écrire, ils seraient en mesure de trouver de meilleurs emplois. Ils obtiendraient des logements plus confortables sans craindre d'être escroqués par des gens sans scrupules. J'ai vu ces crapules à l'œuvre tant de fois pendant mon enfance ! Des hommes et des femmes se font voler leur paie parce qu'ils ont signé des papiers qu'ils ne pouvaient pas lire, et les enfants demeurent prisonniers du même système de pauvreté que leurs parents. Moi-même, je n'ai appris à lire qu'à onze ans. Si mon père n'avait pas fait fortune en louant des entrepôts et n'avait eu enfin les moyens d'engager une gouvernante, je serais toujours analphabète. Je continuerais à travailler à la pièce et à vivre au jour le jour.

Une ombre passa sur son visage, sans doute le spectre de ce qui aurait pu être. Kieran avait mal pour la jeune femme sans avenir qu'elle avait failli devenir.

— Je ne veux pas que d'autres connaissent cette misère, acheva-t-elle. Hélas, mon rêve d'aider les gens de Ratcliff ne se concrétisera jamais.

La triste résignation dans sa voix lui transperça le cœur.

— Je suis vraiment désolé, dit-il, la gorge sèche.

— Vous n'avez pas à vous excuser, répondit-elle avec un petit rire amer. Autrefois, j'en pleurais, ce qui n'avait pas d'autre effet que de me donner des migraines. Je suppose que la manière dont votre famille vous traite ne vous fait pas pleurer.

Ce fut au tour de Kieran d'émettre un petit rire sans joie.

— Chez nous, toute manifestation d'émotion, lacrymale ou pas, est traitée comme une trace de boue sur nos tapis persans. D'abord on accuse le fautif, puis on la fait disparaître le plus rapidement possible.

Elle leva une main comme si, elle aussi, elle luttait contre l'envie de le toucher pour le réconforter. Il retint son souffle, attendant son geste. Mais elle laissa retomber son bras, et ils se dévisagèrent un moment en silence.

— Je connais l'antidote parfait à cette atmosphère étouffante de bienséance, déclara-t-il avec un geste vers le pavillon.

La lumière réapparut dans les yeux de Céleste.

— Qu'est-ce que ce sera ? demanda-t-elle avec excitation. Vauxhall, enfin ?

— Bien mieux, affirma-t-il. Mais je tiens à vous faire la surprise. Vous me faites confiance ? Non, ne me répondez pas. Le gentleman en moi sera déçu si vous dites non, et le voyou en moi le sera si vous dites oui.

— Dans ce cas, je vous fais confiance… jusqu'à un certain point.

Son sourire était large et sincère, aux antipodes de celui qu'elle avait adressé aux visiteurs de l'exposition d'horticulture.

— Un excellent compromis, approuva-t-il.

Sa joie le grisait comme une liqueur, peut-être plus encore car il aurait pu en engloutir des litres sans jamais en être repu.

Et si elle était à moi ? Si je pouvais la faire sourire ainsi tous les jours et toutes les nuits ?

Cette pensée qui s'insinua en lui le fit sursauter.

Non, non, non. Il repoussa cette idée dangereuse. Même si elle finissait par développer des sentiments pour lui, elle était promise à un autre. Elle ne serait jamais sienne. Le mieux qu'il pût faire était de la rendre joyeuse durant le temps qui leur était alloué.

9

Le lendemain, Céleste put enfin aider à trier des vêtements pour la vente de charité, bien que ce fût un dimanche plutôt que le mardi habituel. Elle rejoignit une douzaine d'autres dames dans la salle de bal de lord et lady Blakemere, où de nombreuses longues tables croulaient sous des piles d'habits propres et légèrement usés. C'était un travail laborieux mais qu'elle faisait volontiers, car il signifiait que des indigents auraient moins froid l'hiver venu.

— Cela me rappelle quand j'aidais maman au raccommodage, glissa-t-elle à son amie Rosalind Carew.

— Chut, parle plus bas, lui répondit Rosalind avec son accent musical gallois. Il ne faudrait pas que ces dames distinguées apprennent qu'on vient de familles qui savent ce que c'est de travailler *vraiment*. As-tu entendu ce qui est arrivé à Lydia Hearne ?

— Je ne suis pas sûre de vouloir le savoir.

Céleste se souvenait de leur camarade à la pension pour jeunes filles de Mlle Hadstock. Comme d'autres élèves, Lydia venait d'une famille qui s'était enrichie grâce au commerce et, à l'instar de nombre de ses compagnes, elle aspirait à être admise dans le monde des élites.

— Au cours d'un dîner la semaine dernière, sa mère a scandalisé les convives en avouant incidemment qu'elle faisait encore la cuisine elle-même, raconta Rosalind en examinant un jupon à la lumière. Depuis, elles ne reçoivent pratiquement plus d'invitations.

— Pauvre Lydia !

Céleste tira sur les coutures d'une veste d'enfant et, constatant qu'elles tenaient encore, la déposa dans un grand panier contenant les vêtements qui pouvaient être donnés.

— Ces aristos sont plus traîtres qu'une mine de charbon, déclara Rosalind en secouant la tête. Tu as de la chance que lord Montford ait jeté son dévolu sur toi...

— Comme un joli vase à mettre sur sa cheminée, l'interrompit Céleste. Un objet qu'il peut exhiber et placer où il veut. J'ai reçu l'ordre de me promener avec lui au parc quand j'en aurai terminé ici.

Céleste n'était pas enchantée à l'idée de passer du temps avec le comte, d'échanger avec lui des banalités et de feindre d'être attentive à ce qu'il lui disait, alors qu'elle n'aspirait qu'à essayer de deviner où l'emmènerait Kieran pour leur prochaine expédition.

— Que signifie ce sourire ravi ? demanda Rosalind avec un air espiègle. Je doute que ce soit à cause de ta promenade avec lord Montford. Quand on a cette roseur sur les joues, c'est qu'on pense à un homme. Ça ne peut pas être le comte, n'est-ce pas ? À moins que tu ne trouves les blonds fades excitants.

— Il ne s'agit pas du comte, confirma Céleste.

— Tiens, tiens... Y aurait-il quelqu'un d'autre ? Tu rougis encore plus, j'ai donc raison. Qui est-ce ?

— Personne, répondit Céleste.

Elle revoyait Kieran à l'exposition d'horticulture, à la fois dangereusement beau et d'une correction inattendue. Elle aurait dû se douter qu'il était capable de charmer n'importe qui. Ce qui l'avait le plus surprise avait été la compassion qu'il lui avait manifestée, surtout lorsqu'elle lui avait révélé ses futures fiançailles avec lord Montford.

« Si vous pouviez avoir quelque chose, n'importe quoi, rien que pour vous, qu'est-ce que ce serait ? »

« Je tiens à ce que vous sachiez qu'avec moi vous pourrez toujours dire ce que vous pensez... »

Elle ne regrettait pas de lui avoir parlé de son projet avorté pour Ratcliff, même si cela avait ravivé des souvenirs douloureux. Personne ne lui avait jamais demandé ce qu'elle désirait pour elle-même. Personne ne lui avait jamais inspiré le genre de confiance que lui offrait Kieran. Quinze jours plus tôt, elle n'aurait jamais imaginé qu'il serait aussi généreux ni que, comme elle, il était contraint de jouer un rôle imposé par sa famille.

Les subtilités de cet homme continuaient à la désarçonner. Plus elle en apprenait sur lui, plus il la fascinait... Une tendance qu'elle ferait mieux de refréner.

Elle se surprit à caresser sa paume, comme si la main de Kieran s'y trouvait toujours. Le toucher ainsi avait été une erreur, attisant un appétit là où, auparavant, il n'y avait eu que de la curiosité. Pourtant, elle ne le regrettait pas. La vie était une collection de moments, et elle aurait toujours celui-ci à chérir dans les années à venir.

À la fin de la saison, elle serait fiancée à lord Montford. Être mariée sa vie entière à un homme tout en rêvant à un autre, c'était se condamner à une existence misérable, mais il lui était impossible d'éconduire le comte. Son père serait furieux, et lord Montford scandalisé que la fille d'un nouveau riche l'ait repoussé. Les Kilburn deviendraient des parias.

— Vu que tu regardes dans le vide depuis tout à l'heure comme une femme qui aurait fumé une pipe d'opium, je doute qu'il y ait personne, déclara Rosalind. Mais ce n'est rien ; tu me le diras si tu le souhaites quand tu seras prête. Après tout, tu as dû me supporter en héroïne gothique lorsque je me croyais amoureuse de Justine Powell.

L'envie de tout lui raconter brûlait les lèvres de Céleste. Jusqu'à présent, elle avait soigneusement gardé secret son pacte avec Kieran Ransome, ne discutant que de certains détails avec Dolly afin de mettre en place une défense plausible en cas de problème. Mais le besoin de partager cet épisode passionnant de sa vie avec sa meilleure amie était irrésistible.

— Je vais prendre l'air, annonça-t-elle nonchalamment.

En se dirigeant vers le balcon de la salle de bal, elle fit discrètement signe à Rosalind de la suivre. Une fois qu'elles furent à l'extérieur et que Céleste se fut assuré que personne ne pouvait les entendre, elle expliqua à son amie son arrangement avec le célèbre fils Ransome. À mesure qu'elle parlait, les yeux de Rosalind s'écarquillèrent jusqu'à lui manger tout le visage.

Céleste était inquiète. Rosalind allait-elle la réprimander ? La traiter de folle, de capricieuse, ou pire ? Leur amitié s'était forgée sur une haine commune pour les leçons de Mlle Hadstock, et renforcée par leur envie d'être plus que des femmes potiches inutiles. Si Rosalind la condamnait, elle perdrait sa plus chère confidente.

— Salomé ? chuchota Rosalind. Tu te fais appeler Salomé ?

— Tu as un autre nom à me suggérer ? rétorqua Céleste.

— Salomé dansait et mettait les hommes à genoux. Cela a même coûté sa tête à un type. C'est parfait !

Soulagée, Céleste s'affaissa contre la balustrade en pierre.

— Tu ne vas pas essayer de me convaincre d'arrêter ou me dire que j'ai perdu la raison ?

Rosalind la prit dans ses bras.

— Le monde a déjà défini nos rôles, et tous sont des prisons. Nous devons saisir toutes les occasions de faire quelque chose pour nous-mêmes. Nous le méritons amplement.

Elle recula d'un pas pour la dévisager.

— Fais attention, Celly.

— Tu m'exhortes à la prudence alors que tu viens de m'encourager à couper la tête des hommes ?

— Je me fiche de leurs têtes. C'est ton cœur qui a besoin d'être protégé.

— Kieran Ransome est un voyou et un libertin. Je serais bien folle de mêler mon cœur à cette affaire.

Son amie esquissa un sourire narquois.

— C'est le problème avec les cœurs. Ils s'en mêlent, qu'on le veuille ou pas.

La pendule sur la cheminée sonna 23 heures. Normalement, c'était l'heure à laquelle Kieran dînait dans son restaurant préféré, prenant un bon repas pour se préparer aux aventures de la nuit. Au lieu de cela, il était chez lui, assis devant le feu avec un livre en équilibre sur la cuisse, des feuilles de papier par-dessus, une plume à la main, essayant de trouver la combinaison de mots la plus juste.

Pris d'une soudaine inspiration, il griffonna :

Elle rôde parmi les timides fleurs de serre…

Il n'était pas facile d'écrire sur une surface instable. Sa phrase copiée, il la considéra avec satisfaction.

— C'est sûr que les bureaux pour écrire, c'est surfait, déclara Finn en traversant la pièce.

— Je travaille mieux quand il y a un élément de danger dans la composition, répliqua Kieran.

Il se retint de se voûter sur sa page. Finn était la seule personne à savoir qu'il continuait à composer des poèmes, mais même ainsi, il était difficile de se défaire de vieilles habitudes. Il avait perdu trop de poèmes lorsque son père ou Simon les avaient trouvés, puis déchirés ou brûlés.

Finn s'approcha et lut par-dessus son épaule.

— Qui rôde parmi les timides fleurs de serre ? demanda-t-il.

— Ma muse, répondit Kieran en affectant un ton indifférent.

— Une dame en particulier ?

— Je prends mon inspiration là où je la trouve. Jamais chez la même personne.

Du moins… jusqu'à présent. Car qui pouvait être cette femme dans son poème sinon Céleste ? Pourquoi cherchait-il des mots qui rimaient avec son prénom ? Ou le terme exact pour décrire la couleur de ses yeux ?

Ses yeux se remplissaient de milliers d'étoiles lorsqu'elle était joyeuse, et il était affligé de voir cet éclat se ternir quand elle parlait de ses futures fiançailles. Comment pouvait-on voler une telle lumière ? C'était un crime.

Finn se laissa tomber dans le fauteuil en face du sien.

— Que faisais-tu au Jenkins's avec Céleste Kilburn ?

Kieran sursauta.

— La femme avec moi n'était pas Céleste Kilburn.

Son frère haussa les sourcils. L'éloquence de cette simple mimique était remarquable. Finn avait toujours su contrôler ce qu'il montrait et à qui. Kieran était l'une des rares personnes en qui il avait suffisamment confiance pour partager avec lui ses pensées et ses émotions, qu'il accordait tel le roi des fées distribuant des présents enchantés.

— Je n'étais pas certain que tu nous aies vus, déclara Kieran. Tu ne nous as pas approchés et ne nous as rien dit.

— Dans la mesure où tu étais avec Mlle Kilburn et qu'elle était déguisée, j'ai jugé plus prudent de garder mes distances.

— Comment as-tu deviné que c'était Mlle Kilburn ? Personne d'autre ne l'a reconnue.

— Il y a des signes.

Il se tut, et d'un geste Kieran l'encouragea à s'expliquer.

— Elle a un certain port de tête qui n'appartient qu'à elle. Comme si elle tentait d'élucider une équation complexe.

En y réfléchissant, Kieran convint qu'elle avait souvent l'air de peser minutieusement et prudemment toute chose. Compte tenu de ce qu'elle lui avait dit de sa situation, il pouvait le comprendre. Sa marge de manœuvre était très étroite, et elle était soumise à une pléthore de restrictions qu'il n'avait jamais connues.

— Que veux-tu…

Il avait à peine commencé sa phrase que la porte d'entrée de leur appartement s'ouvrit brusquement. Ils entendirent des pas lourds et rapides dans le couloir et, un instant plus tard, Dom fit irruption dans la pièce. Il s'arrêta devant Kieran et croisa les bras sur son torse.

— Que manigances-tu avec ma sœur ? demanda-t-il.

— Comment as-tu…

Kieran lança un coup d'œil à son frère.

— Que lui as-tu raconté ?

— Rien, répondit Finn en remuant les braises avec le tisonnier.

— Lord Montford est passé chez nous et a dit qu'il t'avait vu avec Céleste dans une espèce d'exposition florale, grogna Dom. Explique-toi.

— Je ne t'expliquerai rien tant que tu resteras planté devant moi tel un colosse de Rhodes des bas quartiers, répliqua Kieran.

Grâce à Dieu, Dom ne savait rien au sujet de Salomé. Kieran glissa les feuilles de papier dans son livre, le posa de côté, puis répondit :

— Je m'efforce de trouver une solution à notre problème collectif.

— En quoi te montrer avec ma sœur résout-il notre problème ?

— Je ne te répondrai pas tant que tu ne seras pas assis.

Fulminant, Dom alla chercher une chaise près de la table de la salle à manger, la retourna, la claqua contre le sol et s'assit à califourchon, les bras croisés sur le dossier.

— Parle !

— Je ne comprends pas pourquoi tu montes sur tes grands chevaux, déclara Finn. Lorsque tu t'es fiancé avec notre sœur, nous n'en avons pas fait tout un plat. Même quand tu l'as plaquée.

Dom fit une grimace contrite.

— Vous m'avez aidé à la plaquer, leur rappela-t-il.

— Je me demande à présent si nous avons bien fait, maugréa Kieran.

— En outre, mes intentions envers Willa ont toujours été honorables, insista Dom.

— Jusqu'à ce que tu l'abandonnes devant l'autel, ajouta Finn.

— Oui, jusque-là, admit-il. Néanmoins, dès l'instant où j'ai rencontré Willa, je lui suis resté fidèle.

Il agita un doigt menaçant vers Kieran.

— Alors que toi, le pire libertin de Londres, tu ignores le sens même du mot « fidélité ». Je ne te laisserai pas t'amuser avec ma sœur pendant que tu batifoles avec d'autres.

— Je n'ai couché avec personne depuis des semaines, protesta Kieran.

Il en était lui-même surpris.

Il se leva, se dirigea vers la desserte où se trouvait la carafe de whisky et remplit trois verres. Il but le sien d'un trait, puis le remplit de nouveau avant de se tourner vers les autres.

— Ne croyez pas que je vais vous servir. Je ne suis pas votre foutu valet.

Dom et Finn se levèrent à leur tour et vinrent chercher leur whisky. Ils s'observaient d'un air méfiant par-dessus le bord de leur verre, tels des soldats s'attendant à une embuscade.

Kieran brisa le silence tendu.

— Quoi qu'il en soit, je ne fais rien de mal avec Céleste. Elle agit de son plein gré, ce que ton père et toi l'empêchez de faire en la forçant à épouser lord Montford.

Dom sursauta.

— Nous la forçons ? Céleste a toujours eu l'air heureuse d'être en sa compagnie.

— Parce qu'elle n'a pas le choix, rétorqua Kieran. Ton père a décidé qu'elle serait comtesse puis marquise. Ce sera la grande victoire de Ned Kilburn. Si elle rejette Montford, ton père et toi pourrez dire adieu à votre rang et à votre prestige social.

Il secoua la tête d'un air dégoûté en crachant :

— On n'est plus au Moyen Âge, nom de nom !

Comparé à un comte qui serait un jour marquis, qu'était-il ? Un simple troisième fils qui n'aurait jamais de titre et n'hériterait jamais de terres ancestrales.

— Bon sang, grommela Dom. Si c'est mon prestige qu'elle protège, elle n'a pas besoin de se donner cette peine. Je m'en contrefiche.

— Ce n'est pas le cas de ton père, observa Finn entre deux gorgées. C'est si important pour lui qu'elle pense ne pas avoir le choix.

Les épaules de Dom se soulevèrent, puis s'affaissèrent.

— Oui, bon... mais ça n'explique pas ce qu'elle faisait avec lui, dit-il en désignant Kieran.

— Nous devons tous nous marier ou nous nous retrouverons sans un sou, répondit Kieran. Sauf que, avec nos réputations exécrables, personne n'acceptera de nous épouser. Céleste m'aide à y remédier.

Dom finit son verre et le reposa brusquement sur la desserte avant d'agiter de nouveau un doigt sous le nez de Kieran.

— Je n'aime pas te savoir près de Céleste.

— Tu n'as pas ton mot à dire, répliqua Kieran.

Dom avança d'un pas menaçant vers lui. Kieran ne sourcilla pas.

— Arrêtez, tous les deux, intervint Finn en se glissant entre eux. Reculez, respirez un grand coup et tâchez de vous comporter comme des adultes.

Kieran et Dom se toisèrent d'un air mauvais avant de reculer chacun dans un coin de la pièce. Suivant les conseils de son frère, Kieran respira profondément. Ses poings serrés tremblaient légèrement sous l'effet d'une colère inattendue. C'était absurde. Dom et lui se disputaient souvent, étant tous deux des hommes à la forte personnalité et aux opinions bien arrêtées. Quelques semaines plus tôt, ils en étaient presque venus aux mains à la suite du résultat d'un concours de lancer de couteau. Là encore, Finn s'était interposé et, quelques minutes plus tard, ils s'étaient réconciliés devant une pinte de bière.

La fureur qu'il ressentait soudain était aussi féroce et possessive que celle d'un dragon gardant un trésor.

Était-il en colère… pour Céleste ? Dom ne semblait pas avoir conscience de la force de sa sœur. Elle avait dit que sa famille refusait de la voir telle qu'elle était réellement, et cela lui était resté tel un os en travers de la gorge.

Le combat de Céleste était devenu le sien et, par tous les dieux, il s'assurerait qu'elle obtiendrait tout ce qu'elle désirait.

— Soit, bougonna enfin Dom. J'autoriserai Céleste à t'aider si tu surveilles tes manières.

Kieran émit un petit rire amer.

— Céleste n'a pas besoin d'une autorisation. Ses choix n'appartiennent qu'à elle-même.

— Tu…

— Comme des adultes, j'ai dit, intervint de nouveau Finn. Espèces de crétins.

— Comment comptes-tu m'imposer ta volonté, Finn ? lui demanda Dom. Je pourrais t'assommer avec une tasse de thé.

— Il existe d'autres moyens que la force brute pour vaincre un homme, rétorqua Finn. Je les connais tous.

— Petit malin ! cracha Dom.

— Merci pour le compliment !

Kieran pouffa malgré lui.

Quelques instants plus tard, le grondement sourd qui, chez Dom, passait pour de l'hilarité s'éleva, suivi du rire suave de Finn.

Ils venaient de conclure une sorte de trêve. Cependant, Kieran savait que, dans sa relation avec Céleste, il ne pouvait se contenter de suivre ses impulsions comme il l'avait fait par le passé. Si elle inspirait sa poésie, il ne serait jamais pour elle qu'une note en bas de page. Le problème n'était pas qu'elle ne pouvait être à lui ; c'était qu'elle ne s'appartenait pas. Or, elle méritait bien mieux que d'être un pion dans le jeu de sa famille.

Au moins, il pouvait faire quelque chose rien que pour elle. Il avait déjà prévu leur prochaine sortie nocturne, mais il changea d'avis et opta pour une autre destination. S'il ne pouvait lui offrir toute la liberté à laquelle elle aspirait, elle aurait au moins un moment de joie.

10

Deux nuits après avoir avoué à Rosalind son pacte avec Kieran, Céleste se retrouva assise en face de lui dans un fiacre filant dans les rues sombres. Ils s'étaient donné rendez-vous au même endroit que pour leur première escapade.

— Où allons-nous ce soir ? demanda-t-elle. Je sais que vous avez dit que c'était une surprise, mais je brûle de curiosité.

Elle n'aurait su dire si son excitation était due à leur mystérieuse destination ou à l'homme assis en face d'elle. Depuis sa conversation avec Rosalind, elle s'était répété qu'elle devait maîtriser ses sentiments. Pourtant, elle aurait été parfaitement heureuse de passer toute la nuit dans ce fiacre à rouler à travers la ville, tant que Kieran était avec elle.

— À une soirée privée, répondit-il avec un sourire malicieux. Chez un homme que vous connaissez peut-être, Oliver Longbridge.

— En effet.

Longbridge était le fils d'un Antillais noir et d'une Anglaise blanche. Il devait sa fortune à un mélange d'héritage et d'investissements stratégiques et s'était imposé dans la haute société comme un arbitre du bon goût et de l'élégance.

— J'ai déjà assisté à des soirées chez M. Longbridge, dit-elle. Elles n'ont rien qui puisse retenir votre intérêt. Elles sont tout à fait respectables ; on y danse le cotillon et le quadrille.

— Vous ne connaissez que la moitié de l'histoire. Quand l'envie lui en prend, Longbridge organise des fêtes d'un tout autre genre.

— Dites-m'en plus.

— Je ne veux pas vous gâcher le plaisir de la surprise.

— Vous êtes un insupportable taquin, dit-elle en feignant de bouder.

— Lorsque je vous taquinerai, vous vous en rendrez compte, dit-il d'une voix suave qui s'enroula comme une caresse autour d'elle.

Elle eut soudain très chaud et écarta les pans de sa cape pour laisser l'air rafraîchir sa peau fiévreuse. Le regard gourmand qu'il lança sur son corps n'arrangea rien.

— Une nouvelle robe, observa-t-il d'un ton approbateur.

— Payée avec mes gains au Jenkins's, répondit-elle.

Elle lissa la soie couleur bronze. Contrairement à la robe vert émeraude de l'autre nuit, celle-ci avait été confectionnée spécialement pour ses aventures nocturnes et lui allait parfaitement, la moulant là où il le fallait en épousant ses formes. Elle avait ajouté à sa tenue un pendentif et des boucles d'oreilles en topazes, et Dolly avait placé des brillants dorés dans sa coiffure.

Si seulement elle avait pu porter une telle robe sans avoir à se farder le visage pour masquer son identité ! Cependant, elle pouvait tolérer cette contrainte tant que Kieran continuait à la regarder ainsi, en cachant mal son intérêt. Ce soir, il avait noirci ses yeux d'un trait de khôl, ce qui accentuait encore son côté mystérieux.

Cette fascination qu'il exerçait sur elle devenait gênante. Elle ne mènerait à rien. Il aurait été facile de prétendre qu'elle était purement physique. Malheureusement, elle désirait plus que sentir sa superbe bouche sur la sienne.

Oh, Seigneur ! Elle porta la main à ses lèvres.

Elle avait envie qu'il l'embrasse. Elle voulait savoir comment ce serait, quel goût il aurait. Serait-il doux et tendre, ou brutal et autoritaire ? Peut-être un peu des deux ?

Une nouvelle bouffée de chaleur parcourut son corps. Elle avait beau essayer de se contrôler, il refusait de lui obéir.

— Pouvez-vous au moins me donner un indice de ce qui nous attend chez M. Longbridge ?

— Je ne dirai rien. J'espère seulement que votre femme de chambre sait nettoyer la soie, car il est fort probable que votre robe aura besoin d'attention après cette nuit.

— Cela ne m'en apprend guère plus, protesta-t-elle.

Toutes sortes de possibilités délicieuses lui venaient à l'esprit. Le fait que Kieran serait à ses côtés, participant à l'aventure sans jamais la juger pour ses choix, ne faisait qu'accroître son excitation.

Le fiacre s'arrêta devant l'imposant hôtel particulier de M. Longbridge à Mayfair. Devant eux, trois personnes élégamment vêtues venaient de descendre d'une calèche et se dirigeaient vers la porte d'entrée. Comme dans le cas du Jenkins's, la façade paraissait parfaitement ordinaire… pour un hôtel particulier.

Alors qu'ils emboîtaient le pas aux trois autres convives, la porte s'ouvrit et une bruyante musique se répandit dans le calme de la nuit. Un valet imperturbable les fit entrer et prit les capes et les manteaux. Il ne semblait pas perturbé le moins du monde par le fait qu'une culotte de femme était drapée sur un torse en marbre.

Une femme se mit à courir à travers le vestibule en pourchassant un homme. Ils étaient tous deux pieds nus et dérapaient sur le parquet ciré en riant comme deux gamins.

Céleste recula précipitamment pour les laisser passer et percuta le mur. Elle tituba, sur le point de perdre l'équilibre, et sentit un bras s'enrouler autour de sa taille.

— Je vous tiens, murmura Kieran à son oreille.

Elle sentit son souffle sur sa peau. La dernière fois qu'il s'était trouvé si proche d'elle, ils s'étaient tenu les mains. Elle en voulait plus, beaucoup plus.

— Ransome, vieille canaille ! lança une voix masculine. Qui t'a laissé entrer chez moi ? Je ne sais pas si je dois le congédier ou augmenter ses gages.

Si M. Longbridge était toujours très séduisant dans les soirées mondaines, il avait ce soir un petit côté dangereux. Il avait perdu sa cravate, à moins qu'il n'en ait pas mis, si bien qu'on distinguait la peau foncée de sa gorge et, au lieu d'une veste, il portait un long peignoir entièrement brodé qui flottait derrière lui tandis qu'il avançait vers eux. Il tenait un verre d'alcool à la couleur ambrée, et un cigarillo pendait entre les doigts de son autre main.

— Longbridge ! répondit Kieran avec une chaleur étonnante si l'on considérait que l'autre l'avait insulté. Il faudrait verser des chaudrons de poix brûlante par-dessus les remparts pour m'empêcher d'entrer chez toi.

— Je demanderai donc à ma gouvernante de commander de la poix, répondit Longbridge avant de se tourner vers Céleste.

L'espace d'un instant, elle hésita à faire une révérence, comme elle en avait fait chaque fois qu'ils s'étaient rencontrés auparavant. Puis elle se rappela que, dans son déguisement, en ce lieu et à cette heure, elle était libre.

Elle prit le verre de la main de Longbridge et but une gorgée, laissant le goût tourbeux se répandre dans sa bouche et réchauffer sa gorge. Reprenant son ancien accent de l'East End, elle se présenta simplement :

— Salomé.

Leur hôte éclata de rire.

— Bienvenue dans ma demeure, Salomé. Vous pouvez y faire tout ce qu'il vous plaira, tant que les autres sont consentants.

— C'est noté, répondit-elle.

Il haussa les sourcils en direction de Kieran.

— Quant à ce voyou, je sais qu'il est toujours prêt à tout. As-tu rendu cette armure que tu portais l'autre jour ?

— Je l'ai déposée sur la première marche du perron de son propriétaire, plus ou moins telle que je l'avais trouvée. Il y manquait juste la braguette.

Céleste pressa les doigts sur ses lèvres pour se retenir de rire. Cependant, le but de ces expéditions n'était-il pas de vivre pleinement et ouvertement ? Elle baissa sa main et gloussa sans se retenir.

— Vous devez absolument me raconter cette histoire, dit-elle.

— Une autre fois, répondit Kieran. Ce soir, nous allons tester les limites de l'hospitalité de Longbridge.

Quand elle voulut rendre son verre au maître des lieux, celui-ci agita la main.

— Gardez-le. J'ai des alcools et du vin en abondance dans ma cave, que Kieran videra certainement. Amusez-vous bien, les enfants.

Il glissa son cigarillo entre ses dents et s'éloigna. Une femme apparut dans le vestibule, hâta le pas vers lui et glissa un bras autour de sa taille. Le rire grave de Longbridge résonna dans le couloir.

— C'est le meilleur des hommes, déclara Kieran en guidant Céleste vers un grand escalier. Ne lui répétez jamais que j'ai dit ça, ou il me chassera de sa maison.

— J'ai du mal à croire que c'est le même homme en face de qui j'étais assise lors d'un dîner chez le comte d'Ashford il y a trois semaines. Ses manières étaient si raffinées que le comte lui-même semblait être un paysan à ses côtés.

— Aucun de nous n'est vraiment tel que le croient les autres, lui rappela-t-il.

En haut de l'escalier, un assortiment de bouteilles et de verres attendait les convives sur une console. Après avoir rempli le verre de Céleste, Kieran s'en servit un.

— Nous en sommes un bon exemple, dit-elle en trinquant avec lui.

Elle but une autre gorgée et se sentit légèrement étourdie.

— Cela vous semblera sans doute surprenant, mais je vais me faire le chantre de la tempérance : prenez garde à la quantité d'alcool que vous buvez, chuchota Kieran. Bien que Longbridge tienne à ce que ses invités respectent les règles du consentement, certains s'oublient parfois et vont trop loin.

— Lorsque nous avons conclu notre accord, j'ignorais que vous me serviriez également de garde du corps… Ne faites pas cette tête. Je suis flattée.

— J'ai confiance en vous. Ce sont des autres que je me méfie.

Elle lui tapota affectueusement la joue. Comme elle ne portait pas de gants, la sensation du chaume de sa barbe contre sa paume la fit frissonner. Il se figea, son regard devenant brûlant. En dépit de sa décision de se débarrasser de ses inhibitions, elle retira sa main et replia ses doigts – elle n'aurait su dire si c'était pour retenir la sensation ou pour l'effacer.

Ils burent tous deux de longues gorgées, puis Kieran sortit un petit cigare de sa poche intérieure et l'alluma. Il tira sur le cigare et prit soin de souffler la fumée loin du visage de Céleste. Un parfum riche les enveloppa tous les deux.

Elle ne pouvait s'empêcher de l'observer. Son père et son frère se retiraient toujours dans une autre pièce pour fumer ; voir un homme le faire devant elle était une autre nouveauté.

Il lui tendit le cigare.

Elle le saisit précautionneusement entre deux doigts et le porta à ses lèvres. Se sentant la femme la plus sophistiquée d'Angleterre, elle prit une bouffée.

Elle toussa si violemment qu'elle lâcha le cigare. Il l'écrasa sous sa botte tout en lui tapant dans le dos.

— D-d-désolée, s'excusa-t-elle.

— Cela m'a fait le même effet la première fois que j'ai fumé, répondit-il en riant. Peut-être devrions-nous laisser le tabac pour une autre fois.

Deux hommes approchèrent. L'un, très grand, avait des épaules massives, tandis que l'autre était beaucoup plus svelte, avec un visage anguleux, des yeux pâles et un regard incisif. Elle remarqua qu'ils se tenaient par la main, leurs doigts entrelacés. En public, Rosalind devait se montrer très prudente dans ses démonstrations d'affection envers d'autres femmes. Que ces deux hommes montrent ainsi leur attachement en disait long sur l'atmosphère de tolérance qui régnait dans la soirée de M. Longbridge.

Kieran les salua chaleureusement.

— Curtis, Rowe.

Le plus grand lui prit la main et la serra si fort que Kieran grimaça en riant.

— Ransome, le salua le grand gaillard.

Son compagnon et lui inclinèrent la tête devant Céleste sans demander son nom. Cela semblait davantage un moyen de la protéger que de l'exclure.

— Théo m'a convaincu d'arrêter de travailler ce soir, expliqua l'homme aux traits anguleux.

— Will finira par se brûler les yeux et par avoir des moignons à la place des mains à force d'écrire, grommela son compagnon.

— Il y aura toujours des causes politiques qui auront besoin d'être expliquées clairement, déclara Kieran avec un sourire. Je vous souhaite une excellente soirée.

Céleste regarda le couple s'éloigner.

— Cela vous choque-t-il que deux hommes s'aiment ? lui demanda Kieran.

— Le monde est vaste et beau, répondit-elle. Leur affection est enviable.

Le sourire de Kieran lui alla droit au cœur.

— Allons chercher la source de cette musique, suggéra-t-il.

Elle prit son bras, et ils suivirent les mélodies qui les entraînèrent du palier à une salle de bal. Des lanternes colorées avaient été suspendues au plafond, créant une atmosphère intime et enchantée dans la vaste pièce. Perché sur une estrade, un octuor jouait des musiques que Céleste n'avait jamais entendues. Inconsciemment, elle se mit à taper du pied en rythme. Comme dans tous les autres bals où elle s'était rendue, la piste de danse était remplie de convives. Mais ces gens-là dansaient des danses qu'elle n'avait jamais vues.

Dire qu'elles étaient intimes aurait été un euphémisme. Même la valse n'était pas aussi suggestive. Les couples étroitement enlacés évoluaient voluptueusement sur la piste. Ici et là, elle vit des hommes tournoyant avec des hommes, des femmes avec des femmes.

M. Longbridge devait être une personnalité très influente pour que ses invités n'aient pas besoin de cacher leur vraie nature. Que de tels endroits existent la ravissait.

— Ce doit être le meilleur orchestre de Londres, dit-elle par-dessus la musique.

Elle se balançait d'un pied sur l'autre, transportée par les airs entraînants. Kieran finit son verre et le posa sur le sol.

— Voulez-vous danser avec moi, Salomé ?

Elle contempla sa paume nue comme Ève avait dû contempler la pomme.

Elle vida son verre d'un trait et glissa ses doigts entre les siens. Sans se quitter des yeux, ils s'avancèrent sur la piste de danse. Une fois en place, Kieran la prit dans ses bras. Une tension langoureuse se répandit dans tout son corps lorsqu'il posa une main dans le creux de ses reins. Jamais elle ne s'était sentie aussi vivante.

Puis il commença à bouger, la guidant sans effort sur la piste. Elle céda à l'envie de rire. Elle dansait enfin avec Kieran Ransome. Ce n'était plus un fantasme d'adolescente, mais la réalité d'une femme.

— Quel est votre premier souvenir de plaisir ? demanda-t-il.

— Mon quoi ?

— Était-ce de la nourriture ? La texture d'un objet ? Ou avez-vous vu quelque chose qui vous a causé des sensations agréables inédites ?

Il la serra plus près de lui, et elle sentit sa gorge s'assécher.

— Quand j'étais toute petite et que je savais à peine marcher, ma mère devait envelopper mes mains dans de la ouate car je portais à la bouche tout ce que je touchais.

— Cette fixation n'est pas pour me déplaire, dit-il avec un sourire malicieux. Continuez.

— Un jour, parce qu'elle était trop occupée, elle a oublié de le faire. J'ai trouvé un bonbon qu'elle avait gardé pour Dom et, naturellement, l'ai mis dans ma bouche. Ma mère me l'a fait recracher presque aussitôt, mais… cette explosion de douceur ! Je n'avais jamais rien goûté de la sorte. C'était comme si le ciel s'était rempli de lumière et que je m'étais envolée pour m'y baigner.

Elle lui lança un regard suspicieux. Loin de sembler s'ennuyer, il paraissait fasciné.

— Vous êtes sûrement déçu que ce ne soit pas plus salace.

— Le plaisir, c'est le plaisir, répondit-il.

Il la fit tournoyer sur place avant de la reprendre dans ses bras et d'ajouter :

— Je ne me moquerai jamais du plaisir, quelle que soit sa source.

Elle aimait l'entendre prononcer le mot « plaisir » comme si ce n'était pas une sensation mais une quête spirituelle. Ce devait être merveilleux de partager du plaisir avec un homme tel que lui.

Avec lui.

Un frémissement sensuel la parcourut et se nicha au plus profond d'elle-même.

— Tant que nous ne nuisons à personne, nous devrions être libres de prendre notre plaisir où nous le pouvons, poursuivit-il. Dieu sait que, dans cette vie, il n'est jamais garanti.

— Est-ce pour cela que vous le traquez avec une telle assiduité ?

Il resta silencieux un moment avant de répondre :

— Attendre que votre bonheur vienne des autres vous condamne à être déçu.

— Vous vous servez donc vous-même. C'est une sage stratégie.

— Ne me traitez pas de « sage ». Rien ne pourrait être plus contraire à mon caractère.

— Alors je vous traiterai d'autre chose.

Il refusait obstinément de voir en lui quoi que ce soit de positif. Elle eut soudain de la peine pour le garçon qu'il avait été, l'enfant à qui l'on avait interdit de montrer ses émotions, ainsi que pour l'hédoniste qui, aujourd'hui, s'offrait du plaisir alors que tout le monde pensait qu'il ne le méritait pas.

— D'impulsif, dit-il avec une moue sardonique. D'indiscipliné.

— Peut-être est-ce la manière dont vous voulez que les autres vous perçoivent. Pourtant, j'ai la preuve de votre générosité. Même dans notre accord. Vous auriez pu faire le minimum, m'emmener à Vauxhall ou dans un autre lieu aussi banal. Au lieu de cela, vous m'avez conduite dans cette fête extraordinaire comme il n'en existe pas deux à Londres. Vous me donnez exactement ce dont j'ai besoin parce que vous vous souciez de mes envies. Parce que vous êtes bon, Kieran.

Leurs corps tournoyaient sur la piste dans un mouvement fluide. Comme il était étrange qu'elle ressente une telle euphorie tout en ayant l'impression d'être enfin à sa juste place !

— Mes petits efforts ne méritent pas tant de louanges, dit-il d'un ton nonchalant.

Néanmoins, ses yeux sondaient les siens comme s'il y cherchait son approbation.

— Vous avez décidé de me contredire sur tous les points, répondit-elle en riant. Vous a-t-on déjà traité de « réfractaire » ?

— Généralement, on me traite plutôt de « tête de mule ».

— Je m'en souviendrai la prochaine fois que nous serons en noble compagnie. Je vous demanderai : « Pourriez-vous me passer les biscuits, tête de mule ? »

Son sourire, un mélange de gaieté juvénile et de charme viril, la chavira. Toutefois, c'était surtout la manière dont il l'enlaçait qui faisait s'accélérer son pouls. Ses bras la tenaient fermement mais sans la serrer, comme s'il la voulait contre lui sans chercher à la dominer.

— Pour ma part, j'aurai du mal à ne pas vous appeler Salomé lorsque nous serons en noble compagnie, dit-il.

— Résistez à la tentation, le prévint-elle, légèrement alarmée.

— Ne vous inquiétez pas. C'est juste que je me suis rendu compte de quelque chose : Salomé n'est pas un déguisement.

— Personne ne m'a encore reconnue, souligna-t-elle.

— Je veux dire par là que Salomé n'est pas que du fard et des robes scandaleuses.

Il baissa les yeux vers son décolleté en ajoutant :

— Même si j'approuve totalement les robes scandaleuses. Salomé, c'est vous. Elle fait partie de vous. Elle est courageuse, audacieuse, un peu coquine et totalement maîtresse d'elle-même. Je l'entends dans votre voix, dans ce petit accent de Ratcliff que votre père veut effacer à tout prix alors qu'il constitue une partie importante de celle que vous êtes. Tout cela a toujours été en vous. En tant que Salomé, vous pouvez enfin l'exprimer. Vous vous libérez.

Heureusement qu'il la tenait fermement, sinon elle aurait trébuché.

Avait-il raison ? Lorsqu'elle se maquillait, enfilait ses tenues provocantes et parlait avec son ancien accent, jouait-elle un rôle ou laissait-elle ressortir la femme qui était en elle ?

— J'ai changé d'avis sur vous, répondit-elle. Vous êtes généreux *et* perspicace. Quiconque ne s'en rend pas compte et ne sait pas l'apprécier est un sot.

— Et vous n'êtes pas sotte.

Je le suis, dès qu'il s'agit de vous.

La sensation de son long corps svelte contre elle lui faisait tourner la tête encore plus que leurs virevoltes. S'ils avaient dansé ensemble lors des nombreux bals qui ponctuaient la saison, ils n'auraient jamais pu se toucher ainsi, avec uniquement quelques couches de soie et de laine entre eux. Les cuisses de Kieran étaient fermes, son torse dur. Il dégageait une chaleur pénétrante.

Elle s'accrocha à ses épaules, savourant le roulement de ses muscles sous le drap fin de sa veste. Leurs visages n'étaient qu'à quelques centimètres l'un de l'autre, suffisamment proches pour qu'elle puisse voir ses pupilles se dilater et sentir l'accélération subtile de sa respiration. Son regard s'attarda sur sa bouche.

Durant son enfance à Ratcliff, les dures réalités de la vie étaient omniprésentes. Elle y avait vu des choses belles et terribles, mais n'avait jamais eu le luxe de se laisser aller. Elle devait toujours garder la tête sur les épaules. À présent, dans les bras de Kieran, alors qu'elle lisait le désir sur son visage et dans son corps, la tentation de s'abandonner était irrésistible.

Elle inclina la tête, l'invitant au baiser dont elle mourait d'envie.

Le tempo de la musique changea brusquement. De lent et sensuel, il devint soudain rythmé et effréné. Après quelques notes, les danseurs se mirent à applaudir et à acclamer l'orchestre.

Kieran se redressa, plissant le front comme s'il reprenait connaissance. Il se tourna vers les autres danseurs, qui s'étaient mis à tournoyer à une cadence plus frénétique et plus sauvage que n'importe quelle danse folklorique. Les plus grands soulevaient leurs partenaires plus petits et les lançaient en l'air sous les cris de joie et les rires, surtout lorsque les jupes des dames volaient en révélant leurs chevilles et leurs mollets.

Kieran glissa les bras autour de sa taille, et ils se mirent à tournoyer eux aussi. Elle rit tandis que la pièce vacillait autour d'elle dans des éclats de couleur. La dernière fois qu'elle avait dansé ainsi, c'était quand elle était petite, dans les bras de son frère. Cette fois, elle était une femme et tourbillonnait dans les bras de Kieran Ransome sur une bacchanale.

Il la reposa sur ses pieds et ils continuèrent à danser, main dans la main, caracolant sur la piste.

Un homme blond-roux assez beau s'approcha derrière Kieran. Il lui donna une tape sur l'épaule en souriant et fit un signe de tête vers Céleste. Il voulait danser avec elle.

Kieran l'interrogea du regard.

Devait-elle accepter ? Elle adorait danser avec Kieran. Cependant, s'il disait vrai, si elle était vraiment Salomé, elle devait explorer toutes les facettes de sa personnalité. Bientôt, elle serait la propriété de lord Montford et n'aurait sans doute plus jamais l'occasion de connaître une telle liberté.

Elle inclina la tête, et le visage de l'inconnu se fendit d'un large sourire quand Kieran lui confia la main de sa partenaire. Le nouveau venu la faisait déjà virevolter lorsque Kieran s'inclina avant de reculer pour sortir de la piste.

Emportée par le rythme et le mouvement, Céleste le perdit de vue.

— Je m'appelle Frank, déclara son partenaire par-dessus la musique.

— Salomé.

— Vous êtes la créature la plus spectaculaire que j'aie jamais vue, Salomé. Votre rire est tellement…

Elle le gratifia d'un éclat de rire, le faisant sourire d'un air ravi. Elle avait exactement ce qu'elle avait voulu en fomentant ce plan insensé. C'était comme ce premier goût de bonbon dans sa bouche, tant d'années plus tôt.

Et pourtant…

Danser avec Frank n'était pas aussi merveilleux que d'être dans les bras de Kieran. Frank était charmant, pourtant, agréable à regarder, bon danseur et respectueux. S'il la regardait avec fascination, il ne tentait pas de lui voler des baisers ni de la peloter.

Mais Frank n'était pas Kieran. C'était comme contempler le soleil à travers de nombreuses couches de gaze. Sa lumière était vive mais pas aveuglante. Or elle voulait sentir la brûlure du soleil.

Lorsque le morceau se termina, elle chercha aussitôt Kieran du regard et le repéra dans un coin de la salle avec un verre de vin.

Il l'observait.

Elle remercia Frank d'un signe de tête sans quitter Kieran des yeux. Puis elle alla vers lui. Cette nuit, elle suivait son cœur, et celui-ci voulait un homme qu'elle ne pouvait avoir.

11

Kieran regarda Céleste venir vers lui. Bien que la salle de bal fût pleine de couleurs, de mouvements et d'une abondance de détails sensoriels qui, d'ordinaire, auraient retenu son attention, il ne voyait qu'elle.

Ses hanches ondulaient d'une manière envoûtante ; son dos était toujours aussi droit, comme celui d'une femme sûre d'elle. Pourtant, il y avait en elle une nouvelle qualité intangible : son courage, qui se manifestait pleinement. Elle goûtait à ce que le monde pouvait lui offrir et en voulait plus.

Comme il aurait aimé être l'homme qui le lui donnerait ! Quand ce crétin blond s'était interposé sur la piste de danse, il avait eu envie de le frapper et avait dû se rappeler que ces sorties nocturnes étaient pour elle. Si elle voulait danser avec un autre, il devait la laisser faire. Au fond, le bouffon blond lui avait rendu service.

Parce qu'il avait eu envie de l'embrasser. Non, il avait ressenti le besoin de la dévorer, de couvrir chaque parcelle de son corps avec le sien, de se repaître d'elle. D'être en elle.

S'effacer pour qu'elle puisse danser avec un autre lui avait donné la distance dont il avait besoin. Sa raison, qu'il écoutait rarement, lui avait rappelé qui elle était et pourquoi il devait conserver un certain détachement.

— Quel dommage qu'un si bon danseur reste seul, dit une dame en robe violette en se glissant près de lui.

Il reconnut Mme Cochrane, une veuve qui était connue et estimée pour sa créativité dans une chambre à coucher. Ils n'avaient jamais été amants, même si la possibilité avait toujours existé.

Elle lança un regard appuyé vers la piste de danse, où les couples dansaient de nouveau sur un rythme lent et sensuel.

— Si c'est un partenaire que vous cherchez, vous n'avez que l'embarras du choix, répondit-il d'un ton léger.

Il attira son attention vers un gentleman aux cheveux argentés qui l'observait depuis l'autre côté de la salle de bal, puis vers une femme en robe de velours couleur rubis qui semblait également avoir jeté son dévolu sur la veuve.

Mme Cochrane comprit et lui adressa un petit sourire triste.

— Une autre fois, peut-être, Ransome.

Elle s'éloigna, faisant signe au gentleman aux cheveux argent et à la dame en velours rubis de la rejoindre sur la piste.

Kieran le remarqua à peine car Céleste se tenait devant lui. Un léger voile de transpiration faisait briller sa peau, notamment la courbe alléchante de son cou. Il brûlait d'envie de goûter le sel de sa sueur sur sa langue.

Bravo pour le détachement !

— Vous vous êtes lassée de danser ? demanda-t-il.

— Je suis en quête d'une nouvelle expérience.

— Venez avec moi.

Il lui offrit son bras, qu'elle prit avec enthousiasme, et il la conduisit hors de la salle de bal, dans un couloir peu éclairé. Ils passèrent devant de nombreux couples enlacés qui se caressaient. Bien que leurs activités ne soient pas aussi flagrantes qu'au Lilly Club, où les clients masqués donnaient libre cours à toutes sortes de pulsions érotiques, leurs baisers étaient passionnés.

Il lança un regard à Céleste, qui observait avidement les couples. Elle laissa traîner les doigts de sa main libre sur ses clavicules en une caresse inconsciente, et il réprima un grognement.

Il n'avait pas eu d'amante depuis qu'il avait conclu son pacte avec Céleste. Il en payait à présent le prix. Il était excité comme un étalon flairant une jument. C'était ironique : il était entouré de gens qui s'abandonnaient à leur désir alors que lui luttait pour rester chaste.

Si Céleste avait paru choquée ou gênée par cette exhibition de sensualité, il l'aurait aussitôt ramenée chez elle, mais elle semblait fascinée.

Connaissant bien le plan de la demeure de Longbridge, il la conduisit dans un escalier de service qui menait au rez-de-chaussée puis à travers la salle à manger. D'autres convives y étaient rassemblés, affalés sur des chaises ou sur les genoux les uns des autres, mangeant ou se donnant la becquée en piochant dans les mets disposés sur la table. Il y avait des fruits confits étincelants comme des gemmes, des cakes, des cuissots de chevreuil, des plats de fromage et, comme il fallait s'y attendre, des huîtres. Une femme à peine vêtue était assise au milieu de la table et déposait des grains de raisin entre les lèvres des invités.

— On se croirait dans la Rome antique, murmura Céleste.

Kieran lui indiqua un jeune homme assis au bout de la table. Il lisait à voix haute un texte que de nombreux convives écoutaient avec un grand intérêt.

— Celui-ci ne lit pas Pline l'Ancien, dit Kieran.

Le jeune homme récita :

— « Alors que sa bouche s'ouvrait sur la mienne, sa main se glissa entre mes cuisses, me trouvant aussi chaude et moite qu'un orage d'été, prête pour lui. »

Céleste pouffa de rire.

— C'est un extrait de *Minuit avec le bandit* de la Dame de Qualité Douteuse, chuchota-t-elle.

Kieran la regarda avec stupeur.

— Vous connaissez ses livres ?

— Pas vous ?

— J'ai dû racheter plusieurs fois des exemplaires après que les reliures avaient cédé pour avoir été trop manipulées.

Le jeune homme qui lisait passa le livre à sa voisine, qui lut la phrase suivante avant de donner le texte à l'homme assis à ses côtés, et ainsi de suite jusqu'à ce que l'ouvrage soit transmis à une dame installée devant Céleste et Kieran.

Celle-ci se retourna et le tendit à Céleste.

— À votre tour, ma belle.

Céleste fixa le livre, les yeux écarquillés.

— Vous pouvez refuser, lui glissa Kieran. Rien ne vous oblige à lire.

Elle hésita un instant avant de rendre le livre. Il poussa un soupir de soulagement. Il ne voulait en aucun cas qu'elle se sente contrainte de faire quelque chose contre son gré. Après tout, ses sorties avaient pour seul but qu'elle se fasse plaisir, et si…

— « Ses lèvres descendirent le long de mon cou, me mordillant, sa langue décrivant de petits cercles, déclara-t-elle d'une voix douce. Le temps qu'il atteigne le creux de ma gorge, je me consumais de désir. »

Kieran la dévisagea, interloqué. Elle ne lisait pas, elle récitait de mémoire.

Le sourire aux lèvres, Céleste fit le tour de la table. Sa voix croissant en volume et en assurance, elle poursuivit :

— « Je ne portais qu'une fine chemise, et sa main sur mon sein me brûla. Lorsqu'il pinça mon mamelon entre ses doigts, je haletai de plaisir. Son autre main travaillait inlassablement entre mes cuisses, caressant mes pétales chauds et luisants qui s'ouvraient telle une fleur au printemps. »

Elle s'interrompit, le temps de prendre un verre de vin de la main d'un convive, de boire une gorgée et de le lui rendre. L'étonnement sur le visage de l'homme reflétait celui de Kieran.

Non, « étonnement » était un mot trop faible pour décrire ce qu'il ressentait. Entendre ces délicieuses grivoiseries sortir de la bouche de Céleste, des grivoiseries qu'elle avait mémorisées, l'excitait au-delà de la raison. Son membre était dur comme du marbre et, bien que la compagnie fût habituée à voir des hommes en rut, il ne pouvait faire face à Céleste avec une érection massive.

Il croisa les doigts et laissa pendre ses mains devant son entrejambe. Même si cela ne cachait pas entièrement son excitation, c'était toujours mieux que de lui laisser voir l'effet qu'elle avait sur lui.

Elle continua de faire le tour de la table, consciente que tout le monde la regardait et l'écoutait attentivement.

— « Il ne perdit pas de temps et retroussa mes jupes de ses mains robustes. Lorsqu'il s'agenouilla devant moi, je m'ouvris à lui en gémissant telle la catin que j'étais. »

Elle s'interrompit de nouveau pour cueillir une baie dans l'assiette d'un invité et la glisser dans sa bouche.

— « Souriant comme un démon, il lécha mon con dans un lapement gourmand. Ma rosée recouvrit rapidement ses joues tandis qu'il me dévorait. J'étais son festin consentant. »

Céleste but dans un autre verre. Tout le monde, Kieran y compris, était captivé par son interprétation. L'écouter et la regarder, effrontée et sûre d'elle, était un délicieux supplice. Salomé. Non, pas seulement Salomé. Céleste était présente également.

Il n'aspirait plus qu'à l'entraîner dans un recoin sombre, à lui mordiller le cou et à s'enfoncer en elle.

Pense à autre chose ; elle ne peut pas être à toi. Pense à n'importe quoi. À du porridge froid te dégoulinant dans le dos.

— « Lorsque j'eus succombé à pas moins de trois déferlements de plaisir, il libéra son vit et l'enfonça... »

Incapable de supporter cette torture un instant de plus, Kieran glissa un bras sous le sien et l'écarta de la table.

— C'est un récit inspirant, Salomé, mais il nous reste encore beaucoup à voir et vous êtes si captivante que les invités en négligent leur repas.

Céleste parut légèrement hébétée tandis qu'il l'entraînait hors de la salle à manger.

— Mais... j'arrivais à la meilleure partie.

— Toutes mes excuses, mais j'avais le choix entre vous interrompre ou me donner en spectacle devant toute la compagnie.

Il la guida dans un autre couloir qui menait à la terrasse derrière la maison, passant devant d'autres convives passablement excités.

— Non que je ne me sois pas déjà donné en spectacle de nombreuses fois, reprit-il. Mais je ne suis pas encore prêt à le faire devant vous.

— Pour préserver votre dignité ? demanda-t-elle avec un petit sourire.

— Le peu qu'il en reste.

Ils sortirent sur la terrasse, qui donnait sur un grand jardin. Là encore, les festivités se poursuivaient. Des invités se pourchassaient dans les allées, et une demi-douzaine d'entre eux batifolaient dans une fontaine.

— J'aimerais pouvoir en faire autant, dit-elle en regardant les hommes et les femmes qui jouaient à s'éclabousser.

— Cette nuit, vous êtes libre de faire ce qu'il vous plaît.

Il posa les coudes sur la balustrade de la terrasse, affectant une pose nonchalante.

— Mon maquillage coulerait, répondit-elle. De toutes les choses scandaleuses que nous avons vues ici, le dévoilement de ma personne virginale si convenable serait la pire.

— Une vierge qui connaît la littérature érotique par cœur.

— Le genre masculin n'a pas le monopole de la contradiction, répliqua-t-elle avec un sourire plein de secrets.

— Nous autres hommes nous flattons d'être d'une grande complexité. En réalité, nous ne sommes que des enfants comparés aux femmes que nous côtoyons.

En contrebas de la terrasse, la fête battait son plein. D'autres invités avaient enjambé la margelle de la fontaine pour rejoindre ceux qui jouaient dans l'eau. Une femme vêtue d'une robe diaphane jaune traversa le jardin sur un cheval, grimpa les marches de la terrasse et entra dans la maison par une double porte.

Kieran prit la main de Céleste et la conduisit de nouveau à l'intérieur. Ils ouvrirent la porte d'un petit salon et découvrirent Curtis et Rowe s'embrassant tendrement, étendus sur un sofa. Kieran referma la porte pour leur laisser de l'intimité.

Poursuivant leur chemin, leurs doigts entrelacés, ils tombèrent sur un groupe qui donnait des coups de pied dans un ballon le long d'un couloir, et Kieran poussa Céleste dans une alcôve pour lui éviter d'être percutée.

Elle se plaqua contre le mur, et il la protégea de son corps. Deux hommes se disputaient pour savoir lequel avait fait trébucher l'autre.

— Les esprits vont devenir de plus en plus débridés à mesure que la nuit avance, dit-il en lançant un regard derrière lui. Je ferais mieux de vous ramener chez vous.

— Non, répondit-elle précipitamment. S'il vous plaît. Je préfère ce chaos à ne rien ressentir du tout.

Il la dévisagea longuement. Ils se tenaient à quelques centimètres l'un de l'autre, si près qu'il pouvait voir le pouls battre dans son cou et sentir son souffle sur son visage. Ses pupilles engloutissaient presque les tons boisés de ses iris et ses joues étaient roses. L'atmosphère dans l'alcôve était humide et chargée de non-dits. Elle s'humecta les lèvres.

Le désir lui coupait les jambes. Le monde autour d'eux avait disparu ; il ne restait plus qu'eux deux, dans un petit espace qui semblait avoir été creusé rien que pour eux.

« Tu ne peux pas », se rappela-t-il.

Néanmoins, il ne bougea pas, même quand le groupe belliqueux dans le couloir eut disparu.

— Est-ce ainsi que vous vous sentez ? demanda-t-il. Chaotique ?

— Dans le meilleur des sens possible, répondit-elle. Vous m'avez déjà tant donné. Pourtant, il y a une chose que je n'ai pas encore expérimentée.

— Laquelle ? s'enquit-il.

Elle s'humecta de nouveau les lèvres avec sa petite langue rose, et il lutta pour ne pas grogner.

— Je n'ai encore jamais été séduite.

Il ferma les yeux.

— Jamais ?

— Quand l'aurais-je été ? demanda-t-elle. Les filles bien mènent des vies désespérément chastes. Pas comme les libertins.

Elle le regarda à travers le rideau de ses cils.

— C'est-à-dire pas comme moi.

Il émit un petit rire sans humour. Chaque instant en sa compagnie aiguisait son appétit. Même lorsqu'elle n'était pas là, il la désirait. De nouveaux poèmes remplissaient ses cahiers, ses pensées, son corps.

— Comment puis-je vous donner ce que vous me demandez quand nous savons tous deux que vous êtes destinée à un autre ?

— Mon corps m'appartient encore, répondit-elle. Même si ce n'est plus pour longtemps, je suis toujours maîtresse de moi-même. Or je veux être séduite. Et je veux que *vous* me séduisiez.

— C'est une très mauvaise idée.

Sa remarque la blessa visiblement, et elle tourna la tête sur le côté.

— Parce que vous ne voulez pas de moi.

Il lui fit redresser le visage vers lui du bout des doigts.

— Détrompez-vous. Mais les seules choses que je désire vraiment sont déraisonnables.

Une caresse, un goût, et il en voudrait plus. C'était certain.

— Alors soyons déraisonnables ensemble, dit-elle.

Comme il ne répondait pas, elle reprit d'un ton hésitant :

— Vous pourriez peut-être simplement me décrire ce que vous feriez pour me séduire. Autrement, si vous n'en avez vraiment pas envie, nous pouvons quitter cette alcôve et prétendre qu'il n'y a aucun désir entre nous.

L'idée de s'éloigner, de résister à cette puissante attirance l'accablait. Le monde sans elle paraissait vide. Devant lui s'étendait toute une vie sans sa compagnie, ses sourires, son énergie.

Était-ce égoïste de sa part ? Certainement. Toutefois, dans ce lieu, en cet instant, alors qu'elle le dévisageait avec un désir authentique et sincère, il s'en moquait.

Elle ne serait jamais à lui. Néanmoins, l'espace d'un moment, il pouvait lui donner ce à quoi ils aspiraient tant tous les deux.

12

Les yeux bordés de khôl de Kieran devinrent aussi insondables qu'un ciel de minuit. Fascinée, Céleste se perdit dans leur profondeur. Son corps tout entier brûlait de désir. Elle voulait cet homme, dans toute sa complexité.

— J'en ai terriblement envie, mon cœur, dit-il d'une voix rauque. Voulez-vous que je vous montre à quel point ?

— Oui, je vous en prie. Montrez-moi.

Ses paroles lui faisaient légèrement tourner la tête.

Il y eut une longue pause, et elle craignit qu'il n'ait changé d'avis. Puis il posa les mains sur le mur de chaque côté de sa tête, l'emprisonnant entre ses bras.

Elle sentit son regard brûlant sur elle telle une coulée de lave.

— Si je devais vous séduire, savez-vous par où je commencerais ?

— Par un baiser ?

— C'est la destination finale. Avant cela, il y a tout un cheminement. Non, la première chose que je ferais serait de vous dire à quel point votre cou m'obsède.

— M-m-mon cou ?

Elle prit soudain conscience de cette partie de son corps et ne put s'empêcher de poser les doigts dans le petit creux sous sa gorge.

— Je rêve de mordre ce cou sublime, poursuivit-il. De le mordiller, d'y enfoncer mes dents. De le lécher et de goûter votre peau. Mes mains brûlent de s'enrouler autour de lui et de le tenir immobile pendant que je vous donne du plaisir.

Elle gémit et lança un regard vers sa main plaquée contre le mur comme si elle lui enjoignait de faire précisément ce qu'il décrivait. Sa main ne bougea pas.

— Vous vous contenteriez de me dire ces choses, ou vous les feriez également ? demanda-t-elle.

— Pour qu'une séduction soit réussie, il faut créer une attente. Cela accroît le désir. Après vous avoir dit ce que je comptais vous faire, j'effleurerais lentement, très lentement votre gorge avec mes lèvres, aussi doucement qu'un soupir, si bien que vous sentiriez mon souffle sur votre peau, puis je vous toucherais du bout de la langue.

Perdue dans le tableau qu'il lui peignait, elle ferma les yeux.

— Oui.

— Ensuite, je remonterais et effleurerais du bout des dents ce petit coin juste sous votre oreille. Peut-être le mordillerais-je tout doucement, et vous gémiriez parce que ce ne serait pas assez.

— Ensuite, vous m'embrasseriez ? demanda-t-elle, le souffle court.

— Oh non, pas encore, dit-il avec un petit rire. Vous renverseriez la tête en arrière, et je caresserais votre clavicule avec mon pouce. Je glisserais les doigts sur la peau de votre gorge. Vos seins se gonfleraient de désir mais je ne les toucherais pas encore. Je vous regarderais cambrer les reins, vous offrant à moi, tout comme vous le faites à présent.

En baissant les yeux, elle constata qu'effectivement elle projetait sa poitrine en avant, le provoquant en frôlant son torse.

— Je pourrais avoir envie que vous me touchiez, murmura-t-elle.

— Moi aussi. Avec ma bouche. Je déposerais des baisers le long de votre décolleté jusqu'à la naissance de vos seins. Lorsque vous n'en pourriez plus, vous attraperiez ma nuque et presseriez mon visage contre votre poitrine. Ce serait une invitation à vous toucher enfin avec mes mains. Je caresserais alors vos seins et pincerais vos mamelons.

— Oh, Seigneur ! soupira-t-elle.

— Puis je glisserais une main sous vos jupes pour caresser vos jambes, poursuivit-il de sa voix de velours. Je sentirais la chair tendre de vos cuisses sous mes paumes. Ensuite, savez-vous ce que je ferais ?

— Qu-quoi ?

Elle était tellement étourdie par le désir qu'elle pouvait à peine parler.

— Je remonterais encore ma main jusqu'à trouver votre doux petit con.

Elle hoqueta.

— Mon langage vous choque ? murmura-t-il.

— Non... Il me plaît. J'aime entendre ces mots dans votre bouche.

Il émit un son sauvage.

— Vous êtes exquise.

— Parce que je suis grossière ?

— Parce que vous êtes vous, répondit-il avant de déposer un baiser dans son cou. Votre fente est humide, n'est-ce pas ? Vous êtes humide en ce moment parce que vous brûlez de désir pour moi comme moi pour vous.

Elle gémit malgré elle. Comment pouvait-il la mettre dans cet état uniquement avec des mots ?

— Kieran, l'implora-t-elle.

— Oui, mon cœur ?

— Je veux vous embrasser. Pas théoriquement, pour de vrai.

Il retint son souffle, ses narines se dilatant. Plus tôt, lorsqu'elle avait récité un passage du livre de la Dame de Qualité Douteuse, il avait paru émoustillé. À présent, il semblait sur le point de la dévorer. Elle n'attendait que ça.

— Je me suis juré que cela n'arriverait pas, répondit-il.

— Vous ne voulez donc pas ?

Elle redoutait sa réponse car, dans toutes les aventures qu'elle vivait avec lui, c'était grâce à lui qu'elle se sentait vivante, éveillée, puissante. Si la maison de jeu et cette bacchanale étaient amusantes, l'expérience qu'elle recherchait, c'était *lui*.

— J'en meurs d'envie, répondit-il d'une voix grave qui vibra en elle.

Toutefois, il ne bougeait toujours pas. Bien qu'il fût consentant, c'était à elle de se jeter à l'eau.

Elle glissa alors les doigts dans sa chevelure et se hissa sur la pointe des pieds. Il baissa la tête et elle combla la distance entre eux, pressant ses lèvres contre les siennes.

Enfin !

Il la laissa découvrir de nouvelles sensations. Elle avait lu beaucoup de choses sur les baisers, mais aucun mot ne reflétait la merveilleuse réalité. Il était doux et ferme à la fois. Elle aurait pu passer des décennies à simplement effleurer sa bouche avec la sienne, mais le désir avait d'autres exigences.

Elle caressa la fente de sa bouche avec sa langue. Il entrouvrit les lèvres pour l'accueillir, et leurs langues se rencontrèrent en décrivant de lents mouvements langoureux qui se réverbéraient dans tout son corps. Il avait un goût de vin, de tabac et de sucre. Il l'embrassait comme si elle était le centre de son monde, sa seule ambition.

Elle s'accrocha à lui, s'abandonnant complètement à ce plaisir infini.

Il gardait toujours ses mains sur le mur.

Mue par un désir de plus en plus ardent, elle se pressa contre lui. Il était dur, solide et délicieusement viril. Le contraste avec sa propre douceur était grisant. Leurs hanches se rencontrèrent, et elle gémit de plaisir en sentant son érection contre son bas-ventre.

Le baiser de Kieran se fit plus profond, plus exigeant, et elle y répondit avec fièvre. Une joie immense l'envahit car elle testait les limites de sa liberté, une expérience d'autant plus enivrante qu'elle la faisait avec lui, l'homme qu'elle avait désiré depuis qu'elle l'avait vu pour la première fois des années plus tôt. Mais aujourd'hui, elle en savait beaucoup plus que la jeune adolescente naïve qu'elle était à l'époque. Aujourd'hui, elle se connaissait et elle le connaissait.

— Touchez-moi, haleta-t-elle contre ses lèvres.

Il arracha ses mains du mur. L'une de ses paumes s'enroula autour de sa gorge, l'autre se posa sur son sein.

La chaleur de sa peau se diffusa à travers la soie de son corsage. Il la caressa, éveillant en elle des sensations qui s'accumulaient et circulaient en ondes chaudes entre ses cuisses. Incapable de rester immobile, elle se trémoussait et se cambrait contre lui. Lorsqu'il glissa ses doigts agiles sous son décolleté et trouva son mamelon, elle gémit. Puis elle émit un petit cri de plaisir quand il le pinça délicatement.

— Kieran…

— Puis-je vous en donner plus, mon cœur ?

— S'il vous plaît.

Comme promis, il retroussa ses jupes de sa main libre, et ses doigts chauds se posèrent sur sa jambe. Il la caressa à travers son bas, puis remonta, joua avec le ruban de sa jarretière, avant de monter encore jusqu'à trouver la peau nue de sa cuisse.

Avant ce jour, la seule main qu'elle avait sentie sur sa cuisse avait été la sienne. Que d'autres mains se posent sur cette partie sensible et que ce soient celles de Kieran décuplait son plaisir. Il la caressa lentement, ses doigts étonnamment calleux râpant légèrement sa peau.

Il enfouit le visage dans le creux de son cou.

— Je veux vous toucher, mon cœur. Toucher votre con. Je peux ?

Elle écarta les jambes, prête à lui donner n'importe quoi.

— Dites-le-moi, chuchota-t-il.

— Je veux que vous le fassiez, hoqueta-t-elle. Touchez mon… mon con.

Il émit un grognement d'approbation.

Exactement comme il l'avait décrit, il remonta encore sa main jusqu'à son sexe. Elle sursauta, sans le repousser pour autant. Au contraire, elle se pressa encore plus contre sa main.

— Vous êtes si belle, murmura-t-il.

Ses doigts se glissèrent entre les replis de son intimité, manquant de la faire défaillir de plaisir. Il caressa sa peau sensible avec des gestes habiles, assurés et attentifs. Lorsqu'il décrivit lentement des cercles sur son bourgeon de chair, elle poussa un cri d'extase. La tension exquise en elle ne cessait de croître, telle une vague l'emportant de plus en plus haut.

Des spasmes de plaisir la parcoururent, lui faisant mollir les genoux. Elle s'accrocha désespérément à lui et il la tint fermement sans cesser ses caresses, qu'il poursuivit jusqu'à ce qu'elle jouisse une deuxième fois, puis une troisième.

Enfin, il ralentit ses mouvements, s'arrêta et couvrit doucement sa vulve de sa paume apaisante. Elle était toute alanguie dans ses bras tandis qu'il murmurait des mots doux contre sa chevelure.

— Je veux vous rendre la pareille, chuchota-t-elle contre son torse.

Elle descendit la main le long de son ventre dur.

Il émit un petit rire et arrêta son poignet.

— Bien que j'en aie une envie folle, mon cœur, je dois décliner votre offre.

— Oh, fit-elle, déçue.

Naturellement. Contrairement à ses autres maîtresses, elle n'avait aucune expérience, si bien qu'elle n'avait rien de bien affriolant à lui offrir.

— Si vous touchez mon sexe, je serai comblé, reprit-il en la regardant dans les yeux. Je ne voudrai plus jamais rien d'autre, alors que je devrai m'en passer pour le restant de ma vie.

Elle esquissa un sourire rassuré, qui s'effaça quand, les yeux mi-clos, il suça avec délectation les doigts avec lesquels il lui avait donné tant de plaisir.

Il prit son poignet et déposa un baiser à l'endroit où son pouls battait sous sa peau tendre. Il fit de même avec l'autre main.

— Merci, dit-il.

— N'est-ce pas plutôt moi qui devrais vous remercier ?

— Vous m'avez fait des présents inestimables : votre corps et votre confiance. Je les chérirai toujours, surtout parce que je ne les recevrai plus jamais.

Elle ne lui demanda pas pourquoi. Elle ne pouvait nier qu'elle était pratiquement promise à un autre, même si elle n'avait aucune affection pour lord Montford. Il aurait été déraisonnable de poursuivre dans cette voie dangereuse avec Kieran. Le seul fait d'avoir connu l'extase dans ses bras l'avait définitivement marquée et, comme lui, plus il lui donnerait, plus elle en voudrait.

— Je ferais mieux de vous raccompagner, dit-il.

Il recula, les mains toujours autour de sa taille. Elle sentit son cœur se serrer. Cette nuit magique et tout ce qu'elle représentait touchaient à leur fin.

— Je vous reverrai dans trois jours, dit-elle. Pour le récital chez lord Hempnall.

— Accepteriez-vous une autre sortie avec moi ? demanda-t-il d'un ton soudain timide. En dehors de notre accord. Ce ne serait ni pour une réception respectable ni pour une virée nocturne scandaleuse.

Elle sauta aussitôt sur cette occasion de passer du temps avec lui en dehors des obligations de leur pacte.

— Volontiers. Où irons-nous ?

— C'est une autre surprise. Ce sera durant la journée, et je vous conseille de vous vêtir simplement. Vous n'aurez pas besoin non plus de vous farder ni de vous déguiser.

— Vous m'intriguez. J'ai justement des vêtements que je comptais donner à Dolly. L'une de ces robes fera l'affaire.

— Parfait. Je vous retrouverai à notre endroit habituel.

Il se pencha vers elle et déposa un baiser sur ses lèvres. Le feu qui couvait entre eux reprit aussitôt et le baiser qui s'était voulu chaste devint rapidement torride, leurs langues s'enlaçant dans une danse frénétique.

Il s'arracha à sa bouche avec un grognement de frustration. Le souffle court, il posa son front contre le sien et haleta :

— Nous devons partir. Autrement, je vais perdre le peu de retenue qu'il me reste et vous prendre contre ce mur.

— Ce ne serait pas si désagréable, admit-elle.

— Ce serait bien plus que cela, dit-il en riant. C'est justement la raison pour laquelle cela ne doit pas se produire.

Il s'écarta, et elle résista à l'impulsion presque irrésistible de le retenir. D'une voix chargée d'un regret sincère, il déclara :

— Il est temps de rentrer.

Comment aurait-elle pu fermer l'œil alors que tout son corps vibrait encore du plaisir que Kieran lui avait donné ? Après être rentrée de la fête, Céleste resta allongée sur son lit, fixant le plafond en revivant chaque instant glorieux de la soirée. Elle avait fait tant de choses qui avaient défié ses rêves les plus fous, et le plus merveilleux avait été ce qu'elle avait partagé avec Kieran dans cette alcôve.

Elle serrait un oreiller contre son torse, une pâle imitation de Kieran dans ses bras. Plus jamais elle ne connaîtrait une telle expérience.

Et si… Kieran la courtisait ? S'ils pouvaient transformer leur pacte secret en une démarche officielle ?

Cette question la garda éveillée jusqu'à ce que la lumière grise de l'aube perce sous les rideaux de sa chambre. Afin d'accorder à Dolly encore quelques moments de sommeil, elle s'habilla seule avant de descendre discrètement au rez-de-chaussée.

Elle fut surprise de trouver son père dans la salle à manger, déjà rasé de frais et prêt à commencer sa journée. À en croire l'expression sur son visage, il ne s'était pas attendu à la voir lui non plus.

— Il est bien tôt pour toi, ma petite étoile, déclara-t-il.

Il était assis en bout de table, devant une tasse de café fumant et une pile de journaux.

— Je me sens d'humeur entreprenante, ce matin, répondit-elle.

Elle se servit une tasse de thé sur la desserte et déposa des toasts ainsi que de la confiture dans une assiette.

— Une jeune dame de qualité n'est jamais entreprenante, assena son père.

Comme si elle ne connaissait pas déjà toutes les règles, implicites et explicites, qui régissaient son comportement !

Elle mordilla un bout de toast en lançant des regards hésitants vers son père.

— Papa ?

— Mmm ? fit-il sans relever les yeux de son journal.

— Un deuxième ou un troisième fils ferait-il l'affaire, plutôt qu'un comte ?

Il reposa le *Times* sur le côté.

— De quoi parles-tu ?

— Juste une idée comme ça, dit-elle entre deux petites gorgées de thé. Si le fils cadet d'un aristocrate demandait ma main, cela suffirait-il ? Nous aurions quand même les relations que nous recherchons.

— Je ne vois pas pourquoi tu poses cette question. Lord Montford fera sa demande. Ce n'est pas un fils cadet mais un comte, et l'héritier d'un marquisat de surcroît.

— Et si quelqu'un d'autre se présentait avant lui ? D'un rang un peu moins élevé, peut-être, mais d'une excellente famille et avec toutes les relations nécessaires…

Le regard de son père s'obscurcit.

— Tu encourages d'autres prétendants ?

Avant qu'elle ait pu répondre, il déclara fermement :

— Tu es promise à lord Montford. C'est pratiquement dans la poche. Si tu crois qu'il acceptera de bon cœur que tu l'éconduises pour convoler avec un « fils cadet », tu te trompes gravement, ma fille. Il te traitera d'aguicheuse et d'inconstante. Les Kilburn ne seront même plus reçus dans une écurie de Mayfair.

— Tout repose donc sur moi, dit-elle sombrement.

Le fardeau qui pesait sur ses épaules l'écrasait, sapant ses forces.

Son père prit sa main, et elle releva les yeux vers lui. Bien que déterminée, l'expression de Ned Kilburn n'était pas dépourvue de compassion.

— Ce sera une belle vie, ma petite étoile, dit-il avec conviction. Tu ne manqueras de rien, je te l'assure.

Mais je n'aurai aucun objectif dans la vie... Et qu'en est-il de l'affection, de l'intimité, de la sympathie ?

Elle se tut et afficha un sourire forcé tout en buvant son thé du bout des lèvres. Son père lâcha sa main et reprit sa lecture. Lorsqu'il eut fini son café, il replia son journal et se leva.

— Passe une bonne journée, ma fille, et sois sage.

Il déposa un baiser sur son front avant de quitter la pièce.

Elle resta seule devant sa tasse de thé tiède. La fatigue qu'elle n'avait pas encore ressentie envahit ses membres, au point qu'elle aurait pu s'endormir là, la tête sur la table de la salle à manger. Mais le sommeil n'aurait rien changé au fait qu'elle n'avait aucun pouvoir de décision sur sa vie. Son sort était scellé, et il n'incluait rien de ce qu'elle aurait aimé faire de son existence.

Elle était même trop lasse pour éprouver l'envie de fuir. Elle demeura prostrée sur sa chaise, fixant la fenêtre sans remarquer la pluie fine qui s'était mise à tomber.

Un valet entra avec un plateau d'argent sur lequel était posée une lettre.

— Ceci est pour vous, Mademoiselle, chuchota-t-il. Le messager a dit qu'il attendrait votre réponse.

— Merci, Charles.

Il était encore très tôt. L'expéditeur avait dû rédiger sa missive durant la nuit ou à l'aube. Ce devait être Rosalind.

Lorsqu'elle déplia le papier, son cœur fit un bond et elle oublia aussitôt sa fatigue.

Je n'ai pas pu attendre. Pouvez-vous me retrouver aujourd'hui à 9 heures ? J'ai l'outrecuidance de croire que mon charme l'emportera sur l'importunité de ce rendez-vous aux aurores.

Le message n'était pas signé, mais ce n'était pas nécessaire. Elle caressa les lettres du pouce.

— Dites au messager que j'y serai, dit-elle à Charles, qui, impassible, attendait sa réponse. Et donnez-lui un shilling pour sa peine. Je vous rembourserai après le petit déjeuner.

— Oui, Mademoiselle.

Le valet s'inclina et sortit.

Céleste avala un autre toast et finit rapidement son thé. Quelle que soit l'expédition que Kieran avait prévue pour elle, mieux valait ne pas s'y lancer le ventre vide. Son petit déjeuner terminé, elle grimpa l'escalier quatre à quatre (son père n'étant pas là, il ne pouvait la réprimander pour cet empressement si peu distingué) et se précipita dans sa chambre.

Elle sonna Dolly, qui apparut une minute plus tard, habillée et les yeux encore bouffis de sommeil.

— Nous retrouvons M. Ransome à 9 heures ce matin, lui annonça-t-elle.

— 9 heures ? Personne ne se promène de si bonne heure.

Céleste se sentait pousser des ailes. Elle ouvrit sa garde-robe, à la recherche de sa toilette la plus vieille et la plus modeste.

— Nous, si, répondit-elle.

Vu l'heure et le temps peu clément, il n'y avait personne dans les rues lorsqu'elle rejoignit Kieran à leur lieu de rendez-vous habituel. En dépit de ses efforts pour afficher un air neutre, elle ne put cacher sa joie en l'apercevant adossé à un réverbère et s'avança vers lui en souriant. Il portait un costume simple à la toile rêche et aux couleurs ternes, brun grisâtre et marron, ce qui n'enlevait rien à son charme renversant.

Quelques heures plus tôt, il lui avait donné du plaisir dans une alcôve. À présent, dans la lumière du jour, il paraissait aussi coquin que lorsqu'il s'était léché les doigts après l'avoir caressée. Il avait dit que cela ne devait plus se reproduire. Peut-être parviendrait-elle à le faire changer d'avis.

— L'endroit où nous allons est loin d'être aussi licencieux que vous l'imaginez, la prévint-il.

En voyant sa mine déconfite, il se mit à rire.

— Vous avez l'air déçue !

Bigre, elle était devenue une vraie débauchée. Pire encore, elle n'en avait même pas honte. Plutôt que d'admettre qu'elle avait espéré d'autres caresses, elle prit un air hautain.

— J'espère néanmoins que cette sortie en vaudra la peine, répondit-elle.

— Je l'espère aussi.

Il lança des regards dans la rue pour s'assurer qu'il n'y avait personne, puis les aida, Dolly et elle, à grimper dans un fiacre qui les attendait. Lorsque la voiture s'ébranla, il annonça :

— Je ne vous dis pas où nous allons. Vous allez vite comprendre.

Intriguée, elle regarda le paysage défiler par la vitre. À mesure qu'ils se dirigeaient vers l'est de la ville, les immeubles se rapprochèrent, leurs façades devinrent plus vétustes et moins bien entretenues. Les gens dans la rue étaient également plus nombreux. Leurs tenues et leurs accents lui rappelaient quelque chose. Lorsque les effluves du fleuve lui chatouillèrent les narines, elle se redressa brusquement.

Le fiacre s'arrêta dans une rue familière.

— Vous nous avez conduites à Ratcliff !

— En effet.

Il affichait une expression neutre, comme s'il redoutait sa réaction.

— Mais… mais pourquoi ?

Elle sortit la tête par la fenêtre pour voir l'immeuble où sa famille avait habité autrefois. Il paraissait plus vieux, plus petit et plus délabré que dans son souvenir. En tordant le cou, elle apercevait les petites fenêtres des pièces où ils avaient vécu. Les pots de fleurs avaient disparu, remplacés par une corde à linge où étaient suspendues des chemises d'enfant.

— On vous a interdit de revenir ici, déclara-t-il en l'observant attentivement. D'aider les gens qui vivent dans ce quartier. C'est pourtant ce que vous voulez, n'est-ce pas ?

Lorsqu'elle hocha la tête, il ajouta :

— Vous pouvez maintenant commencer à le faire.

Elle n'en croyait pas ses oreilles.

— Je dois créer une association caritative *aujourd'hui* ?

— Pas nécessairement. Cependant, vous aviez un projet, il me semble. Nous pouvons commencer à le mettre en œuvre. Vous avez toutes les compétences requises.

— Mon père sera furieux.

— Si vous voulez, nous pouvons repartir tout de suite.

Il se pencha en avant et lui prit les mains avant de poursuivre :

— Néanmoins, si c'est vraiment ce que vous désirez, pour vous et pour les gens de Ratcliff, le laisserez-vous vous en empêcher ? Vous faites tout ce qu'il vous demande pour le satisfaire. Ceci pourrait être rien que pour vous. Nous pouvons faire en sorte que votre rêve se réalise.

« Nous », avait-il dit. Pas « vous », « nous ».

Elle sentit des larmes lui piquer les yeux.

— Personne ne m'avait jamais fait un tel présent.

— C'est un tort, dit-il avec véhémence. Vous méritez d'avoir tout ce que vous désirez. Tout.

Céleste fut vaguement consciente que Dolly descendait discrètement du fiacre. Toute son attention était concentrée sur Kieran. Il continuait à la dévisager attentivement, comme s'il n'était toujours pas sûr de sa réaction.

Elle se jeta dans ses bras, le serra contre elle et couvrit de baisers son visage et ses cheveux.

— Je suppose que cela signifie que vous êtes contente ? demanda-t-il en riant.

— Ce ne sera pas facile, répondit-elle entre deux baisers. Il faudra user de subterfuges pour ne pas alerter mon père.

— Cela vous angoisse-t-il ?

— Oui, admit-elle. Toutefois, comme vous l'avez dit, je fais déjà tant pour lui. Je ne peux pas renoncer à tout pour satisfaire ses ambitions sociales. Il sera sûrement furieux quand il l'apprendra, mais je suis sa fille et je suis coulée dans le même moule. Jusqu'à présent, j'avais trop peur de ses réactions pour mettre en œuvre ce projet. Salomé m'a montré que j'étais bien plus forte que je ne le croyais.

Son esprit fourmillait déjà d'idées.

— N'oubliez pas que je suis là, moi aussi, dit-il contre ses lèvres. Tout vaurien que je suis, je peux me rendre utile. D'ailleurs, nous devrions descendre de cette voiture et nous mettre au travail.

Il la fit se rasseoir sur sa banquette. Ils remirent de l'ordre dans leurs tenues, puis il ouvrit la portière et l'aida à descendre. Le fiacre attendit à peine qu'ils soient sur le trottoir boueux pour repartir – elle ne pouvait reprocher à un cocher du West End de ne pas vouloir s'attarder à Ratcliff. Il n'y trouverait aucun client riche.

Une femme aux cheveux grisonnants, qui portait un petit enfant sur sa hanche, s'approcha.

— Céleste ? C'est bien toi ?

— Oui, c'est moi, Susan, répondit-elle avec un sourire en reconnaissant son ancienne voisine.

Elle chatouilla les pieds du bambin et demanda :

— Et qui est ce petit bonhomme ?

— Freddie, mon petit-fils, répondit fièrement Susan.

En entendant son nom, l'enfant enfouit le visage dans le creux de l'épaule de sa grand-mère, la faisant rire. Cette dernière tourna ensuite son attention vers Kieran.

— Ravi de vous rencontrer, Susan, dit-il en s'inclinant. Je suis Kieran, un ami de Céleste.

— Monsieur, répondit-elle avec un salut de la tête, avant de reprendre à l'adresse de Céleste : Je ne pensais pas te revoir ici après toutes ces années.

— Ratcliff fera toujours partie de moi, avoua Céleste. J'ai des projets pour le quartier, pour améliorer la vie des familles qui vivent ici. Notamment un projet d'alphabétisation.

Les traits de Susan s'illuminèrent.

— Oh, ce serait merveilleux. Beaucoup de gens ici ne savent ni lire ni écrire. Comment comptes-tu t'y prendre ?

— Cela reste encore à voir. Avant tout, je dois parler aux gens et m'assurer que c'est ce qu'ils veulent. Ceux que ces décisions concerneront doivent avoir leur mot à dire.

— Pour ce qui est des opinions, j'en ai à revendre, déclara Susan, ravie. Viens chez moi, qu'on en parle.

Elle grimpa les marches du perron. Kieran offrit son bras à Céleste, et ils la suivirent.

Reconnaissante et fière, Céleste exultait. Ses espoirs grandissaient à mesure qu'elle gravissait l'escalier en bois à l'intérieur de l'immeuble décrépit. Elle allait enfin réaliser son rêve. Elle avait toujours eu en elle la capacité de le faire. En la conduisant ici, Kieran l'avait aidée à en prendre conscience et lui avait rappelé à quel point Ratcliff comptait pour elle.

Toutefois, sous cette joie se cachait une réalité plus sombre et triste. Elle parviendrait peut-être à poursuivre son projet pour Ratcliff une fois mariée à lord Montford, mais, quoi qu'il advienne, cette période merveilleuse en compagnie de Kieran prendrait bientôt fin.

13

Si, quinze jours plus tôt, quelqu'un avait dit à Kieran qu'il serait debout de son plein gré et sobre à 9 heures du matin, assis sur une chaise branlante dans un immeuble insalubre de l'un des quartiers les plus modestes de Londres, prenant des notes pour l'organisation d'une association caritative... il n'aurait même pas ri. L'idée lui aurait paru trop absurde.

Pourtant, c'était précisément ce qu'il avait fait toute la matinée et une partie de l'après-midi de la veille. Il avait offert ses services de secrétaire pendant que Céleste et son ancienne voisine, Mme Susan Vere, discutaient dans le logement exigu de cette dernière. Céleste avait fait intervenir de nombreuses personnes dans la conversation, les incitant à partager leurs pensées sur son projet d'alphabétisation.

Elle avait encouragé le débat, veillant à ce que chacun soit entendu, prenant en compte toutes les suggestions. Elle avait trouvé des solutions à des problèmes, proposé des compromis lorsqu'un objectif semblait trop difficile à atteindre.

Comment Ned Kilburn avait-il pu refuser à sa fille ce qui était si important pour elle ?

Kieran voulait montrer à Céleste ce dont elle était capable, mais il ne pouvait le faire à sa place. Il lui paraissait essentiel qu'elle réalise son rêve par elle-même.

Elle était sortie de sa réunion avec les habitants de Ratcliff les yeux brillants et une nouvelle détermination dans sa démarche. Ne trouvant aucun fiacre à héler dans le quartier, ils s'étaient résignés à marcher.

— Je vais envoyer un message à la duchesse de Northfield sur-le-champ, avait-elle déclaré tandis qu'ils contournaient un chariot qui s'était arrêté au milieu de la rue. Elle fait un travail formidable avec ses écoles pour filles dans l'East End. Je suis sûre qu'elle acceptera de nous fournir des abécédaires et des plumes.

— Je suis en bons termes avec le comte d'Ashford, avait-il ajouté. Son épouse dirige le *Hawk's Eye*. Elle pourrait nous procurer d'autres matériels scolaires.

Soudain, Céleste s'était arrêtée et tournée vers lui.

— Encore une fois, merci.

— Ne me remerciez pas. C'est vous qui faites tout le travail, avec Susan et les autres habitants de Ratcliff. Moi, je ne suis là qu'à titre décoratif.

— Vous faites bien plus que ça.

Elle avait lancé des regards autour d'elle puis déposé un baiser sur sa joue.

— Vous les avez aidés et m'avez rendue très heureuse.

Il s'était alors senti comme aveuglé par le soleil. Il était légèrement étourdi, et sa peau semblait irradier de la lumière. Quelle était cette étrange sensation ? En dépit de son émotion, il avait réussi à répondre calmement :

— J'en suis ravi.

Ils n'avaient pas le temps de s'attarder dans les rues de Clerkenwell. Elle avait pris son bras, et ils avaient continué à marcher vers l'ouest jusqu'à ce que Kieran parvienne à héler un fiacre pour la ramener chez elle.

Deux jours plus tard

Kieran se tenait devant le miroir pendant que son valet ajustait les plis déjà parfaits de sa cravate blanche et vérifiait que son gilet également d'un blanc immaculé ne peluchait pas.

Wesham fit tomber un grain de poussière de l'épaule de la veste vert sombre de Kieran et déclara :

— C'est un costume bien sobre comparé à vos tenues favorites, Monsieur.

— À Rome, fais comme les Romains, soupira Kieran.

Il lança un regard à son armoire, qui contenait un kaléidoscope de gilets et de vestes dans toutes sortes de couleurs et d'étoffes. Hélas, ces vêtements auraient horrifié la compagnie distinguée avec laquelle il devait passer l'après-midi.

— Monsieur, vous gigotez, le réprimanda doucement Wesham en tirant sur ses manches.

— Je suis un homme adulte, répliqua Kieran. Les hommes adultes ne « gigotent » pas. Nous sommes maussades ou agités.

— Votre agitation maussade m'empêche de faire mon travail, Monsieur.

— Toutes mes excuses.

Il était injuste de sa part de se défouler sur son valet, même si la seule perspective de revoir Céleste après l'avoir fait jouir et l'avoir vue si heureuse à Ratcliff mettait tous ses sens en émoi.

Comment pourrait-il encore jouer au roué blasé et sophistiqué devant elle ? Il avait encore son goût sur ses lèvres et sur ses doigts. Sa joie… sa joie le rendait joyeux.

C'était effarant.

Parce qu'il ne pouvait ni ne devait la faire sienne. Il avait déjà échoué lamentablement à garder ses distances. Il fallait qu'il se reprenne.

Il aurait dû rester chez lui cet après-midi, trouver une excuse et se défiler. Ce n'était pas comme s'il se réjouissait de rester assis pendant des heures à écouter du Mozart jusqu'à ne plus sentir ses fesses. Néanmoins, le but de son pacte avec Céleste était de le transformer en bon parti potentiel aux yeux de la haute société. De fait, elle devait aujourd'hui le présenter à plusieurs jeunes dames célibataires et respectables, préparant ainsi le terrain afin qu'il fasse éventuellement la cour à l'une d'elles.

Il fit la grimace. Il n'avait aucune envie de rencontrer une jeune dame célibataire et respectable. Tout ce qui l'intéressait, c'était de revoir Céleste.

Que diable lui arrivait-il ?

— Je crois que vous êtes fin prêt, Monsieur, déclara Wesham en reculant d'un pas pour admirer son œuvre. Vous attirerez sûrement l'attention de nombreuses dames en quête d'un beau parti, et peut-être même celle de dames qui ne le sont pas.

Finn passa la tête dans la chambre de Kieran et frappa un coup sur le chambranle. Il était pieds nus et ne portait qu'une chemise et un pantalon.

— Tu as terminé avec Wesham ? demanda-t-il. Je dois retrouver Dom au club à 16 heures.

Le valet interrogea Kieran du regard. Celui-ci lui fit signe qu'il pouvait aller aider son frère.

— Je vais préparer le nécessaire de rasage, Monsieur Finn, déclara Wesham en se dirigeant vers la porte.

Finn se passa une main sur les joues.

— Mince, je croyais m'être bien rasé.

— Ne remets jamais en question l'avis de Wesham, tu t'en repentirais longtemps, répondit Kieran.

Il se dirigea vers son bureau envahi de livres, de feuilles de papier et de plumes. Au sommet du fouillis trônait un message portant l'écriture inclinée de Céleste.

Au cours du récital, je vous présenterai trois débutantes bien comme il faut. Je regrette de vous annoncer qu'aucune ne vous lira des extraits de la Dame de Qualité Douteuse ni ne batifolera dans une fontaine, mais il y aura du gâteau.

Il caressa les mots du bout des doigts, l'imaginant penchée sur sa feuille, une mèche de cheveux caressant sa joue. Elle l'écartait d'un geste machinal et elle retombait presque aussitôt.

Que n'aurait-il donné pour se tenir derrière elle et embrasser sa nuque !

Finn le tira de sa rêverie.

— Je me demande ce que tu fais déguisé ainsi en gentleman respectable. Tu comptes dévaliser une bijouterie et tu as besoin d'avoir l'air présentable pour franchir la porte ?

— Une banque, plutôt, répondit Kieran. On ne me laissera pas approcher du coffre-fort si j'ai l'air trop canaille.

Finn s'appuya contre le chambranle de la porte et croisa les bras sur son torse.

— Où vas-tu à cette heure indue dans une tenue aussi terne ?

— À un concert chez lord Hempnall, répondit Kieran en tripotant sa cravate pourtant impeccablement nouée par Wesham. Céleste m'a obtenu une invitation et m'y retrouvera. Je dois avoir l'air vertueux si je veux que les mères présentes me considèrent comme un parti acceptable.

Finn resta silencieux.

— Quoi ? lui demanda Kieran.

— Je n'ai rien dit.

— Ce genre de silence signifie toujours que tu as une opinion à donner.

— Combien de fois es-tu sorti avec Mlle Kilburn ?

— Rien qu'une fois, mentit Kieran en tirant sur ses manches.

Comme Finn restait toujours silencieux, il soupira et grommela :

— Bon, une fois durant la journée pour un événement mondain et deux fois la nuit. Plus une petite sortie hier.

— Je sais que cela ne sert à rien de te dire ce que tu as à faire, déclara Finn en se redressant. Néanmoins, je te conseille d'être prudent.

— Si je te répondais que je le suis, nous saurions tous deux que c'est un mensonge.

— En ce qui concerne Céleste Kilburn, il faudra bien que tu le sois. Elle est sous ta responsabilité.

— Je sais parfaitement quelles sont mes foutues responsabilités, s'emporta Kieran.

C'était justement ce sens des responsabilités qui l'avait retenu de céder à son désir pour Céleste. Néanmoins, Finn n'avait pas besoin de savoir qu'ils s'étaient embrassés avec une passion qui continuait à se réverbérer dans tout son corps. Il avait beau être proche de son frère, il ne lui avouerait jamais que son attirance pour Céleste le consumait.

— Je dois y aller, annonça-t-il.

Il sortit sans laisser à Finn le temps de lui répondre.

Une demi-heure plus tard, il attendait sur le trottoir de Green Street devant la demeure de lord Hempnall, souriant et saluant les élégants invités qui se rendaient au récital. Certains le regardaient d'un air perplexe, d'autres lui répondaient poliment en le saluant à leur tour, d'autres encore semblaient se demander si la Tamise n'avait pas débordé et abandonné ses détritus sur ce trottoir de Mayfair.

Kieran s'y était résigné. Les changements prenaient du temps, et il devait déjà s'estimer heureux que Hempnall n'ait pas envoyé un valet le chasser de son perron.

Néanmoins, si Céleste n'arrivait pas dans le prochain quart d'heure, il irait se consoler dans la taverne la plus proche. Il était bien trop sobre, et une bonne pinte de bière l'apaiserait.

— Vous ai-je fait attendre ? demanda Céleste en approchant d'un pas rapide.

Son cœur se serra en la voyant. Elle portait une jolie robe jaune safran bordée de rubans beiges.

— C'est moi, le fautif, répondit-il avec un sourire. Je suis arrivé en avance, ce qui est très inquiétant.

— C'est terrible, confirma-t-elle. Il vous faudra commettre quelque sacrilège pour racheter cet écart de conduite, par exemple vous effondrer ivre mort sur l'autel d'une église.

— Ce sera ma prochaine action.

Elle lui sourit et un nuage choisit ce moment pour laisser passer le soleil, qui inonda son visage d'une lumière dorée. Il serra les dents, convaincu que la nature elle-même conspirait contre lui.

— J'ai déjà eu une réponse de la duchesse de Northfield, déclara-t-elle, enthousiaste. Elle m'a promis au moins cinq douzaines d'abécédaires. Lady Ashford m'a également écrit pour me dire qu'elle nous fournirait des craies, de l'encre et des plumes. Nous allons vraiment y arriver, Kieran !

— Nous nous retrouverons à Ratcliff la semaine prochaine, répondit-il. Pourrez-vous de nouveau vous soustraire à la vigilance de votre père ?

— Je trouverai un moyen, dit-elle avec détermination.

Elle lança un regard vers l'élégante entrée de la demeure derrière lui.

— Pour le moment, notre objectif est lord Hempnall, déclara-t-elle.

Alors qu'ils approchaient de la porte, il lui glissa :

— J'ai apporté mon invitation au cas où on me la demanderait.

— Vous n'en aurez pas besoin. Le seul fait que vous vous présentiez suffira au valet à la porte pour savoir que vous avez été invité. Il s'agit d'une réception très privée, et peu d'intrus oseraient s'y aventurer.

Elle avait raison, constata Kieran peu après. Quand ils entrèrent dans le vestibule, elle fit un signe de tête au valet de pied, qui les accueillit sans rien leur demander. Un marquis et une marquise passèrent devant eux. Kieran les salua et, ô stupeur, ils inclinèrent tous deux la tête.

Céleste et lui suivirent les convives dans un couloir rempli d'objets précieux et de gens qui l'étaient tout autant.

— Bonjour, madame Lapley, dit Céleste à une dame aux joues rouges qui croulait sous les perles. Permettez-moi de vous présenter M. Kieran Ransome, un ami de la famille.

— Madame, murmura Kieran en s'inclinant.

— Monsieur Ransome, répondit poliment Mme Lapley.

Elle le jaugea d'un regard qui était plus calculateur que sensuel.

Ils passèrent devant d'autres invités tandis qu'ils se dirigeaient vers un salon à l'arrière de la maison. Chaque fois, Céleste le présentait en prenant soin d'indiquer que leurs familles étaient amies ou qu'il était le fils d'un comte. Kieran remarqua que les regards d'abord méfiants devenaient intéressés.

Il s'arrêta net en tombant nez à nez avec sa mère et son frère aîné. Ces deux derniers le regardèrent d'un air ahuri, comme s'il lui était soudain poussé des ailes de libellule.

— Mère, Simon, les salua-t-il d'un ton neutre.

— Lady Wingrave, lord Greville, dit Céleste en faisant une révérence.

Sa mère continuait à le dévisager d'un air perplexe. Simon fut le premier à se ressaisir.

— Cette réception est uniquement sur invitation, dit-il.

Céleste tiqua, ne s'étant pas attendue à une telle rudesse. Kieran, lui, n'était pas surpris.

Il sortit son invitation de sa poche.

— Voici la mienne, répondit-il. Envoyée par lord Hempnall en personne.

— C'est… invraisemblable, balbutia sa mère.

Ses paroles n'auraient pas dû l'atteindre – sa mère l'avait traité ainsi toute sa vie. Néanmoins, sa froideur le blessa, et il pinça les lèvres pour ne pas rétorquer.

— Kieran, je veux dire M. Ransome, a fait forte impression à lord Hempnall l'autre jour à l'exposition d'horticulture, déclara Céleste d'un ton poli mais ferme. Il faut dire que, partout où il passe, les gens sont favorablement impressionnés. Cela ne devrait pas surprendre sa propre famille.

Son sourire glacial laissa sa mère et son frère sans voix.

— Le récital va bientôt commencer, ajouta-t-elle. Si vous voulez bien nous excuser…

Dès qu'ils se furent éloignés, Kieran lui glissa :

— Ce serait inconvenant de vous embrasser, mais Dieu que j'en ai envie !

Elle lança un regard par-dessus son épaule.

— Je peux voir une certaine ressemblance physique entre vous et votre famille. Heureusement, la similitude s'arrête là.

— C'est bien la première fois que quelqu'un prend ma défense, dit-il.

— Pourquoi sont-ce toujours les gens qui partagent notre sang qui nous comprennent le moins ?

— Parce que l'univers adore l'ironie, répondit-il en couvrant sa main de la sienne. Cette fois, c'est à moi de vous remercier.

— Vous méritez mieux, insista-t-elle. *Nous* méritons mieux tous les deux.

Ils arrivèrent dans un vaste salon au centre duquel trônaient un piano ainsi que trois chaises et des lutrins. Des sièges avaient été disposés en demi-cercle tout autour. La plupart étant déjà occupés, Kieran guida Céleste vers l'arrière de la salle, où d'autres invités se tenaient debout. Lorsqu'un valet passa avec un plateau chargé de verres de vin, il en saisit deux. Toutefois, Céleste refusa d'un geste celui qu'il lui tendait.

Tant pis, il serait contraint de les boire tous les deux. Quelle terrible corvée ! Il but le premier rapidement, le reposa sur le plateau d'un autre valet et prit son temps pour savourer le second.

Il examina le public tout en dégustant un vin de Bourgogne étonnamment bon. Certains visages lui étaient familiers, d'autres moins. Les invités, qui papotaient et s'éventaient en attendant le début du concert, étaient tous très distingués. À plusieurs reprises, Céleste salua une personne qui passait devant eux en prenant toujours soin de le présenter.

— Après le récital, nous irons voir plusieurs jeunes dames célibataires, lui glissa-t-elle.

Kieran sentit le vin tourner dans son estomac. Naturellement, c'était là le but de sa présence ici. Toutefois, il savait déjà qu'aucune de ces jeunes femmes ne serait aussi fascinante que Céleste. Aucune n'aurait son appétit de vivre, son esprit incisif ni sa volonté de changer le monde.

Quatre musiciens entrèrent sous des applaudissements polis et prirent place au centre du salon. Ils restèrent debout pendant que lord Hempnall avançait à son tour avec l'expression d'un homme qui ne doutait pas d'être l'incarnation même de la générosité.

— Bienvenue, bienvenue, dit-il en faisant taire d'un geste les applaudissements. J'ai choisi moi-même le programme d'aujourd'hui et je suis sûr qu'il vous enchantera. Sans plus attendre, place à la musique.

Il échangea un regard avec le pianiste, qui avait les mains en suspens au-dessus du clavier. Puis il disparut et le récital commença.

Kieran se rendait souvent au théâtre et à l'opéra. La plupart du temps, il s'intéressait plus à ce qui se passait dans les loges que sur la scène ou dans la fosse d'orchestre. Cette fois, rien ne pouvait détourner son attention de la musique elle-même.

Ses connaissances musicales se limitaient à des refrains paillards et à des chansons de taverne. Aussi, lorsque le quatuor entonna un air lyrique et cadencé, il fut pris par surprise. Le morceau débutait avec des accords martiaux avant de se transformer en une mélodie douce et fluide. Elle dégageait une tendresse mélancolique, comme si l'air s'efforçait de retrouver la source de son bonheur. Elle évoquait la lumière et les ombres, un cœur aspirant à être reconnu…

Il sentit quelque chose d'humide sur sa joue et l'essuya du bout des doigts.

Juste Ciel, il pleurait !

Le compositeur semblait avoir traduit en musique la part cachée de Kieran, celle qu'il avait autrefois innocemment montrée au monde, celle qui l'avait incité à écrire des poèmes qu'il avait fait la sottise de montrer fièrement à ses parents.

Ces poèmes avaient été froissés en boule et jetés au feu. Lorsque Kieran avait pleuré, son père l'avait secoué comme un prunier. *Les hommes ne pleurent pas.* Sa mère l'avait envoyé dans sa chambre avec l'ordre de se ressaisir.

Il chercha des yeux sa mère et son frère. Heureusement, ils étaient assis et lui tournaient le dos. Ils ne pouvaient voir qu'il était ému aux larmes par la musique.

Il lança un regard vers Céleste. Dieu merci, elle non plus ne s'était aperçue de rien. Il ne tenait pas à ce qu'on sache que, sous son vernis de débauché, il cachait un cœur sensible.

Il s'essuya discrètement les joues.

Son geste attira l'attention de Céleste, qui lui lança un regard intrigué. Il devait réagir vite.

Il se pencha vers elle et chuchota en rythme avec l'air du flûtiste :

— Écoutez-moi jouer / quel bon gars je suis / bêlant dans ma flûte / comme un agneau plaintif.

Elle pouffa de rire, et une douairière assise devant eux se retourna avec un regard noir.

Sans se décontenancer, Kieran reprit, suivant cette fois la mélodie du violon :

— Comme je scie joliment mon violon / Hi-han, hi-han / J'ai besoin de me gratter / car je suis couvert de puces.

Céleste plaqua les doigts sur sa bouche pour contenir son rire. Peine perdue.

— Chut ! fit la douairière.

Céleste lui adressa un sourire contrit et donna un coup de coude dans les côtes de Kieran.

— Arrêtez. Nous allons nous faire expulser et tous mes efforts n'auront servi à rien.

— Mes plus plates excuses, mademoiselle.

Il vit néanmoins la lueur amusée dans son regard et soupira de soulagement. Sa distraction avait fonctionné ; elle ne soupçonnait pas qu'il avait été submergé par l'émotion.

Elle ouvrait la bouche pour répondre quand la douairière, qui s'était manifestement autoproclamée préfète du récital, se retourna de nouveau avec un regard acide.

Ils écoutèrent donc le reste du concert en silence. Il composa d'autres vers absurdes dans sa tête afin de ne pas se livrer de nouveau à une embarrassante manifestation de sentimentalisme.

Céleste lui donna un autre coup de coude et lui désigna d'un signe de tête l'un des sièges. Il suivit son regard et vit une femme d'âge mûr aux cheveux blond cendré qui lançait des coups d'œil furtifs dans sa direction.

Peut-être le considérait-elle comme un amant potentiel ? Ce n'aurait pas été la première fois. Puis la dame glissa quelque chose à l'oreille d'une femme plus jeune à ses côtés, et celle-ci le regarda à son tour. Leur ressemblance ne laissait aucun doute sur leur lien de parenté.

— Lady Caunton vous verrait bien faire la cour à sa fille, murmura Céleste à son oreille. C'est parfait. On estime la rente de Mlle Goswick à huit mille livres. Surtout, vous ne trouverez pas plus respectable. La réputation de sa famille est également irréprochable. Elle correspond parfaitement à ce que vous cherchez. Je vous présenterai à la fin du récital.

Kieran inclina courtoisement la tête en direction des deux dames.

Que Céleste lui indique d'autres femmes qu'il pourrait éventuellement épouser lui nouait le ventre, même si c'était là le but de leur présence au concert. Quoi qu'il en soit, il devait surmonter son trouble. Il ne pouvait oublier l'ultimatum de sa famille – or si Finn et Dom trouvaient des épouses et pas lui, cela leur coûterait leur héritage à tous les trois, un fardeau trop lourd à porter.

Après le récital, il irait donc charmer lady Caunton et Mlle Goswick. Il le fallait.

Il lança un regard vers Céleste, qui était de nouveau concentrée sur la musique. La courbe de son cou le fascinait toujours autant, mais c'étaient surtout ses paroles qui résonnaient en lui. Elle l'avait défendu devant sa famille.

Vous méritez mieux.

Il ignorait ce qu'il méritait. En revanche, il savait une chose : ce qu'il désirait vraiment était hors de sa portée.

14

Céleste n'en doutait pas : Kieran avait pleuré en écoutant un air de Beethoven.

Cela l'avait bouleversée. Elle n'avait pas l'habitude de voir des hommes pleurer, hormis son père lorsque sa mère était morte. Dom, lui, ne pleurait jamais.

Pourtant, quelque chose avait fait monter les larmes aux yeux de Kieran, et elle avait ressenti un besoin irrépressible de le réconforter.

Elle avait été sur le point de prendre sa main lorsqu'il s'était mis à fredonner ses chansons absurdes. Cela avait momentanément détourné son attention, ce qui était sans doute l'intention de Kieran.

Devait-elle lui en parler ? Lui dire qu'il n'y avait aucune honte à ressentir des émotions ? Le nierait-il, affirmant qu'elle s'était trompée ?

Les hommes étaient des créatures étranges et fières. Mais il fallait reconnaître que le monde n'applaudissait pas vraiment ceux d'entre eux qui montraient leurs sentiments.

Cependant, le lieu n'était pas propice aux conversations profondes et sincères. En voyant lady Caunton et Mlle Goswick se lever à la fin du concert, elle se souvint de sa promesse.

— Vous ne direz pas que je n'honore pas mes obligations, dit-elle. Venez, il est temps de nous mettre au travail.

Ses pieds semblaient s'être transformés en plomb quand elle se dirigea vers les deux femmes. Mais ce n'était pas pour le plaisir de sa compagnie que Kieran l'avait abordée, se rappela-t-elle. Il avait respecté sa part de leur marché, et il aurait été malhonnête de ne pas l'aider dans sa quête d'une épouse, même si cela lui laissait un goût amer dans la bouche.

La mère et la fille se tenaient côte à côte, observant les invités qui se regroupaient pour bavarder.

— Milady, mademoiselle Goswick, dit Céleste avec une révérence. Permettez-moi de vous présenter un ami de ma famille, M. Kieran Ransome.

— L'un des fils du comte de Wingrave ? demanda lady Caunton avec plus de curiosité que de suspicion.

Kieran lui fit un baisemain.

— En effet, milady. Je suis le plus jeune des trois. Les deux premiers étaient des essais jusqu'à ce que mes parents trouvent enfin la bonne formule.

Lady Caunton se mit à rire. Mlle Goswick regarda sa mère avant de s'autoriser à pouffer à son tour.

— Comment avez-vous trouvé le récital, monsieur Ransome ? demanda lady Caunton.

— Inspirant, milady.

Considérant que le contact avait été établi, Céleste jugea bon de s'éclipser.

— Oh ! fit-elle. Si vous voulez bien m'excuser un instant, j'aperçois quelqu'un à qui je dois parler.

Elle fit une nouvelle révérence avant de s'éloigner, bien qu'elle n'eût personne ni aucune destination en tête. Elle savait uniquement qu'elle devait donner à Kieran l'espace nécessaire pour se présenter comme un prétendant potentiel.

Elle se faufila entre les invités, se dirigeant vers la terrasse à l'arrière de la demeure. Un petit moment de solitude l'aiderait à rassembler ses esprits.

Sur la terrasse, d'autres invités s'étaient réunis en petits groupes pour discuter, parler du programme musical et, naturellement, se répandre en commérages. Elle ne se sentait pas la force de faire la conversation avec ces gens, parmi lesquels se trouvaient des connaissances, et alla se poster seule devant la balustrade.

Les jardins de lord Hempnall étaient bien entretenus, mais un peu trop formels à son goût. Lorsqu'ils vivaient à Ratcliff, sa mère et elle avaient amoureusement cultivé de petites plantes en pot sur l'étroit rebord de fenêtre. Sa mère avait toujours rêvé d'avoir un espace vert à elle pour jardiner, mais, quand ils avaient enfin eu assez d'argent pour s'établir à Hans Town, son père avait décrété que les jardins seraient entretenus par le personnel.

— Vous êtes de nouveau venue avec lui, dit une voix familière derrière elle.

Elle se retourna vers lord Montford, dont les traits généralement aimables étaient déformés par un pli de mécontentement entre les sourcils.

— Bonjour, lord Montford. J'ignorais que vous veniez au récital aujourd'hui.

— J'avais un rendez-vous qui s'est prolongé, si bien que le concert avait déjà commencé lorsque je suis arrivé. C'est la seconde fois que je vous trouve en compagnie de M. Ransome.

— J'ai trouvé le programme charmant, déclara-t-elle en se tournant de nouveau vers les jardins. Certes, mes goûts musicaux sont moins affûtés que ceux de la plupart des gens, mais je sais apprécier une belle mélodie.

— Mademoiselle Kilburn... Céleste... allez-vous répondre à ma question ?

— Je n'ai pas entendu de question, lord Montford, uniquement une affirmation.

Les mâchoires de lord Montford se crispèrent.

— Je vois que vous êtes de mauvaise humeur.

— Si vous entendez par là que j'ai mes propres opinions, alors oui, je suis de mauvaise humeur. Demandez-moi plutôt exactement ce que vous voulez savoir.

Irritée, elle continuait à ne lui présenter que son profil.

— A-t-il des vues sur vous ?

— Sa famille et la mienne sont très proches, répondit-elle sèchement. Il est donc parfaitement logique que M. Ransome et moi nous fréquentions sans que l'on en déduise aussitôt qu'il a des intentions malhonnêtes à mon égard.

Il n'avait pas besoin de savoir que, trois nuits plus tôt, Kieran l'embrassait avec passion et avait une main sous ses jupes.

Lord Montford ouvrit la bouche puis la referma. Il inspira profondément, comme s'il puisait dans ses réserves de patience, ce qui acheva d'agacer Céleste.

Il fit un effort visible pour détendre ses traits et afficher un sourire indulgent.

— Si vous souhaitez entretenir des liens d'amitié avec M. Ransome par égard pour votre famille, je ne m'y opposerai pas. De fait, je trouve rafraîchissant que des hommes nouent des relations platoniques avec des femmes. Nous ne pouvons pas vivre toujours enfermés dans nos clubs et ne parler qu'avec d'autres hommes, nos conversations tourneraient en rond.

— C'est une chance que les femmes existent pour vous éviter de vous ennuyer.

Il rit comme si elle avait raconté une bonne plaisanterie.

— Je ne vous le fais pas dire ! J'espère que vous ne me tiendrez pas rigueur de ma brève incursion dans le domaine de la jalousie. C'est que j'ai tellement hâte que vous soyez mienne que je vois en tout homme une menace potentielle.

— Soyez sûr que personne n'a plus à cœur mon bien-être que moi-même, répondit-elle.

Il le fallait bien ; autrement, son existence ne serait constituée que de diversions plaisantes et vides où rien de ce qu'elle ferait ou dirait n'aurait d'importance.

— Oh, j'allais oublier ! s'exclama joyeusement lord Montford. J'aimerais que vous veniez de nouveau dîner avec mes parents vendredi prochain. Disons à 19 heures ?

Cela ressemblait plus à un ordre qu'à une invitation. De toute évidence, il considérait que son temps lui appartenait, et ils n'étaient même pas encore mariés.

Elle vit alors Kieran se diriger vers eux d'un pas nonchalant. Il salua lord Montford avec une courtoisie parfaite. Toutefois, n'y avait-il pas une petite lueur d'hostilité dans son regard ?

— C'est un plaisir de vous revoir, Ransome, dit lord Montford.

— Je n'en doute pas.

Céleste pinça les lèvres.

Le silence qui suivit s'éternisa jusqu'à ce que lord Montford se ressaisisse.

— Bon... je dois y aller. Il faut que je repasse chez moi avant de me rendre au bal du marquis de Hursley ce soir. C'est une réception très sélecte, et il tient absolument à ce que j'y fasse une apparition. Vous y verrai-je, Ransome ?

— Hélas, je vais au théâtre, ce soir, répondit Kieran d'un ton blasé.

— Quel dommage.

Il y eut un autre long silence, au cours duquel lord Montford observa Kieran d'un air légèrement perplexe.

— Ne deviez-vous pas repasser chez vous avant votre bal ? lui rappela soudain Kieran.

— Ah oui, bien sûr. Ma chère...

Lord Montford s'inclina sur la main de Céleste, qu'il garda dans la sienne pendant un temps qui lui parut interminable, avant de s'éloigner.

Une fois seule avec Kieran, elle s'autorisa un long soupir excédé.

— N'y a-t-il pas un moyen de décourager ses attentions ? demanda-t-il.

— Aucun sans que les portes de la haute société ne se referment devant ma famille.

— Fichtre, si seulement votre père et Dom ne se reposaient pas autant sur vous !

La colère de Céleste se dissipa, la laissant fatiguée et avec un léger mal de tête.

— J'abonde dans votre sens, mais je ne vois pas comment y remédier. Il n'y a vraiment rien à faire.

— Si je le pouvais, je vous sortirais de cette situation, dit-il avec une profonde sincérité.

C'était trop et pas assez. Elle attendait plus de cet homme qui l'écoutait et la considérait comme un être à part entière, doté de ses propres pensées et émotions.

— Comment s'est déroulée votre conversation avec lady Caunton et sa fille ? demanda-t-elle. Êtes-vous attendu durant les heures de visite ?

— Disons qu'elles ne tueront pas le veau gras dans la perspective de ma visite, mais la dame m'a dit qu'elle espérait me revoir lors de l'un des événements de la saison, et sa fille de même.

— Bientôt, elles attendront avec hâte que vous laissiez votre carte à leur majordome, assura-t-elle.

Elle n'aurait pas dû être soulagée que lady Caunton n'ait pas encore ouvert en grand les portes de sa demeure afin qu'il vienne faire la cour à sa fille. Hélas, elle l'était.

— En attendant, vous et moi avons une nouvelle aventure nocturne au programme, dit-il avec un sourire.

Céleste oublia aussitôt lord Montford et Mlle Goswick.

— Une autre surprise ?

— Ce soir, nous allons au théâtre.

Elle fut déçue.

— Je suis déjà allée au théâtre.

— Pas comme celui-ci.

Il baissa la voix pour que personne d'autre ne l'entende :

— Habillez-vous comme pour une soirée respectable et apportez tout le nécessaire pour vous transformer en Salomé. Avez-vous une amie qui pourrait vous accompagner ?

— Mon amie fera partie de notre aventure ?

Voilà qui attisait encore plus sa curiosité.

— Vous vous rendrez au théâtre avec elle, puis, après la représentation, vous prendrez congé d'elle et vous m'accompagnerez pour la seconde partie de la soirée.

Elle piétinait déjà d'impatience.

— Je suis intriguée.

Il lui adressa un sourire énigmatique.

— Vous pouvez l'être.

Céleste se joignit aux acclamations du public lorsque les interprètes du dernier opéra-bouffe de lady Marwood revinrent sur scène pour le salut final. La représentation en avait été tellement enthousiasmante qu'elle en avait presque oublié qu'elle se trouvait au Théâtre Impérial pour une mystérieuse soirée scandaleuse. Cela en disait long sur le talent de lady Marwood car, depuis que Kieran lui avait dit qu'il se passerait « quelque chose » après le spectacle, elle peinait à contenir son excitation.

— C'était merveilleux ! s'extasia Rosalind en applaudissant à tout rompre. Quand le voleur a dit à la princesse qu'il l'aimerait jusqu'à ce que le dernier diamant tombe en poussière...

Elle soupira.

— Merci de m'avoir invitée ce soir.

— Je t'en prie. Merci de m'avoir accompagnée. Mon père ne m'aurait jamais autorisée à me rendre seule au théâtre.

— Tu sais que tu peux toujours compter sur moi dès qu'il s'agit de faire des bêtises, répondit son amie avec un sourire malicieux.

Alors que les spectateurs commençaient à quitter la salle, elle demanda :

— Que devons-nous faire, exactement ?

— Kieran m'a dit de l'attendre dans le foyer, je n'en sais pas plus. Cela me fait un drôle d'effet d'être la seule spectatrice à être venue avec une valise.

Elle avait confié cette dernière à un membre du personnel du théâtre avec un généreux pourboire d'une livre en remerciement de sa discrétion.

— C'est une bonne chose que les gens de théâtre soient habitués à toutes sortes de comportements excentriques, observa Rosalind tandis qu'elles descendaient le grand escalier.

La foule était dense et bruyante, les gens commentant le spectacle haut en couleur auquel ils venaient d'assister. Il y avait eu plusieurs chanteurs, des acrobates et même un oiseau savant capable d'épeler des mots en donnant des coups de bec sur des cartes alphabétiques. Le clou de la soirée avait été le bref opéra-bouffe qui avait alterné entre le comique et le pathos.

Comme elle l'avait fait durant toute la représentation, Céleste scruta la foule à la recherche de Kieran. Elle avait cru l'apercevoir un instant, ses cheveux noirs luisant parmi les jeunes gens qui se tenaient debout devant la fosse d'orchestre. L'instant suivant, il avait disparu. Il lui avait semblé reconnaître Dom également, mais il s'était lui aussi fondu dans la foule.

Une fois parvenues dans le foyer, Rosalind et elle se rangèrent sur le côté tandis que le public se dirigeait vers la sortie.

— Je me demande pourquoi il ne t'a donné rendez-vous qu'après le spectacle, dit Rosalind.

— J'ignore ce qu'il prépare ainsi que la raison pour laquelle je dois le retrouver ici.

— C'est une mystérieuse créature, ton M. Ransome.

— Ce n'est pas *mon* M. Ransome, corrigea Céleste en scrutant la foule. Il n'appartient à personne.

— Pour le moment, souligna Rosalind. Ce ne sera plus le cas si ton plan fonctionne.

— Quand ils se marient, les hommes ne deviennent la propriété de personne. On ne peut pas en dire autant des femmes.

— Une raison de plus pour laquelle je ne me marierai jamais.

Était-ce Kieran au milieu de ce groupe de jeunes dandys ? Non, juste un homme qui lui ressemblait vaguement. Cette attente était insoutenable, d'autant plus qu'elle ne savait pas ce qu'elle attendait. Connaissant Kieran, ce serait certainement extraordinaire.

— N'est-ce pas lui, là ? demanda Rosalind. Juste Ciel, ce qu'il est beau !

Kieran venait de sortir de la foule et se dirigeait vers elles. Comme chaque fois qu'elle le voyait, Céleste se sentit légèrement étourdie. Il avait troqué le costume sobre qu'il portait pour le récital contre un gilet doré entièrement recouvert de fines broderies, une veste parfaitement coupée en velours moiré bordeaux, des culottes en daim qui moulaient merveilleusement ses cuisses musclées et de hautes bottes noires qui luisaient comme de l'obsidienne.

Il avait également changé de coiffure, et ses cheveux, au lieu d'être lissés en arrière, étaient à présent libres. Céleste eut une furieuse envie de toucher ses boucles folles pour apprécier de nouveau leur texture soyeuse comme elle l'avait fait lors de la soirée chez M. Longbridge.

Cette fois, il n'avait pas mis de khôl autour de ses yeux. Ce devait être réservé aux soirées plus intimes.

Il s'approcha avec ce sourire narquois qui était chargé de promesses.

— Voici mon amie Rosalind Carew, déclara-t-elle. Rosalind, je te présente M. Kieran Ransome.

— Mademoiselle Carew, la salua-t-il en s'inclinant. Votre aide ce soir nous a été des plus précieuses.

— Je ferais n'importe quoi pour Céleste, répondit Rosalind. Y compris lui servir d'alibi en cas de besoin.

— Vous êtes un ange, mademoiselle Carew.

— Je sais, répondit Rosalind avec un sourire espiègle.

— Lorsque nous étions en pension, Rosalind m'encourageait souvent à faire toutes sortes de bêtises, confia Céleste.

— Si je me souviens bien, c'est toi qui m'as convaincue de faire le mur une nuit pour aller nager dans l'étang, et toi encore qui m'as poussée à voler les clés de Mlle Hadstock pour piquer son sherry. Ils nous ont retrouvées le lendemain matin endormies sur la pelouse.

— Vous n'en êtes donc pas à vos premières polissonneries, Céleste, déclara Kieran, amusé. Je suis déçu, moi qui croyais vous avoir initiée.

Il lança un regard dans le foyer à présent presque désert. Il ne restait plus que deux hommes passablement éméchés qui se soutenaient l'un l'autre se dirigeant vers la sortie, ainsi que trois membres du personnel qui balayaient les programmes, les pelures d'orange et autres déchets.

— Nous devons y aller, annonça-t-il. Avez-vous apporté votre...

— Je vais la chercher, répondit Céleste.

Quelques instants plus tard et après un autre pourboire généreux, elle revint avec la valise qui contenait tout le nécessaire à sa métamorphose en Salomé. Kieran la lui prit, et ils rejoignirent sur le trottoir les derniers membres du public qui grimpaient dans des calèches et des fiacres.

Kieran en héla un, puis ouvrit la portière pour Rosalind.

— Tu es sûre que cela ne te dérange pas de rentrer seule ? lui demanda Céleste.

— J'ai grandi avec des frères, je sais me battre, répondit Rosalind en montant en voiture.

Je connais tous les points vulnérables où frapper. Amuse-toi bien, Céleste.

Elle agita les sourcils d'un air comique, puis Kieran frappa sur le côté du fiacre pour indiquer au cocher qu'il pouvait partir.

En se retournant, Céleste vit un employé verrouiller les portes du théâtre.

— Ils ferment, constata-t-elle. Je suppose que nous allons ailleurs ?

— Nous allons dans un lieu très différent, mais il n'est pas ailleurs.

— Vous êtes un véritable sphinx, ce soir.

— Suivez-moi.

Il longea la façade du théâtre, et elle trotta derrière lui. En le voyant tourner dans la première ruelle obscure, elle ralentit le pas.

— Nous y sommes presque, lança-t-il pardessus son épaule. N'ayez pas peur.

C'était une ruelle quelconque, avec des caisses éparpillées ici et là, et des flaques luisant dans la pénombre. Elle rejoignit Kieran, qui s'était arrêté devant une porte au-dessus de laquelle un panneau indiquait : « Entrée des artistes ».

Affichant toujours son sourire insondable, il toqua à la porte avec un rythme particulier. *Tap... Tap... Tap... Tap... Tap.*

La porte s'ouvrit, révélant une danseuse qui avait encore son maquillage de scène. Derrière elle, on entendait un tambour, un violon et des rires. La femme salua Kieran, puis haussa les sourcils en apercevant Céleste derrière lui.

— Elle est avec moi, Lottie.

— Elle n'est pas ton genre habituel, répondit-elle.

— Ce soir, je le suis, répliqua Céleste.

Lottie éclata de rire.

— Entrez donc, dit-elle. Nous ne faisons que commencer.

— Une autre soirée comme celle de M. Longbridge ? demanda Céleste à Kieran.

— Ce que vous verrez ici, vous ne le verrez nulle part ailleurs à Londres, déclara-t-il.

N'ayant pas encore revêtu son déguisement, elle était nerveuse. Elle espérait que personne ne la reconnaîtrait.

— En franchissant ces portes, nous entrons soit au paradis, soit en enfer, annonça-t-il.

— Lequel nous attend ? demanda-t-elle, curieuse.

— Celui qui vous plaira le plus.

Il lui tint la porte, tel un démon l'invitant dans l'antre du péché. Céleste n'hésita pas. Peut-être paierait-elle cher ses transgressions, mais elle s'en moquait. Tant qu'elle faisait ses propres choix et qu'il était à ses côtés, elle était prête à en assumer toutes les conséquences.

15

Lorsqu'elle entra, elle fut environnée d'immenses éléments de décor. Cela ressemblait vraiment à l'entrée des grottes de l'enfer, Kieran et son sourire diabolique l'entraînant dans leurs profondeurs.

— Par ici.

Kieran s'engagea dans le dédale de toiles peintes et d'accessoires entreposés dans les coulisses sombres qui entouraient la scène. La musique et les rires semblaient provenir de cette dernière, mais d'épais rideaux empêchaient Céleste de la voir.

— Attention, dit-il. Il est facile de trébucher ou de se perdre dans ce labyrinthe.

Ils croisèrent plusieurs personnes les bras chargés de couvertures et de bouteilles, puis empruntèrent un long couloir flanqué de portes. Kieran toqua à l'une d'elles et, n'entendant pas de réponse, l'ouvrit, révélant une pièce étroite remplie de coiffeuses et de miroirs. Une chaise longue couverte de châles était placée dans un coin, devant des portants où étaient suspendus des vêtements de toutes les couleurs. Une étagère supportait des têtes de mannequin coiffées de perruques. Des souliers et des bas jonchaient le sol, ainsi que des plumes, des colifichets, des fleurs et, étonnamment, une poêle à frire, bien qu'il n'y eût pas de cuisinière sur laquelle la poser. Trois chats paressaient sur une pile de costumes.

La pièce sentait la poudre de riz, le parfum et la sueur.

— C'est ici que les actrices enfilent leurs costumes ? demanda-t-elle en entrant.

— Et qu'elles reçoivent leurs admirateurs après le spectacle, répondit Kieran en posant sa valise sur l'une des coiffeuses. Ici, vous pouvez vous transformer en Salomé. Pouvez-vous vous changer seule ou voulez-vous que je demande à Lottie de vous aider ?

— J'ai veillé à prendre des robes que je peux ôter et mettre sans assistance.

— Dans ce cas, je vous laisse à votre métamorphose.

Il ressortit en refermant la porte derrière lui.

Bien qu'elle fût pressée de le rejoindre et de découvrir ce qu'il avait prévu pour la soirée, elle ne résista pas à l'envie d'explorer la loge. À Ratcliff, Polly, une danseuse de music-hall, avait habité à l'étage en dessous de celui des Kilburn. Lorsqu'elle rentrait d'une nuit de travail, elle laissait souvent Céleste venir s'asseoir sur son parquet pendant qu'elle se détendait. La fillette qu'elle était alors trouvait le métier de Polly fascinant et chic, bien que Polly n'eût pas grand bien à dire de son travail.

Être artiste à l'Impérial devait être très différent. Certes, les loges étaient exiguës et encombrées, et elles devaient l'être plus encore lorsqu'elles étaient remplies de femmes occupées à s'habiller et à se maquiller. Pourtant, Céleste les trouvait merveilleuses. C'était ici que les danseuses et les chanteuses s'apprêtaient à entrer en scène… et qu'elles recevaient leurs admirateurs, avait dit Kieran.

Céleste lança un regard à la chaise longue, dont la tapisserie était fanée et élimée. Elle avait dû voir défiler son lot d'amants.

Ses joues rosirent tandis qu'elle s'imaginait demandant à Kieran de rester dans la loge pendant qu'elle se préparait. Elle l'aurait fait s'asseoir sur cette chaise longue et aurait vu le désir obscurcir son regard pendant qu'elle ôtait un à un ses vêtements. Puis, lorsqu'elle aurait été en chemise, elle se serait assise à califourchon sur lui et…

On toqua à la porte.

— Tout va bien ? demanda Kieran. La fête va commencer.

— J'arrive, répondit-elle en chassant de sa tête ces images dangereusement lubriques.

Elle était devenue experte dans l'art de la transformation rapide et, vingt minutes plus tard, elle rouvrit la porte. Kieran l'attendait, adossé au mur du couloir. Il se redressa avec un large sourire.

— Ah, la voilà !

— Je ne vous plais ainsi que parce que ma tenue frôle l'indécence.

— Il est vrai que j'adore vos toilettes affriolantes, mais, surtout, lorsque vous êtes Salomé, vous devenez la femme qui était en vous tout ce temps, et je suis ravi de la voir.

Elle aurait pu se passer de se mettre du rouge sur les joues, car celles-ci devaient être cramoisies. Les paroles de Kieran résonnaient en elle. Peut-être était-elle vraiment Salomé, exprimant cette partie d'elle-même qu'elle avait été contrainte de refouler.

Sur scène, la musique et les rires continuaient, accompagnés d'un brouhaha de voix.

— Ce doit être là-bas que se déroulera notre prochaine aventure, devina-t-elle.

— Allons les rejoindre.

Cette fois, au lieu de lui offrir son bras, il lui prit la main et enlaça ses doigts aux siens. Le contact de sa paume nue la grisa, si bien que, lorsqu'ils entrèrent sur la scène, elle se sentait légèrement fiévreuse et ivre.

Ils furent accueillis par des hourras. Il y avait là presque deux douzaines de personnes, dont des femmes qu'elle reconnut pour les avoir vues plus tôt pendant le spectacle. Elles avaient quitté leurs costumes de scène et portaient à présent des tuniques amples et des peignoirs. Il y avait également d'autres femmes qu'elle ne connaissait pas. La plupart des hommes avaient ôté leur veste et dénoué leur cravate. L'un d'eux avait enroulé une écharpe en soie sur sa tête à la façon d'un turban.

Les fêtards étaient allongés sur des piles de coussins éparpillés sur la scène. Quatre d'entre eux se partageaient une longue pipe tandis qu'une femme jouant du violon allait d'un groupe à l'autre avec un homme battant sur un petit tambour celtique. De nombreuses bouteilles passaient de main en main. Plusieurs personnes avaient apporté des liasses de papier et réalisaient des croquis.

— Vous tous, voici Salomé, déclara Kieran en la présentant comme un trésor qu'il aurait rapporté d'une expédition.

Il y eut une autre salve de hourras. Céleste fit une petite révérence, quoiqu'il lui semblât légèrement ridicule d'être aussi formelle devant une telle assemblée de libres penseurs.

— Hé, Lottie ! lança un homme couvert de taches de rousseur. Salomé et toi pourriez être sœurs.

Lottie se leva de ses coussins et s'approcha de Céleste. C'était effectivement comme se regarder dans un miroir, car les cheveux de Lottie avaient la même couleur que la perruque de Céleste. Elles avaient la même taille, la même silhouette, et la manière dont Céleste avait fardé son visage lui donnait des traits semblables à ceux de Lottie.

Glissant un bras autour de sa taille, Lottie déclara d'une voix roucoulante :

— As-tu jamais songé à faire de la scène, ma poule ? Toi et moi, on gagnerait des fortunes avec un numéro de sœurs jumelles. Après le spectacle, les hommes se bousculeraient à la porte de notre loge.

— Il ne peut y avoir qu'une Lottie, répondit Céleste avec un sourire.

Lottie se mit à rire.

— C'est vrai. Toutefois, abondance de biens ne nuit pas, comme on dit. Réfléchis-y.

Elle déposa un baiser sur la joue de Céleste avant de s'exclamer :

— C'est bien la première fois que je m'embrasse !

— Un rêve devenu réalité, cria une femme au teint pâle vêtue de bleu.

Lottie lui adressa un geste obscène avant de retourner s'allonger sur les coussins.

— Qui sont tous ces gens ? demanda discrètement Céleste à Kieran.

— Certains sont des danseurs, d'autres des chanteurs, des poètes, des artistes, des compositeurs... Cette femme en robe corail est l'une des plus grandes sculptrices de notre temps. D'autres encore sont des oisifs, comme moi. Toutefois, chacun apporte à la fête un peu de talent et de non-conformisme. Une fois par mois, quand le théâtre est fermé, nous nous réunissons et voyons où la nuit nous portera.

— Hé, vous deux ! leur lança Lottie. Cessez de faire bande à part et rejoignez-nous.

— Êtes-vous prête ? demanda Kieran à Céleste.

En dépit de la lueur espiègle dans son regard, elle le sentit nerveux. Pourquoi diable était-il inquiet ?

— Plus que prête, répondit-elle. Je brûle d'impatience.

Il lui fit un clin d'œil qui déclencha en elle de délicieux frissons, et ils allèrent s'asseoir avec les autres. Céleste s'installa confortablement sur des coussins tandis que Kieran s'allongeait avec une grâce de félin. À sa surprise, il refusa la pipe qu'on lui tendait. Elle en fit autant.

— Quoi, tu deviens ennuyeux avec l'âge, Ransome ? railla un homme portant une écharpe imprimée.

— Certains d'entre nous n'ont pas besoin de l'aide d'une pipe pour attirer les muses, Darwen, répondit Kieran.

Des huées et des rires s'élevèrent dans la salle. Darwen rit aussi, quoique d'une manière un peu forcée.

— Un duel, un duel ! cria quelqu'un.

— On veut un duel ! entonna la foule.

Alarmée, Céleste se tourna vers Kieran.

— Vous allez vous battre ?

— Ce n'est pas ce genre de duel, la rassura-t-il. Quoi qu'il en soit, nous allons devoir donner au peuple ce qu'il réclame.

Il baisa sa main, puis, avec une légère appréhension dans le regard, il se leva.

Darwen l'imita, et Kieran et lui s'avancèrent au milieu de la scène, les autres écartant les coussins pour leur faire de la place. Kieran ôta sa veste et la lança sur le côté, puis les deux hommes se mirent à se tourner autour tels deux pugilistes dans une arène.

Ne comprenant pas ce qui se passait, Céleste les observait avec perplexité.

Une superbe femme noire en robe jaune lança :

— Qui commence ?

Kieran s'inclina devant son adversaire avec un sourire moqueur.

— Je te cède la parole, Darwen. Montre-nous ce que tu sais faire.

Darwen s'éclaircit la voix puis prit la pose, une main sur la hanche, l'autre levée vers le plafond.

Moi, pauvre Terrien, j'oriente mon visage
Vers le ciel d'ébène qui luit comme de l'encre.
Si je devais m'incliner, soupirer, me répandre,
La beauté de la nuit s'effacerait tel un mirage.

Le public applaudit poliment, y compris Céleste. C'était donc un duel de poésie ?

Kieran se joignit aux applaudissements, bien qu'il ne semblât guère impressionné.

— Pas mal, Darwen.

— Pas mal ? répéta Darwen, indigné. Tu crois pouvoir faire mieux ?

Le corps bien droit, Kieran déclama d'une voix forte :

Dans le voyage du temps, j'ai perdu ma voie,
Déraciné, à la dérive, je scrute l'horizon.
Le jour se lève, la carte des étoiles s'est effacée,
Pourtant, à cette proue froide je demeure enchaîné.
Il n'y a qu'une réponse à toutes mes questions :
Mon guide dans cette constellation, c'est toi.

Le public applaudit et lança des bravos. Céleste, elle, en resta bouche bée.

Kieran était... un poète.

De tous les secrets qu'il avait gardés, de toutes les facettes de sa personnalité qu'elle devait encore découvrir, c'était là la plus merveilleuse, la plus inattendue, et pourtant celle qui lui correspondait le plus. Elle aurait dû deviner qu'un homme aussi sensible écrivait de la poésie. Peut-être puisait-il dans sa quête sans fin de plaisirs et de sensations des émotions profondes qu'il transformait en vers.

La femme en jaune se leva et vint placer une main au-dessus de la tête de Darwen. Les autres applaudirent avec retenue. Quand elle la plaça ensuite au-dessus de la tête de Kieran, les applaudissements et les sifflements explosèrent.

Kieran avait gagné.

La mine renfrognée, Darwen applaudit Kieran à son tour. Les deux hommes se serrèrent la main puis retournèrent à leur place.

Alors que les conversations et la musique reprenaient, Céleste demanda à Kieran :

— Votre famille sait-elle que la poésie est l'un de vos talents ?

Il but une gorgée de vin avant de répondre :

— Finn le sait, ainsi que Willa. Dom aussi, bien qu'il ne soit pas de la famille. Je le cache à Simon et à mes parents.

Il la dévisagea attentivement, comme s'il craignait sa réponse.

— J'espère que vous n'êtes pas gêné, dit-elle.

— Non, car je ne partage cet aspect de moi qu'avec les gens en qui j'ai confiance. Ceux qui l'ont mérité.

— Eux l'ont mérité ? demanda-t-elle avec un regard vers les fêtards.

— Ils m'acceptent tel que je suis. Et vous ?

C'était donc la raison pour laquelle il l'avait amenée ici cette nuit, pour lui montrer cette facette de lui-même. Elle fut profondément émue qu'il lui ait révélé sa vulnérabilité.

— Je suis très touchée que vous me fassiez confiance, dit-elle en caressant sa joue. Avez-vous déjà envisagé de publier vos poèmes ?

Il émit un petit rire ironique.

— Qui paierait pour lire ce charabia ?

— Ce n'est pas du charabia, protesta-t-elle. Je trouve cela merveilleux, et quiconque dira le contraire aura affaire à moi.

— Vous croyez vraiment que des gens voudraient lire mes vers ? demanda-t-il, soudain timide.

— Oui, répondit-elle avec ferveur. Essayez au moins de publier un recueil.

— Je le ferai, promit-il. Merci.

Un mélange d'excitation et de fierté envahit Céleste à l'idée qu'elle lui avait donné quelque chose dont il avait vraiment besoin.

Quel effet cela lui ferait-il s'il composait un poème pour elle ? Sur elle ?

Non ! Il n'était pas à elle et ne le serait jamais. *Ne l'oublie pas.*

— Kieran Ransome, le nouveau Byron, dit-elle, songeuse.

Il leva les yeux au ciel.

— Ne me parlez pas de ce clown cabotin et égocentrique ! Même moi, je trouve répréhensibles certains de ses agissements.

Un homme séduisant légèrement dégarni les interrompit.

— Je ne vous avais encore jamais vue ici, Salomé.

— C'est ma première fois, avoua-t-elle.

— Oh oh, une vierge ! s'exclama l'homme en se tournant vers les autres. Elle doit se soumettre au rite d'initiation.

— Laisse-la tranquille, Hyde, lui dit Kieran. Elle ne fera que ce qu'elle voudra.

— En quoi consiste le rite d'initiation ? demanda Céleste.

— Tu dois danser avec nous, expliqua Lottie.

— Je sais danser, répondit aussitôt Céleste.

Elle avait même participé aux danses un peu osées de la fête de M. Longbridge.

— C'est une danse un peu particulière, la mit en garde Kieran.

— Viens, nous allons te montrer, annonça Lottie.

Elle claqua des doigts en lançant aux musiciens :

— Jouez-nous quelque chose d'entraînant.

La violoniste sourit et se lança aussitôt dans un air enjoué tandis que le tambour accélérait le tempo.

Lottie se leva, imitée par trois autres femmes et un homme. Ils se saluèrent avant de se mettre en mouvement. Leur danse était plus suggestive que tout ce que Céleste avait vu sur scène, avec moult déhanchements et soulèvements de jupes. Toutefois, elle n'était pas réellement choquante… jusqu'à ce que les danseurs commencent à ôter leurs vêtements. Une femme retira ses gants d'une manière aguicheuse avant de les laisser tomber sur le sol. Lottie et une autre femme dégrafèrent les broches qui retenaient leurs robes, révélant des fragments de chemise et même de peau nue. La quatrième femme ôta ses jarretières et les lança dans le public, ravi.

L'homme retira à son tour son gilet et jeta son foulard, qui atterrit sur l'épaule de Hyde.

Céleste les observait avec un mélange de stupeur et de ravissement. Kieran, lui, semblait surtout intéressé par sa réaction, et son regard allait et venait d'elle aux danseurs. Peut-être s'attendait-il qu'elle soit choquée ? Comment aurait-elle pu l'être après tout ce qu'ils avaient vu et fait ?

Oui, elle en avait déjà fait beaucoup… mais était-ce assez ? Bientôt, elle ne profiterait plus de la compagnie de Kieran. Il avait déjà fait des progrès considérables et commençait à être accepté par la bonne société. D'ici peu, il n'aurait plus besoin d'elle. La saison se terminait. Lord Montford ne tarderait plus à faire sa demande, et elle serait condamnée à une existence encore plus étriquée.

Combien d'autres occasions aurait-elle de s'exprimer librement ? De faire quelque chose qui l'effrayait et l'excitait à la fois ?

Que ferait Salomé ?

Avant de changer d'avis, elle se leva, ôta ses souliers et rejoignit les danseurs. Elle ferma les yeux – il était encore trop tôt pour regarder les autres, surtout Kieran – et se laissa envahir par la musique. Dans un premier temps, elle se sentit empruntée, les membres raides. Puis elle commença à danser en se concentrant sur la mélodie et le rythme. Elle s'imagina en reine d'un royaume souterrain enchanté. Son corps ondula avec la mélodie comme si un courant magique circulait sous sa peau.

En rouvrant les yeux, elle constata que les fêtards l'observaient, et elle eut un bref moment de panique. Mais les autres danseurs l'entourèrent, l'encourageant. À présent, elle était une ménade, libérée des chaînes de la bienséance.

La seule personne qui comptait parmi les spectateurs était Kieran. Son regard la brûlait et lui donnait des forces. Elle se pencha pour saisir l'ourlet de sa robe et se trémoussa en rythme en dévoilant ses genoux.

Une petite voix lointaine dans son esprit lui cria une mise en garde : « Les filles bien ne montrent pas leurs jambes ! » Elle fut vite noyée par la musique. Le cœur battant au rythme du tambour, Céleste dénoua sa jarretière et la lança.

Kieran la rattrapa au vol et l'embrassa sous les acclamations du public.

Elle déroula un bas, le jeta sur le côté, puis défit la seconde jarretière et déroula l'autre bas. Lorsqu'elle laissa retomber sa robe, la soie et l'air caressèrent sa peau nue. Comme elle portait des culottes, elle n'était pas *totalement* exposée. Néanmoins, savoir qu'elle s'exhibait non seulement devant des inconnus mais devant Kieran embrasait son corps tout entier.

Oserait-elle aller aussi loin que les autres ? L'homme était déjà torse nu et Lottie en chemise, ses seins bien visibles sous le coton transparent. Une autre femme dégrafa la broche qui retenait sa tunique. L'instant suivant, sa poitrine était totalement nue.

Les doigts de Céleste touchèrent les agrafes de sa robe. Oserait-elle ?

La musique s'arrêta soudain. Le public eut beau huer, les musiciens firent non de la tête.

— Nous avons besoin de nous rafraîchir, expliqua le tambour.

On leur apporta du vin pendant que les danseurs rassemblaient leurs affaires. Certains ne se donnèrent pas la peine de se rhabiller. Lottie resta en chemise et s'allongea sur les coussins, rapidement rejointe par trois hommes qui rivalisaient pour attirer son attention.

Céleste ramassa ses bas et sa jarretière avant de retourner s'asseoir près de Kieran.

— J'aimerais récupérer ma jarretière, dit-elle en tendant la main.

— Elle est à moi désormais, répliqua-t-il. C'est mon trophée.

— Qu'avez-vous donc fait pour le mériter ?

— Je ne me suis pas jeté sur vous pour vous entraîner dans un recoin sombre et vous violer.

Elle lui adressa un petit sourire narquois, même si ses paroles l'avaient ravie.

— Peuh ! Les hommes se prennent toujours pour des héros dès lors qu'ils ne se sont pas comportés comme des bêtes. Bravo, vous avez fait le minimum.

— Croyez-moi, ce que j'aimerais faire avec vous est le maximum.

— Vraiment, vous aimeriez me faire des choses ? demanda-t-elle, le cœur battant.

Il se redressa et s'approcha d'elle, son souffle caressant sa joue.

— Beaucoup, beaucoup de choses. Et j'ai le plus grand mal à me convaincre que je ne devrais pas les faire.

16

Kieran se perdit dans la profondeur du regard de Céleste. Il y voyait de l'excitation, et plus encore : de l'approbation. Il lui avait révélé la partie la plus secrète de son être, or non seulement elle l'acceptait, mais elle l'appréciait.

Il lui avait dit la vérité : il brûlait de désir pour elle et avait le plus grand mal à se souvenir des raisons pour lesquelles ils devaient garder leurs distances et résister à la puissante attirance qui crépitait entre eux.

Elle entrouvrit les lèvres. Son pouls battait frénétiquement à la base de son cou, et elle le caressa du bout du doigt.

— Vous allez me rendre fou si vous continuez à vous toucher de cette manière.

— Je croyais que les poètes aimaient la folie, répondit-elle d'une voix rauque.

— J'ai suffisamment d'inspiration sans cela.

Elle baissa les yeux et les écarquilla légèrement en voyant l'érection qui déformait son pantalon. Il était inutile de prétendre qu'il n'était pas excité, et qu'elle voie l'effet qu'elle avait sur lui décuplait encore son désir.

— En vous regardant danser, j'ai vraiment perdu la raison, murmura-t-il.

— Ce n'est pourtant pas la première fois que vous voyez un fragment de jambe nue.

— Rien de ce que j'ai vu avant ce jour n'a d'importance. Je vous regardais vous libérer. Vous adoriez ça et j'ai adoré y assister.

Il ne prêtait plus aucune attention aux festivités autour d'eux. La musique avait repris. Plus tard, il donnerait à Opal et à Quintin, la violoniste et le tambour, au moins une livre pour les remercier d'avoir compris son regard et d'avoir cessé de jouer avant que Céleste ôte tous ses vêtements. Sans doute était-elle prête à se déshabiller devant un public, mais lui n'était pas prêt à la laisser faire.

Il n'avait encore jamais désiré une femme à ce point.

— Il est peut-être temps de partir, suggéra-t-elle à voix basse.

Il fut à la fois déçu et soulagé. Il ne voulait pas que cette nuit s'achève. Néanmoins, il valait mieux en rester là avant que l'un ou l'autre fasse quelque chose qu'ils regretteraient plus tard. D'ordinaire, il vivait dans le présent sans se soucier du lendemain. Cette fois, il devait penser à elle.

— Comme vous voudrez, répondit-il.

— Conduisez-moi à la loge, dit-elle en remettant ses souliers.

Se rendait-elle compte que c'était un ordre plutôt qu'une requête ? Ce côté impérieux était délicieux.

Il ne prit même pas congé des autres convives, trop absorbé qu'il était par le balancement des hanches de Céleste qui quittait la scène. Bien que les couloirs fussent plongés dans la pénombre, il la suivit sans trébucher, comme si elle était réellement son guide dans la constellation inconnue de son poème. Quelle que fût leur destination, il la suivrait.

Elle entra dans la loge et s'arrêta au milieu de la pièce, l'air hésitant. Il s'appuya contre le chambranle de la porte et croisa les jambes.

— J'ai besoin de votre aide pour enlever ma robe, dit-elle.

Ils savaient tous deux que c'était un mensonge.

Devait-il entrer ? Une bataille faisait rage en lui : céder à sa passion ou partir.

Leur temps ensemble s'achèverait bientôt, et il était assez égoïste pour saisir l'occasion qu'elle lui offrait. Il brûlait de lui donner tout ce dont elle avait envie.

Il se redressa, entra, referma la porte derrière lui et la verrouilla.

Lorsque Céleste se tourna pour lui présenter les agrafes qui fermaient sa robe, sa respiration était saccadée. Kieran les défit une à une, ses doigts effleurant son corset qui apparaissait peu à peu.

— Bon sang, comme j'aimerais que les femmes ne soient pas obligées de porter tous ces vêtements contraignants, marmonna-t-il. Je veux toucher votre peau.

— Moi aussi, je le veux.

Quand il eut défait toutes les agrafes, elle s'écarta légèrement pour ôter sa robe. Elle ne portait à présent plus que ses culottes, son corset et sa chemise.

Elle le dévisagea avec un désir non dissimulé, puis avança vers lui. À sa propre stupeur, il recula.

Elle fronça les sourcils et se rapprocha d'un pas. Il recula encore, jusqu'à ce que ses mollets percutent la chaise longue.

— Vous ne... vous ne voulez pas de moi ? balbutia-t-elle.

— Je vous désire comme un fou mais... avant, nous devons parler.

— Parler ? Dans les romans de la Dame de Qualité Douteuse, les discours viennent généralement *après*.

— Dans la vie réelle, personne ne peut présumer ce que l'autre veut. Pas sans avoir eu une conversation au préalable.

Elle posa les mains sur ses hanches, ce qui eut l'effet malheureux de faire remonter ses seins. Comment pouvait-il faire preuve de raison alors qu'il salivait devant sa superbe poitrine ?

— D'accord, dit-elle. Discutons.

— Tout d'abord, êtes-vous sûre de le vouloir ? J'ai besoin d'entendre de votre bouche que vous souhaitez avoir une relation intime avec moi.

— Oui, je le veux, répondit-elle aussitôt. Et... vous ?

— Je n'ai jamais rien voulu autant.

Il savait ce qu'était le désir mais n'avait jamais ressenti une telle faim, un tel besoin d'être en elle, d'être joint à elle.

Les joues de Céleste rosirent de plaisir.

— Je suppose que vous savez comment éviter la conception, dit-elle.

Comme il hochait la tête, elle poursuivit :

— Alors nous ne risquons rien et pouvons assouvir nos désirs puisque nous le voulons tous les deux.

— Qu'en est-il des désirs de votre futur époux ?

Elle se raidit légèrement.

— Cela ne le concerne pas. C'est *mon* corps et j'en fais ce que je veux. Je peux avoir des rapports sexuels et me marier néanmoins. C'est ce que font tous les hommes.

— Je crains que ce ne soit pas tout à fait pareil. La triste vérité est que les femmes sont soumises à d'autres règles.

— Je rejette ces règles, répliqua-t-elle. Même à Ratcliff, je n'étais pas libre de mes choix. Pour le moment, ce corps m'appartient. Peu importe ce que me réserve l'avenir, cette nuit, je veux être maîtresse de mon propre corps et de mon plaisir. Et c'est vous que j'ai choisi.

— Parce que, cette nuit, vous êtes Salomé l'hédoniste.

— Salomé, c'est moi, et je suis elle. Elle a toujours été en moi. Cette nuit, j'ai la chance d'être pleinement moi-même.

— J'en suis heureux.

Elle releva le menton.

— Avons-nous assez discuté ? Allons-nous faire l'amour ou pas ?

— Un homme meilleur que moi dirait non.

— Je ne veux pas d'un homme meilleur, rétorqua-t-elle. C'est vous que je veux.

— Touché.

Il s'inclina puis, abandonnant toute prétention à la galanterie, ordonna :

— Tournez-vous pour que je puisse enlever votre corset. Puisque nous allons le faire, faisons-le bien. Je vous veux nue. Maintenant.

Le cœur de Céleste battait si vite qu'elle crut qu'elle allait défaillir. Mais elle se tourna pour lui présenter son dos, et il délaça rapidement son corset. Dès qu'il eut fini, elle le lança de côté, se débarrassa de sa chemise et pivota vers lui. Glissant les bras autour de son cou, elle l'embrassa. Ce fut un baiser plus enthousiaste et avide qu'expert, mais il y répondit avec un besoin pressant. En quelques instants, ils trouvèrent leur rythme, et leurs langues s'entrelacèrent en une danse folle. Elle adorait ses petits grognements d'approbation qui semblaient monter du plus profond de lui et se répercutaient en elle.

Il glissa une main le long de son dos, puis sur la courbe de sa hanche. Ses doigts trouvèrent son sein, et ses caresses déclenchèrent en elle des sensations si puissantes qu'elle gémit contre sa bouche.

— Bon sang, jura-t-il. Vous êtes si douce !

— Je veux vous sentir partout, haleta-t-elle.

Elle pressa ses hanches contre les siennes et savoura la sensation de son érection contre son bas-ventre à travers le pantalon en daim. Le savoir totalement vêtu alors qu'elle était nue était d'un érotisme qui lui faisait tourner la tête.

— Je veux tout !

— Une chose à la fois, mon cœur.

— Comment pouvez-vous rester aussi calme ?

— Ce n'est qu'une apparence, dit-il en riant contre sa joue. À l'intérieur, je suis en ébullition.

Il prit sa main et la pressa contre sa braguette en ajoutant :

— Et ici, c'est une conflagration.

— Ah ! fit-elle. Ce fameux membre viril dont j'ai tant entendu parler !

Elle exerça une pression sur la masse de son érection, lui arrachant un grognement, puis elle le caressa lentement, explorant sa forme et sa taille à travers le daim.

— Toutes ces histoires dans les feuilles à scandale, toutes ces maîtresses se battant pour vous… Je me suis souvent demandé ce que vous aviez pour les rendre folles. Je crois que je le sais, maintenant.

— Si ce que vous tenez dans la main vous impressionne, imaginez-le ailleurs.

— Oh.

Elle retira sa main en essayant de visualiser ce membre massif en elle. Cela ferait-il mal ?

Il caressa doucement sa joue.

— Ne soyez pas inquiète, mon cœur. C'est votre première fois, n'est-ce pas ? Nous prendrons tout le temps qu'il faudra.

— J'ai beaucoup lu sur la question, dit-elle en baissant la tête.

— Il y a un monde entre ce qu'on lit et ce qu'on fait. Tout ira bien. Vous êtes en sécurité. Libérez-vous avec moi.

— J'ai… un peu peur, avoua-t-elle. Pas à cause de la douleur, mais de ce qui pourrait arriver si je me libère vraiment.

— Si vous tombez, je serai là pour vous rattraper. Cependant, je sais que vous ne tomberez pas. Vous vous envolerez.

— Je vous crois, dit-elle en relevant les yeux vers lui.

— Si ce doit être notre seule nuit ensemble, je veux en profiter au maximum.

Il lui prit les poignets et la guida vers la chaise longue.

— Puis-je ? demanda-t-il.

— Vous pouvez faire tout ce que vous désirez, murmura-t-elle.

— J'y compte bien ; il n'empêche que je vous demanderai chaque fois la permission.

Il la fit doucement s'allonger sur la chaise longue.

— Je veux vous contempler dans toute votre splendeur, dit-il. Êtes-vous d'accord ?

Elle acquiesça.

Il recula légèrement et promena son regard brûlant sur tout son corps. La première impulsion de Céleste fut de se couvrir. Depuis qu'elle était devenue adulte, personne à part Dolly ne l'avait vue entièrement nue. Pourtant, elle voulait qu'il la regarde. Il la contemplait comme une créature à vénérer et à corrompre, et sous son regard, elle sentit une moiteur se répandre entre ses cuisses.

Kieran s'agenouilla.

— Cela faisait si longtemps que je rêvais de vous voir nue. Je me consume de désir pour toutes les parcelles de votre corps. Et votre cou… votre cou merveilleux…

Elle frémit quand ses lèvres se promenèrent sur sa gorge, puis poussa un petit cri lorsqu'il enfonça doucement ses dents dans sa chair. Ses mains semblaient être partout, caressant ses seins, son ventre, ses hanches.

Elle se trémoussa sous lui, ses jambes s'agitant tandis qu'elle s'efforçait de soulager le besoin qui grandissait en elle. Elle s'agrippa d'une main à son épaule, l'autre se posant sur sa vulve humide.

— Laissez-moi faire, murmura-t-il.

Elle cambra les reins lorsque les doigts de Kieran remplacèrent les siens, caressant les contours de son sexe puis les plis de sa chair. Elle avait toujours aimé se caresser, mais que ce soit Kieran qui le fasse décuplait son plaisir. Il procéda d'abord lentement, puis avec de plus en plus de détermination afin de lui donner le plus de plaisir possible. Son pouce décrivait de petits cercles sur son clitoris tandis que ses doigts suivaient sa fente. Quand elle sentit son index la pénétrer, elle poussa un cri de ravissement.

— C'est trop ? demanda-t-il.

— Non, c'est divin... Divin.

Il décrivit des va-et-vient, touchant un point en elle qui s'embrasait à chaque contact.

— Je veux vous donner plus, vous préparer pour moi, dit-il.

— Oui, soupira-t-elle.

Un deuxième doigt vint rejoindre le premier en elle, tandis que son pouce poursuivait ses mouvements exquis sur son bourgeon turgescent.

— Laissez-vous aller, mon cœur, murmura-t-il. Envolez-vous.

Lorsque l'extase l'emporta, la propulsant vers des hauteurs insoupçonnées, elle pressa ses hanches contre sa main en criant. Il relâcha sa prise sur son cou et lécha l'endroit qu'il avait mordu.

— Que vous êtes belle ! Vous en voulez plus, n'est-ce pas ? Je vous donnerai tout ce que vous désirez, tout.

— Tout ? murmura-t-elle en relevant les yeux.

Il lui adressa un sourire coquin.

— Dites-moi ce que vous voulez.

Elle avait déjà fait tant de choses incroyables ce soir ! Pouvait-elle être encore plus audacieuse ? Suivre son conseil et se libérer davantage ?

Si elle le pouvait, ce ne serait qu'avec lui.

— La scène que j'ai récitée l'autre soir chez M. Longbridge, chuchota-t-elle. Celle du livre de la Dame de Qualité Douteuse où l'homme… l'homme pose sa bouche sur le sexe de la femme.

Le sourire de Kieran devint sauvage.

— Vous voulez que j'en fasse autant avec vous ?

Elle acquiesça, mais il insista :

— Dites-le-moi.

— J'aimerais que vous… que vous me léchiez.

Le sourire de Kieran s'effaça, remplacé par une expression avide. Il l'embrassa profondément, ses mains la plongeant dans les coussins de la chaise longue.

Puis il quitta sa bouche pour descendre lentement le long de son cou, déposant une ligne de baisers sur sa peau. Il s'arrêta un instant pour la mordiller de nouveau, avant de poursuivre son chemin, s'attardant sur ses seins, passant de l'un à l'autre en léchant et en suçant doucement ses mamelons.

Elle retint son souffle quand ses lèvres effleurèrent la peau de son ventre. Il déposa des baisers en haut de ses cuisses, se rapprochant de plus en plus de son sexe.

Lorsqu'il s'immobilisa, elle baissa les yeux. La vue de ses épaules entre ses jambes l'excita follement. Il contemplait son sexe.

L'homme dans le livre de la Dame de Qualité Douteuse ne l'avait pas fait. Il s'était mis directement à l'ouvrage.

— Quelque chose ne va pas ? s'inquiéta-t-elle.

— Non, tout est parfait, répondit-il sans la quitter des yeux. Je veux graver cette image dans ma mémoire afin de la revoir chaque fois que je fermerai les paupières. Vous et votre sublime fente humide.

Il se pencha sur elle. Elle cria de nouveau lorsque sa langue la pénétra, la goûtant et la dévorant avec détermination. C'était merveilleux. Lorsqu'il prit son clitoris entre ses lèvres, elle crut défaillir et dut s'accrocher au dossier de la chaise longue.

Il lui faisait l'amour avec sa bouche, léchant son bourgeon tout en caressant sa fente avec ses doigts. Elle aurait fermé les yeux si elle n'avait voulu se repaître du spectacle de Kieran encore tout habillé, agenouillé entre ses cuisses et réalisant son fantasme.

C'était infiniment mieux que tout ce qu'elle avait pu lire ou imaginer. C'était réel. *Il* était réel. Son corps était réel. Le plaisir explosa en elle, la désagrégeant en une myriade de fragments incandescents.

Loin de s'arrêter, Kieran continua de la torturer avec sa langue et ses doigts jusqu'à la faire jouir une nouvelle fois, puis une autre encore.

— Kieran…, haleta-t-elle. Arrêtez.

Il releva aussitôt la tête, la bouche luisante.

— Je veux vous voir nu, ordonna-t-elle, à demi ivre de plaisir.

Il s'écarta pour ôter sa veste, sa cravate, son gilet. Sa chemise suivit. Torse nu, il la surplomba.

Elle le dévora des yeux. Ses muscles étaient magnifiquement dessinés, depuis les courbes fermes de ses épaules jusqu'aux masses dures de ses pectoraux et aux ondulations de son ventre. De petits poils frisés couvraient son torse, et elle ne résista pas à l'envie d'y glisser ses doigts et de les tirer doucement.

De son autre main, elle caressa son membre dur à travers sa braguette.

Il renversa la tête en arrière en gémissant.

— J'aurais dû me douter que la sage Mlle Kilburn était une dévergondée.

— Tant mieux pour elle, murmura-t-elle en pouffant de rire.

— J'ai envie de vous pénétrer. Je peux ?

— Oui, soupira-t-elle.

Puis, plus fermement, elle répéta :

— Oui.

Elle ferma les yeux. C'était ce qu'elle voulait depuis si longtemps : avoir la maîtrise de son corps et de ses désirs, et un homme prêt à satisfaire ces derniers.

Toujours agenouillé sur le sol, il dégrafa nerveusement la ceinture de son pantalon. Elle le regarda libérer son membre avec des yeux avides. Hormis sur les illustrations érotiques qu'elle avait achetées en secret, elle n'avait encore jamais vu une verge en érection. La vision de son poing fermé autour de son sexe raide ainsi que de la goutte brillante qui perlait à son extrémité la fit gémir d'impatience, tout en éveillant en elle une légère appréhension.

— Vous aurez peut-être un peu mal au début, la prévint-il. Je ferai de mon mieux pour que la douleur ne dure pas.

— Je vous fais confiance, Kieran.

Avec un grognement de satisfaction, il se plaça entre ses cuisses. Son gland brûlant frotta sa vulve. Ils restèrent immobiles un moment, haletants.

— Accrochez-vous à moi, conseilla-t-il d'une voix rauque.

Elle saisit ses épaules tout en enroulant ses jambes autour de sa taille.

— Embrassez-moi, ordonna-t-il.

Elle redressa la tête et rencontra sa bouche. Au même moment, il donna un coup de reins et s'enfonça en elle.

Elle ne put retenir un petit cri de douleur. Lorsqu'il voulut se retirer, elle le retint.

— Restez, l'implora-t-elle. J'ai… juste besoin d'un moment pour m'habituer.

— Est-ce trop douloureux ? Je… je n'ai encore jamais été avec une vierge. Je m'en voudrais jusqu'à la fin de mes jours si je gâche votre première expérience.

Elle battit des cils pour chasser les larmes qui lui piquaient les yeux. Son aveu l'émouvait, tout comme son désir de bien faire.

— Ce n'est rien, Kieran. Je crois… je crois que je suis prête.

Il se retira légèrement puis s'enfonça de nouveau lentement en elle.

La sensation fut merveilleuse.

— Comme ça, ça va ?

— Oui, ça va.

— Et comme ça ? Comme ça ?

Chacune de ses questions s'accompagnait d'un autre mouvement de son sexe en elle. Et, chaque fois, son plaisir s'intensifiait.

— Oui, gémit-elle.

Il accéléra la cadence. Elle observa avec fascination la manière dont tous ses muscles se bandaient. Le plaisir crispait ses traits et le faisait haleter. Ses yeux n'étaient plus que deux fentes bordées de cils noirs.

Il glissa une main entre eux et caressa son clitoris sans cesser d'aller et venir en elle. Elle n'aurait pas cru possible de pouvoir jouir de nouveau, pourtant ce fut le cas, avec une force si intense que tout son corps sembla se refermer autour de lui.

Il ondula des hanches toujours plus rapidement, et elle baissa les yeux pour admirer le spectacle merveilleux de son membre plongeant en elle encore et encore.

Quelques instants plus tard, il se retira. Tenant fermement son sexe, il le caressa plusieurs fois avant qu'une giclée de semence chaude atterrisse sur son ventre.

Il se tint au-dessus d'elle tandis qu'ils haletaient tous les deux. Il paraissait aussi sidéré qu'elle. Leurs regards se rencontrèrent, et Céleste sentit un étrange courant passer entre eux. Son corps était détendu et repu, pourtant son cœur battait à tout rompre.

La Dame de Qualité Douteuse ne l'avait pas convenablement préparée au rapport sexuel. Certes, elle avait bien compris la qualité animale de la chose, ses aspects mécaniques. Elle avait espéré et reçu du plaisir physique.

Mais elle n'avait pas été préparée à ce qui se produisait maintenant, alors que Kieran et elle se dévisageaient comme si la jonction de leurs corps avait également uni leurs âmes. Cette intimité était inattendue et pas forcément bienvenue.

Car, quoi qu'il se passât cette nuit, le lendemain, il leur faudrait reprendre leurs rôles : deux amis ayant conclu un accord pour s'aider mutuellement. Il lui ouvrait les portes d'un monde interdit ; elle l'aidait à trouver une épouse.

Elle devrait continuer à le pousser vers des jeunes femmes célibataires, à le regarder leur faire la cour et sourire lorsqu'il en demanderait une en mariage. Fichtre, peut-être même assisterait-elle à la cérémonie.

Il était fort possible que, ce jour-là, elle soit la comtesse de Montford.

Elle contempla le visage de l'homme qui venait de lui faire l'amour. Grâce à lui, sa première fois avait été extraordinaire. Cela avait été bien au-delà du simple plaisir physique. Son cœur se remplit de tendresse quand elle songea à tout ce qu'il lui avait donné. L'idée qu'il puisse épouser une autre femme...

Seigneur ! Lorsqu'elle imaginait ses noces, la femme qui se tenait à ses côtés devant l'autel, c'était *elle*.

Ce qui n'arriverait jamais.

Plus tard, lorsqu'elle serait sagement allongée dans son lit, elle s'autoriserait à ressentir cette douleur cuisante qui menaçait de la réduire en pièces. Pour le moment, elle devait remettre sa tenue normale, enlever le fard sur son visage et rentrer chez elle.

Il ramassa sa cravate sur le sol et s'en servit pour lui nettoyer le ventre. Le tissu amidonné lui gratta la peau, mais son attention la toucha. Il fourra ensuite le vêtement souillé dans une poche de sa veste, puis remonta son pantalon et boucla sa ceinture.

Elle crut qu'il allait remettre le reste de ses vêtements et lui demander de faire de même. Au lieu de cela, il s'allongea près d'elle sur la chaise longue et la prit dans ses bras. Elle se blottit contre lui, et il déposa un baiser sur sa tête.

— Avez-vous très mal ? demanda-t-il dans sa chevelure.

— Un peu, admit-elle. Mais cela en valait la peine.

— Je l'espère.

— Vous êtes très doué, vous savez ?

— Les avantages de la pratique.

Un courant d'air la faisant frissonner, il saisit un châle pour l'en couvrir.

— Sauf que vous n'aviez jamais pratiqué avec une vierge, lui rappela-t-elle.

— C'est vrai, répondit-il, amusé.

Elle étira le cou pour le regarder.

— Je suis sûre que la moitié des vierges de Londres frapperaient à votre porte si elles vous savaient capable de rendre leur première fois aussi merveilleuse.

Il était plus prudent de se retrancher derrière du badinage plutôt que de dire ce qu'elle ressentait vraiment : qu'elle détestait l'idée d'une vie sans lui, qu'elle passerait désormais tous les instants de son existence à se remémorer cette nuit, à rêver de lui.

— Ma logeuse me jetterait sûrement à la porte, répondit-il en riant. En outre, bien que je sois flatté que vous appréciiez mes compétences, je n'ai pas l'intention de me spécialiser dans l'initiation des autres aux plaisirs du sexe.

— Vous l'avez fait avec moi, dit-elle en caressant lentement son torse.

— Parce que vous êtes exceptionnelle.

Il saisit sa main et la baisa avant d'ajouter :

— Je vous donnerai tout ce que vous voulez, mon cœur.

Il était sincère, elle n'en doutait pas. Hélas, ce qu'elle voulait vraiment, il ne pourrait jamais, jamais le lui donner.

17

En vingt-sept ans d'existence, Kieran n'avait jamais traversé épreuve plus difficile que celle d'aider Céleste à se rhabiller et de la raccompagner à leur lieu de rendez-vous habituel, alors que ce dont il aurait eu besoin, ce qu'il désirait plus que tout, c'était la conduire dans son appartement et lui faire l'amour toute la nuit. Au lieu de cela, après s'être retourné durant des heures dans son lit, il s'endormit à l'aube, seul, avec une terrible sensation de vide.

Lorsqu'il se réveilla, il se retourna sur le ventre et palpa le lit à ses côtés, à sa recherche. Il ne rencontra que du vide. Il caressa l'oreiller, imaginant Céleste avec sa chevelure auburn étalée autour de son visage, ses yeux endormis encore remplis de désir tandis qu'elle tendait la main vers lui.

Comment pourrait-il reprendre le cours normal de sa vie maintenant qu'il était conscient de la magie qui circulait entre eux ? Elle avait été si confiante, si ouverte, si réceptive et enthousiaste. Lui donner du plaisir avait été un privilège – un privilège qu'il ne connaîtrait plus jamais.

Il avait pris le risque de lui révéler sa vocation de poète. Il avait redouté sa réaction tout en ressentant le besoin de lui montrer cette partie importante et cachée de lui-même. La joie qu'il avait vue sur son visage et ses compliments lui réchaufferaient le cœur dans ses moments les plus sombres.

Déjà, de nouveaux vers lui venaient à l'esprit. Comment décrire les nombreuses couleurs de ses yeux ? Quels mots leur rendraient justice ?

Fichtre, il composait des odes à une femme promise à un autre.

Il roula sur le dos en gémissant et plaqua les mains sur son visage.

— Tu es souffrant ? demanda Finn en entrant dans sa chambre.

Il était encore en chemise et portait un long peignoir noir.

— Je souffre surtout que tu ne te donnes même pas la peine de frapper avant d'entrer, répondit Kieran en l'observant entre ses doigts. Quelle heure est-il ?

— L'heure de te lever et de venir faire du cheval avec moi.

Son frère lui lança une botte que Kieran rattrapa de justesse avant qu'elle heurte son visage.

Il s'assit dans son lit et se massa le menton.

— Bien que ça ne m'enchante guère, nous devrions aller dans Rotten Row, déclara-t-il.

— Impossible de faire un bon galop là-bas, protesta Finn. Surtout à cette heure-ci.

Il lança un regard à la pendule sur la cheminée. Il était 16 h 45.

Kieran ramassa sa chemise, qu'il avait jetée au sol, et l'enfila avant de se lever.

— Justement, nous n'y allons pas pour galoper mais pour être vus, répliqua-t-il. Puisque je dois continuer à améliorer ma réputation – ce que tu devrais commencer à faire aussi, mon cher frère –, une petite promenade élégante à cheval dans Rotten Row à l'heure où tout le beau monde y sera me paraît être un excellent moyen de peaufiner mon image.

Le problème était qu'il n'avait aucune envie de peaufiner son image. Il se fichait de rencontrer des fiancées potentielles, et l'idée de courtiser une femme qui n'était pas Céleste lui retournait les tripes. Sauf qu'elle était promise à ce maudit comte de Montford.

La nuit précédente, alors qu'il la tenait dans ses bras après qu'ils avaient fait l'amour, il avait été à deux doigts de proposer de lui faire officiellement la cour à la place de ce fichu Montford. Après tout, il était fils de comte. Certes, un troisième fils sans titre, néanmoins son pedigree devait quand même valoir quelque chose.

Cependant, Montford serait un jour marquis, et même s'il trouvait un emploi bien rémunéré, Kieran n'aurait jamais la fortune ni les terres de Montford. En outre, Céleste lui avait dit que si elle refusait d'épouser ce faraud, celui-ci mettrait en danger le statut social de sa famille.

Non, il ne pourrait jamais courtiser Céleste. Par conséquent, même si cela le rebutait, il n'avait d'autre choix que de se trouver une autre épouse. L'ultimatum de sa famille l'y obligeait.

Ignorant les pensées sombres qui tourmentaient son frère, Finn gémit :

— Le faut-il vraiment ?

— Tu veux que père nous coupe les vivres ? demanda Kieran.

Comme Finn ne répondait pas, il reprit d'un ton maussade :

— Alors habille-toi et rends-toi présentable.

Une demi-heure plus tard, les deux frères chevauchaient tranquillement le long de Rotten Row. D'ordinaire, Kieran évitait cette longue allée cavalière entre 17 et 19 heures. Pour l'équitation, il préférait Hampstead Heath, où il pouvait lâcher la bride à son cheval et se défouler.

— Tu as raison, pas moyen de faire un bon galop ici, bougonna-t-il à Finn qui chevauchait à ses côtés.

Kieran montait Dulcinée, sa jument noire, un superbe animal qui s'ébrouait chaque fois qu'il tirait sur les rênes pour la retenir alors qu'elle n'aspirait visiblement qu'à filer ventre à terre vers la ligne d'horizon. Il devait la guider entre les cabriolets décapotés et d'autres chevaux qui étaient élevés plus pour leur allure que pour leur rapidité ou leur force.

— Puisque nous sommes ici pour être vus, un galop ne nous servirait pas à grand-chose, lui rappela Finn, qui montait son élégant hongre gris. Tu peux difficilement reluquer une femme en passant devant elle comme une comète.

— Faisons donc contre mauvaise fortune bon cœur, soupira Kieran.

— Bonjour, monsieur Ransome, lança un homme au teint rougeaud qu'ils croisaient.

— Lord Hempnall, répondit Kieran en inclinant la tête et en effleurant le bord de son chapeau.

— Qui était-ce ? demanda Finn lorsqu'ils se furent éloignés.

— Céleste... je veux dire Mlle Kilburn... nous a présentés lors d'une exposition d'horticulture et il m'a invité à un concert chez lui.

Au même moment, deux dames dans un landau qui venait en sens inverse agitèrent la main vers eux.

— Bien le bonjour, monsieur Ransome !

Kieran s'inclina respectueusement lorsque le véhicule passa à leur hauteur.

— Lady Caunton, mademoiselle Goswick.

Quelques instants plus tard, il se tourna vers son frère d'un air excédé.

— Quoi ?

— Mlle Kilburn semble avoir fait des miracles avec ta réputation.

— Oui, sans doute.

Kieran inclina la tête vers un homme âgé, son épouse et leur fille qui le saluaient de la main depuis leur voiture. Il avait le vague souvenir de les avoir rencontrés lors du concert chez lord Hempnall, sans en être sûr. Toutes ces familles aristocratiques fin de race se ressemblaient – des êtres pâles, affectés par une forte myopie développée à force de refuser de voir au-delà de leur petit cercle de connaissances.

Sans doute aurait-il dû engager la conversation avec eux, leur fille étant en âge de se marier, mais il n'en avait aucune envie.

— Je devrais peut-être demander à Mlle Kilburn de me prendre sous son aile, moi aussi, déclara Finn. Nous pourrions conclure un arrangement similaire à celui que tu as avec elle.

— Tu peux toujours rêver !

Le léger sursaut du sourcil de Finn en dit plus long qu'une bibliothèque remplie de livres.

— Je voulais dire par là qu'elle ne sera sans doute pas aussi disponible, corrigea Kieran. Il existe sans doute d'autres moyens qui lui permettraient de te faciliter l'entrée dans des cercles respectables.

Des moyens qui n'impliqueraient pas de l'entraîner la nuit dans le Londres interdit. Des moyens qui ne requerraient pas d'elle de passer des heures en compagnie de Finn en étant déguisée en Salomé.

Dulcinée renâcla de nouveau lorsqu'il tira trop brusquement sur les rênes.

— Désolé, ma belle, s'excusa Kieran en tapotant son encolure.

— Ne crains rien, petit frère, déclara Finn. Il y a peu de chances que je développe des sentiments pour Mlle Kilburn. Contrairement à toi.

Kieran lutta pour garder les doigts lâches sur les rênes. Il avait une forte envie de les tirer violemment pour faire se cabrer Dulcinée.

Ce qu'il voulait surtout, c'était l'éperonner et partir au grand galop loin des innombrables yeux qui l'observaient dans Rotten Row, loin de la perspicacité de son frère.

— Tu dis n'importe quoi, grommela-t-il.

Finn pouvait-il vraiment lire dans son cœur ? Ce dernier s'était mis à battre à tout rompre, le suffoquant. Car son frère avait dit vrai au sujet de ses sentiments…

— Je raconte souvent n'importe quoi, en convint Finn. Toutefois, dans ce cas précis, je crois avoir raison.

— N'en dis surtout pas un mot à Dom, cracha Kieran avec un regard de mise en garde.

— Et que ne dois-je pas lui dire, au juste ?

— Que je…

Kieran guida sa monture pour contourner un groupe de cavaliers qui, arrêtés au milieu de l'allée, étaient en pleine discussion. Il cherchait les mots justes pour décrire ce qu'il ressentait vis-à-vis de Céleste sans la compromettre.

— Que je… j'ai des sentiments pour elle.

— J'avais donc raison ! s'exclama Finn. Je bluffais et tu es tombé dans le panneau.

Kieran jura dans sa barbe.

— La prochaine fois que tu dormiras, je verserai de la mélasse dans tes cheveux.

— Ce n'est pas en changeant de sujet que tu m'empêcheras de découvrir la vérité. Tu t'es attaché à Mlle Kilburn.

— Parle plus bas, bon sang !

Kieran sourit à une mère et à ses deux filles dans une calèche. Peu lui importait de gâcher ses chances auprès des demoiselles. Il devait avant tout protéger Céleste des médisances.

Il dirigea Dulcinée vers un coin plus calme de l'allée et attendit que son frère parvienne à sa hauteur.

— Peu importe ce que je ressens pour elle, dit-il à voix basse. Elle est sur le point d'en épouser un autre.

— L'as-tu embrassée ?

Redoutant d'en dire trop, Kieran se contenta de hocher la tête. Il ne pouvait dire à son frère qu'il avait fait beaucoup plus que l'embrasser et que cela avait été merveilleux. L'expérience la plus extraordinaire de sa longue liste d'aventures érotiques.

Finn marmonna quelque chose d'inintelligible.

— Qu'as-tu dit ? demanda Kieran.

— Que tu es un fichu crétin. Et un goujat de surcroît.

— Je sais.

Il aurait été beaucoup plus sage de ne jamais toucher Céleste. Plus sage pour eux deux. Toutefois, pouvait-il vraiment regretter de lui avoir donné autant de plaisir et d'avoir connu une telle joie avec elle ?

Ils avançaient au pas et restèrent silencieux un long moment, croisant d'autres gens qui saluaient Kieran ou le regardaient avec un intérêt qu'on ne lui avait jamais manifesté auparavant.

— Quelle impression cela fait-il ? demanda Finn.

— Celle de jouer un rôle, répondit Kieran. Ils me jugent aujourd'hui digne d'attention alors que je n'ai fait que modifier superficiellement mon comportement. Au fond de moi, je suis toujours le même.

— Je voulais dire, quel effet cela fait-il d'être amoureux ?

Kieran lui lança un regard surpris. Finn paraissait songeur. Comme lui, son frère n'avait jamais eu de maîtresse attitrée. Toutefois, contrairement à lui, ce n'était pas un libertin, et il préférait se concentrer sur le jeu plutôt que sur les femmes. Certes, à plus d'une reprise, en rentrant dans leur appartement, Kieran l'avait trouvé en compagnie d'une dame, mais jamais deux fois la même.

— C'est... comme développer un nouveau sens, répondit-il. J'ai les nerfs à vif, je suis surexcité et j'ai constamment l'impression de m'y prendre comme un manche. Il n'y a personne pour m'expliquer comment faire. Il faut dire que nos parents ne sont pas des experts en la matière.

— J'aimerais pouvoir t'aider mais, dans ces affaires-là, je suis aussi utile qu'une cuillère pour découper un steak.

— Il y a la poésie, bien sûr, murmura Kieran. Elle abonde de descriptions d'émotions. Mais les mots ne sont que des concepts prédéfinis. Ils ne peuvent que faire allusion à un sentiment qui existe au-delà du langage. Tu peux dire quelque chose de joli qui fera naître un sourire sur le visage de quelqu'un ; cependant, tant que tu ne ressentiras pas en toi un éclat de lumière en voyant ce sourire, ton poème ne sera qu'un assemblage de syllabes creuses.

— Fichtre, tu es dans de sales draps, marmonna Finn au bout d'un moment.

— Je le suis, mon frère. Je le suis.

Il regarda autour de lui la foule de cavaliers et de voitures qui encombraient Rotten Row.

— Je crois que j'ai été assez vu, dit-il. Je suis prêt à rentrer quand tu voudras.

— Dieu soit loué ! soupira son frère. Cet étalage de respectabilité m'a épuisé. J'ai besoin d'un bon verre de whisky pour m'en remettre.

Peu après, les frères Ransome étaient de retour dans Henrietta Street. En franchissant le seuil de leur appartement, Kieran vit qu'une enveloppe portant son nom avait été glissée sous la porte.

— Tu as été convoqué devant un juge ? demanda Finn en se dirigeant vers la carafe de whisky.

— C'est une invitation, constata Kieran, qui brisa le cachet.

— À un procès pour reconnaissance de paternité, sans doute, devina Finn en remplissant deux verres.

— Non, à un bal, crétin. Le duc et la duchesse de Greyland me prient d'honorer de ma présence leur bal qui se tiendra dans deux jours.

— C'est une réception prestigieuse, dit Finn en lui tendant son verre. Même un vaurien comme moi en a entendu parler. Être invité par le duc est un coup d'éclat, petit frère. La petite fée Kilburn a encore fait des merveilles. Toutes mes félicitations.

Les deux frères trinquèrent avant de boire. Le whisky traça un chemin de feu dans la gorge de Kieran. Pourtant, il avait toujours froid.

— Pour quelqu'un qui vient d'être invité à l'événement mondain de la saison, tu parais bien mélancolique, observa Finn. Tu touches au but, Key. Toutes les mamans au bal sauront que tu es un homme bien sous tous rapports et prieront en secret pour que tu viennes rendre visite à leurs filles.

— C'est bien le problème, répondit Kieran en se resservant. J'ai toutes les chances de trouver une épouse, et je n'ai plus besoin de Céleste.

Aucune quantité de whisky ne parviendrait à améliorer son humeur. Il avait toujours su que Céleste et lui ne disposaient que d'un temps limité. Il avait pensé, et espéré, qu'il leur en restait encore un peu.

On toqua à la porte. Finn ne bougeant pas, Kieran alla ouvrir.

Un jeune messager lui tendit un billet plié.

— La demoiselle m'a dit d'attendre une réponse, indiqua-t-il.

Kieran prit le message, le déplia avec des doigts fébriles et lut :

Réunion demain à 14 heures dans le parc à trois pâtés de maisons de chez moi ? Séance de stratégie !

— J'y serai, répondit-il aussitôt au garçon.

Il lui donna une pièce pour sa peine, et le messager repartit en dévalant l'escalier. Ce ne fut qu'après avoir refermé la porte que Kieran prit conscience que ce rendez-vous n'avait pas lieu d'être. Comme l'avait dit Finn, Céleste avait accompli sa mission. Il n'avait plus besoin d'elle pour être invité à des réceptions distinguées et être présenté à des jeunes femmes respectables.

Il allait devoir le lui annoncer, et cette perspective le terrifiait.

18

Il n'était sans doute pas très avisé de la part de Céleste d'avoir donné rendez-vous à Kieran dans l'après-midi alors que toute la première partie de sa journée avait été réquisitionnée par lord Montford. Le comte avait insisté pour qu'elle passe la matinée avec sa mère. Cependant, elle n'avait pu se résoudre à reporter sa réunion avec Kieran. Elle avait d'importantes informations à lui transmettre concernant la prochaine étape de sa réforme sociale. Naturellement, ces informations ne pouvaient attendre.

Elle était consciente de se mentir à elle-même. Elle avait surtout très envie de le voir. Une journée et demie s'était écoulée depuis leurs inoubliables ébats dans la loge de théâtre. Cela lui paraissait déjà trop loin, même si elle le sentait encore sur elle, *en* elle. Son corps et son esprit continuaient à vibrer du plaisir qu'il lui avait donné.

La manière dont il la regardait, dont il la caressait…

— Alors, pour quand est-ce ? demanda lady Stretton.

Céleste sursauta, tirée de sa rêverie. L'élégant salon de la marquise réapparut autour d'elle, ainsi que le portrait de lord Montford qui avait été peint peu après son retour d'un grand voyage sur le continent. Il posait près d'une urne qu'il avait volée dans des ruines grecques.

Naturellement, il en était fier.

— Pardonnez-moi, milady, répondit-elle en prenant une gorgée d'un thé beaucoup trop fort. De quoi parliez-vous ?

— De l'annonce de vos fiançailles avec mon Hugh, bien sûr !

Lady Stretton fit claquer sa langue d'une façon qui aurait valu des remontrances à Céleste si elle en avait fait autant dans sa pension pour jeunes filles de bonne famille.

— Je l'ignore, milady. Il n'a pas encore fait sa demande.

Céleste se força à grignoter un biscuit sec au citron dans l'espoir d'éviter une conversation sur le sujet qu'elle redoutait tant. Mais peut-être parviendrait-elle à repousser l'échéance… Elle avala laborieusement un morceau de biscuit trop cuit et demanda d'un ton enjoué :

— Ne serait-ce pas charmant si l'annonce était faite à la période de Noël ? Ou au début de la saison prochaine ?

— Aucune de ces options ne me convient, répondit la marquise. J'en toucherai deux mots à Hugh.

— Comme il vous plaira.

Seigneur, si elle avait pu renverser le petit guéridon fragile sur lequel était posée sa tasse de thé, bondir sur ses pieds et prendre ses jambes à son cou !

Au lieu de cela, elle dut endurer pendant une heure la diatribe de lady Stretton au sujet d'une domestique – une vraie souillon, d'après elle – qu'elle avait congédiée. Enfin, elle fut libérée. Elle eut tout juste le temps de rentrer chez elle pour se changer avant de se précipiter au parc.

— Mademoiselle, moins vite !

Elle ralentit afin que Dolly puisse la suivre. Mais elle eut beau se répéter que les jeunes femmes distinguées ne couraient pas dans les rues, elle ne put s'empêcher de hâter de nouveau le pas.

Lorsque, des semaines plus tôt, elle avait demandé à Kieran de l'emmener dans les endroits louches de Londres, elle n'avait pas imaginé que le plus grand danger ne viendrait pas des voleurs et des paris truqués mais des conséquences pour son cœur.

Comment avait-elle pu se croire capable de faire abstraction de son cœur ? C'était du pur orgueil que de penser que les baisers tendres de votre amant sur le sommet de votre tête ne laisseraient pas de séquelles. Si le plaisir physique avait été incroyable, la douceur qui avait suivi s'était infiltrée dans tous les recoins de son âme.

En arrivant en bordure du parc, elle se tourna vers sa caméristе en lissant ses jupes.

— De quoi ai-je l'air ?

— D'une femme qui court retrouver son amant.

Céleste se raidit. Bien qu'elle considérât Dolly comme sa confidente, elle ne lui avait rien dit de ce qui s'était passé dans la loge de théâtre.

— Soyez tranquille, Mademoiselle, dit Dolly en arrangeant les rubans du bonnet de sa maîtresse. Personne d'autre que moi ne le sait et je ne dirai rien. Pas même à ma sœur.

— Je croyais que les commérages étaient la monnaie préférée des domestiques.

Dolly fit claquer sa langue.

— C'est sûr que ça rapporte, admit-elle. Mais si le bruit court que ma maîtresse a péché avec un type alors que j'étais censée la chaperonner, plus personne ne m'engagera.

— Je vois. Tu te protèges autant que tu me protèges.

— C'est que je vous aime beaucoup, Mademoiselle, mais quand on est simple femme de chambre, faut bien penser à ses propres intérêts.

Céleste agrippa anxieusement la main de Dolly.

— Personne ne doit l'apprendre, l'implora-t-elle.

— Ne vous inquiétez pas, Mademoiselle. Je serai muette comme une tombe.

— Merci.

Soulagée, Céleste fouilla dans son réticule à la recherche d'une pièce.

— Ce n'est pas la peine, dit Dolly. En revanche, si vous vous êtes lassée de votre robe jaune, celle avec les jolis rubans crème…

— Je te la donne, promit Céleste.

Ce n'était pas cher payé pour obtenir son silence. Elle aurait donné toute sa garde-robe à Dolly pour préserver son secret.

— Dès que nous serons rentrées, tu pourras la prendre.

— Tiens, j'aperçois M. Ransome, dit soudain Dolly.

En se retournant, Céleste vit Kieran avancer dans l'allée de l'autre côté du parc. Il était toujours aussi élégant avec son chapeau en feutre de castor, sa veste couleur terre de Sienne, son gilet doré et ses culottes en daim. Même de loin, il faisait chavirer ses sens.

— Qui pourrait vous blâmer d'avoir cédé à un si beau gars ? soupira sa camériste.

— Je ne lui ai pas cédé, corrigea Céleste. J'ai voulu et il a donné.

— Je n'ai jamais pu résister à un homme généreux, répondit Dolly en pouffant de rire. Cela dit, Mademoiselle, vous n'avez rien à craindre de moi. J'ai des vues sur quelqu'un d'autre, ce qui ne m'empêche pas d'apprécier un beau spécimen.

Kieran n'avait pas encore aperçu Céleste. Il s'arrêta devant un banc et s'y assit. Il paraissait nerveux et lançait des regards autour de lui en secouant les jambes.

— Sur qui as-tu jeté ton dévolu ? demanda Céleste en se dirigeant vers lui.

— C'est le valet du fils aîné de la famille chez qui travaille ma sœur. Il s'appelle M. Bedworth, John Bedworth.

La camériste, d'ordinaire posée, en parlait avec des trémolos dans la voix.

— Prends ton samedi et va voir ta sœur, lui dit Céleste. Tu croiseras peut-être M. Bedworth dans les couloirs.

— Merci, Mademoiselle. Rien que pour ça, je me tiendrai très loin de vous et de M. Ransome.

Et si vous disparaissez ensemble un petit moment, je ne le remarquerai même pas.

— Ce n'est peut-être pas une bonne idée, marmonna Céleste.

Si elle se trouvait seule avec Kieran un moment, elle risquait de se jeter sur lui pour l'embrasser tel un marin en permission.

Il la vit et bondit aussitôt sur ses pieds. Son salut fut formel et légèrement raide. S'était-il déjà lassé d'elle, la considérant comme une simple conquête ?

Heureusement, lorsqu'il releva les yeux vers elle, son regard était rempli de chaleur et de plaisir.

— Mademoiselle Kilburn, dit-il courtoisement.

— Monsieur Ransome.

Elle s'assit sur le bord du banc et il prit place à ses côtés, conservant une distance respectable entre eux. Cela paraissait étrange étant donné que, la dernière fois qu'ils s'étaient vus, il avait réalisé des merveilles sur son corps avec ses doigts, sa bouche et son…

Ses joues s'empourprèrent.

Kieran le remarqua et observa :

— Il fait plutôt chaud, ne trouvez-vous pas ?

Céleste était devenue experte dans l'art de dissimuler ses pensées et ses sentiments à sa famille. En revanche, elle ne pouvait rien cacher à Kieran.

— En effet, l'été arrive tôt cette année. Bientôt, la chaleur chassera tout le monde à la campagne.

La banalité de leur conversation la fit grimacer intérieurement. Pour l'amour de Dieu, cet homme avait été en elle moins de deux jours plus tôt !

Dolly s'éclipsa discrètement et alla s'asseoir sur un banc de l'autre côté du parc, le dos tourné à eux.

Ce n'était pas un mais tous ses samedis qu'elle méritait.

— J'ai pensé que…, commença Kieran.

— Il m'est venu à l'esprit que…, dit-elle en même temps.

— Je vous en prie, allez-y.

— Non, je vous ai coupé la parole.

Il esquissa un sourire.

— Abrégez nos souffrances à tous les deux et dites ce que vous avez en tête.

Elle s'éclaircit la voix, puis reprit :

— Demain soir, le bal du duc et de la duchesse de Greyland sera l'un des points culminants de la saison. Toutes les jeunes femmes à marier y seront. Après votre belle prestation lors du récital chez lord Hempnall, je devrais pouvoir vous obtenir une invitation sans trop de mal.

— Merci, répondit-il d'une voix bourrue. J'en ai déjà reçu une.

L'espace d'un instant, elle le dévisagea sans comprendre. En voyant son air embarrassé, elle s'efforça de sourire et déclara d'une voix qu'elle espérait joyeuse :

— C'est formidable !

— Elle est arrivée hier, déclara-t-il comme s'il cherchait quelque chose à dire.

La veille, elle lui avait également envoyé un billet lui proposant de le rencontrer, et il avait accepté. Or, il n'avait plus besoin d'elle.

Leur accord n'avait plus de sens. Leurs sorties mondaines ensemble étaient terminées, tout comme leurs aventures nocturnes.

Était-ce la fin ?

Elle pressa une main sur son ventre noué. Son désarroi devait se lire sur son visage. Il ne fallait pas que Kieran le voie.

Elle se releva et parvint à sourire en le voyant faire de même.

— Je dois y aller, dit-elle d'un ton enjoué. J'ai rendez-vous chez Mme Jacqueline pour essayer la robe que je porterai au bal.

Les essayages étaient terriblement ennuyeux. Pourtant elle s'y accrochait comme une femme en train de se noyer se serait agrippée à une bouée.

— J'ai encore besoin de vous, dit-il précipitamment. Une seule invitation à un bal ne signifie pas que ma réputation est totalement réparée. Il faudrait qu'on me voie avec vous encore un peu afin d'effacer les derniers doutes que certains pourraient avoir.

— En effet.

Le soulagement lui coupa les jambes. Le soleil, qui avait été voilé jusque-là, baigna soudain le parc d'une lumière chaude et dorée.

— Les réputations ne se refont pas aussi rapidement, poursuivit-elle. C'est un long processus.

— Continuons au moins jusqu'à la fin de la saison, proposa-t-il. Voire au-delà.

Le ventre de Céleste se noua de nouveau. Avec lady Stretton qui poussait son fils à faire officiellement sa demande, elle pouvait tout au plus espérer avoir encore jusqu'à la fin du mois, quand la saison se terminerait.

Néanmoins, il lui restait quelques semaines. Quoi que l'avenir lui réserve, elle aurait au moins eu cette brève période avec Kieran. Elle aurait ensuite des années pour panser son cœur meurtri, enchaînée à lord Montford pendant que Kieran vivrait avec sa propre épouse.

Il était étrange qu'elle sache ce qui allait arriver et qu'elle ne fasse rien pour l'empêcher. Elle ne se considérait pourtant pas comme faisant partie de ces gens qui savouraient leur propre malheur ; néanmoins, elle avait conscience de se diriger droit vers un avenir sombre.

— Vous me réserverez une danse ? demanda-t-il.

— Naturellement, mais ce ne sera pas le même genre de danse que chez M. Longbridge.

— Ah ! Si nous nous trémoussons comme l'autre soir, il faudra des caisses de sels pour ranimer les autres invités.

Elle s'efforça de sourire, même si le cœur n'y était pas.

Dolly s'approcha en trottant.

— Bonjour, Monsieur Ransome. Je vous demande pardon, Mademoiselle, mais nous avons notre rendez-vous chez la couturière.

— Vous la pressez pour qu'elle retrouve un autre voyou dans la cabine d'essayage ? plaisanta Kieran.

— Vous êtes le seul voyou qu'elle connaisse, Monsieur.

— Dolly ! s'exclama Céleste.

Kieran se mordit les lèvres pour ne pas rire.

La caméristе feignit d'être confuse.

— Toutes mes excuses, Monsieur.

— À demain soir, donc, dit Céleste à Kieran.

— J'ai hâte d'y être.

Quand il s'inclina pour lui faire un baisemain, elle décela la lueur espiègle dans ses yeux.

Son corps réagit aussitôt. La magie était toujours là, et elle devait se réjouir du peu de temps qu'il leur restait ensemble.

— Je ne vois pas pourquoi je dois absolument assister à ce foutu bal, grommela Finn.

Leur fiacre avançait par à-coups, les rapprochant peu à peu de la tête de la file des voitures qui attendaient de décharger leurs passagers.

— Parce que les termes de l'ultimatum de nos parents sont clairs, sombre crétin. À moins que nous ne trouvions tous les trois, toi, Dom et moi, une épouse, *aucun* d'entre nous n'obtiendra plus un cent. Or, si je ne m'abuse, ce n'est pas dans une maison de jeu que tu rencontreras une jeune fille respectable.

— Heureusement, sinon je n'y mettrais pas les pieds, marmonna Finn. Et cesse de t'agiter comme un nourrisson qui aurait des coliques.

— Parce que tu t'y connais en nourrissons, peut-être ?

Kieran épousseta la manche de sa veste gris sombre, même si son valet l'avait impeccablement brossée avant qu'ils quittent leur appartement. Il ne tenait pas en place. Une étrange appréhension l'habitait depuis qu'il avait quitté Céleste l'après-midi précédent. Elle était pourtant injustifiée, puisqu'ils avaient convenu de continuer à se voir le plus longtemps possible.

Mais ce n'était pas assez. Il en voulait plus. Plus que ces réceptions mondaines, plus que des moments volés durant leurs virées nocturnes.

Il était en train de muer et accueillait cette transformation avec un mélange d'enthousiasme et de méfiance, comme si on lui avait donné des ailes. Il pouvait s'envoler vers les cieux ou voler trop près du soleil.

— Nerveux ? lui demanda Finn.

— Je n'ai aucune raison de l'être.

— Sauf que tu n'as pas assisté à un bal de la haute depuis des lustres. Si je me souviens bien, la dernière fois, notre hôte t'a jeté lui-même à la porte après que tu as tiré sur son lustre avec un pistolet de duel. Tu as fait un grand trou dans le plafond.

— J'ai raté mon coup uniquement parce qu'un imbécile m'a bousculé au dernier moment. Si je me souviens bien, cet imbécile, c'était toi.

Finn ne releva pas ce dernier commentaire.

— C'est vrai que se rendre à un bal où toute la crème de la crème t'observera et te jugera a de quoi rendre nerveux, insista-t-il.

— Puisque je te dis que je ne suis pas nerveux !

Avec un peu de bravade et une bonne dose de charme, il saurait montrer aux autres invités qu'il avait changé. C'était la perspective de retrouver Céleste qui faisait s'accélérer son pouls et lui donnait des fourmis dans les jambes.

Leur relation avait changé. Il connaissait désormais son goût, la manière dont elle s'accrochait férocement à lui quand il lui faisait l'amour, les sons qu'elle émettait lorsqu'elle jouissait. Il l'avait vue danser. Il ne pensait plus qu'à ça. Son esprit résonnait de rimes et de métaphores ; ses carnets étaient noircis de nouveaux vers.

Leur fiacre s'arrêta enfin et un valet en livrée leur ouvrit la portière. Ils descendirent et se joignirent à la file de gens en tenue de soirée attendant d'entrer dans l'imposante demeure du duc et de la duchesse de Greyland, à Mayfair.

— Tu es sûr que l'invitation du duc m'incluait ? s'inquiéta soudain Finn.

— Il a demandé un frère Ransome. Il en aura deux pour le prix d'un.

— Tu veux parier sur le nombre de gens qui me demanderont ce que je fais là ?

Kieran émit un petit rire.

— Je ne suis pas fou au point de parier avec toi.

Ils franchirent le seuil de la maison et gravirent le grand escalier qui menait à la salle de bal. Comme l'avait prédit Céleste, il y avait foule. Il reconnaissait bon nombre d'invités, et il se demanda si c'était une bonne chose ou une raison de s'alarmer.

Il balaya la salle du regard à la recherche de Céleste, sans prêter attention à plusieurs matrones qui l'observaient d'un air calculateur.

— Fichtre, marmonna-t-il en ne la voyant nulle part.

Se tournant vers son frère, il déclara :

— J'ai besoin d'un verre.

— Tu pourras graver cette épitaphe sur ma tombe, répondit Finn. Je ne vois passer aucun serviteur avec des verres de vin.

Kieran soupira.

— Nous devrons nous rabattre sur le punch.

Ils s'avancèrent à la recherche des saladiers de punch. Voyant un grand nombre de gens s'agglutiner dans un coin de la salle, Kieran prit cette direction, Finn sur ses talons. Kieran remarquait à peine les regards intéressés qu'il attirait. Il s'inquiétait pour Céleste. Elle lui avait dit qu'elle viendrait au bal. Où était-elle ? Peut-être était-elle souffrante. Ou alors son fiacre avait perdu une roue en chemin et elle avait besoin d'aide. Si tel était le cas, il devait partir tout de suite et se lancer à sa recherche.

— Quel plaisir de vous revoir, monsieur Ransome, déclara une dame d'âge mûr dans une robe en soie ivoire.

— Lady Parslow, répondit Kieran en s'inclinant. Permettez-moi de vous présenter mon frère Finn.

Finn s'inclina à son tour, et lady Parslow hocha la tête d'un air régalien. Elle se tourna vers une jeune femme brune aux traits aiguisés et au regard incisif.

— Voici ma fille, Mlle Tabitha Seaton.

— Messieurs, les salua froidement la demoiselle tandis que les deux frères s'inclinaient.

— Excusez-moi un moment, je vois une amie que je dois saluer, déclara sa mère.

— Je t'accompagne, dit Mlle Seaton.

— Oh non, ma chérie. Reste donc ici à discuter avec ces messieurs. Je reviens tout de suite.

Là-dessus, lady Parslow se fondit dans la foule en abandonnant sa progéniture.

Mlle Seaton contempla la salle de bal avec un air de profond ennui.

— Pensez-vous que le duc possède une bibliothèque ? demanda-t-elle. Une qui ne soit pas purement décorative ?

— Vous préférez la compagnie des livres à celle des gens ? lui demanda Finn.

— C'est que, voyez-vous, les livres contiennent un vrai savoir, ce qui n'est pas le cas de la plupart des gens ici.

— Pour ma part, je suis totalement inculte, répondit joyeusement Finn.

— Sans doute, dit Mlle Seaton en le regardant de haut en bas. Néanmoins, vous pourriez m'être utile en me présentant à sir William Marcroft. On m'a dit qu'il était ici. C'est le directeur de la Sterling Society. Vous en avez entendu parler ?

Kieran et Finn échangèrent un regard puis firent non de la tête.

— Naturellement, commenta la demoiselle, résignée. De jeunes gens chics comme vous ne s'intéressent pas à la société intellectuelle la plus prestigieuse d'Angleterre. Veuillez m'excuser, messieurs, je crois que vous trouverez ma compagnie aussi insipide que la vôtre le sera pour moi.

Elle fit la révérence avant de s'éloigner.

— Charmante demoiselle, soupira Finn. Elle serait parfaite pour Dom.

— Et pas pour toi ?

— Hélas, je n'ai pas la force d'âme nécessaire. En revanche, un être aussi insensible que toi ferait un excellent époux pour Mlle Seaton.

— J'en prends note.

Kieran n'avait que faire de Mlle Seaton, il ne s'intéressait qu'à Céleste.

Il prit soudain conscience que, alors qu'il était entouré des demoiselles les plus recherchées de Londres, il ne pouvait imaginer passer le reste de sa vie qu'avec une seule personne.

Il chancela. Il était amoureux de Céleste. À tel point qu'il en avait mal. Aucun des visages qu'il voyait ne retenait son attention parce que ce n'était pas le sien. Quiconque lui parlait n'émettait que des sons vides de sens parce que ce n'était pas sa voix. Un moment sans elle était un moment sans joie, sans but.

— Alors, on le boit, ce punch ? s'impatienta Finn. Ou dois-je crocheter la porte de la cave du duc ?

Le ventre de Kieran se noua lorsque Céleste apparut à l'entrée de la salle de bal. Il remarqua à peine la présence de son amie, Mlle Carew, à ses côtés. Il ne voyait qu'elle.

Ce soir, elle portait une robe vert amande brodée d'un motif de vigne en fil d'or. Des feuilles dorées parsemaient sa chevelure. C'était l'incarnation même du printemps. Des vers d'éloge fleurirent dans son esprit comme la nouvelle végétation s'épanouissant à la sortie de l'hiver.

L'amour emplit son cœur et répandit ses vrilles dans toute son âme. Il en était étourdi. Elle était son point fixe dans un univers tournoyant, le maintenant en place.

Il voulait la faire sienne, là, devant le monde entier. La quête folle du plaisir qu'il avait menée toute sa vie lui avait fait comprendre que le plus grand plaisir de tous était d'être avec elle, de se tenir à ses côtés, de la voir sourire, de l'entendre rire, d'assister à sa joie lorsqu'elle faisait une nouvelle expérience.

Peut-être… peut-être… était-ce possible. Il fut envahi de joie à l'idée de passer toutes ses journées et ses nuits avec elle, année après année, pour le reste de sa vie. Certes, il y avait des obstacles, et non des moindres. Toutefois, si elle partageait ses sentiments, ils trouveraient un moyen. Le monde leur appartiendrait alors, et il ne ferait plus jamais un pas sans elle à ses côtés. Il serait le chanceux qui la soutiendrait dans tous ses projets.

— Mince, murmura Finn. Si Dom voyait ta tête quand tu regardes sa sœur…

— Tais-toi, répondit Kieran, l'esprit ailleurs.

Sans plus réfléchir, il se dirigea vers Céleste. Il avait besoin d'être là où elle était.

19

Rosalind lui parlait. Elle disait quelque chose à propos de la quantité de gens qui s'entassaient dans la salle de bal, à moins qu'elle ne fasse allusion à l'impressionnant orchestre engagé pour l'occasion. En vérité, Céleste ne l'entendait pas car elle venait d'apercevoir Kieran qui se dirigeait vers elle.

Il y avait des braises ardentes et de la détermination dans son regard. Il fendait la foule tel Moïse traversant la mer Rouge. À chacun de ses pas, elle sentait son pouls s'accélérer, au point qu'il aurait pu servir de note de basse au grand orchestre.

— … et j'ai hâte de voir le feu d'artifice d'intérieur, dit joyeusement Rosalind.

— Oui… oui… moi aussi.

Rosalind se mit à rire et secoua la tête.

— Étant donné que M. Ransome approche, je crois que je vais m'emmener moi-même à la salle de jeu pour plumer quelques richards.

Restée seule, Céleste cessa de bouger et de respirer jusqu'à ce que Kieran se tienne devant elle. Il s'inclina gracieusement, et elle fit sa plus belle révérence. Toute la salle sembla reculer dans l'ombre. Elle ne voyait que lui.

— Monsieur Ransome.

— Mademoiselle Kilburn.

Sa voix grave et profonde vibra dans tout son corps.

— Passez-vous une agréable soirée ? demanda-t-elle.

— Ce n'était pas le cas jusqu'à cet instant, répondit-il. Elle sera encore plus agréable plus tard.

— Pourquoi cela ?

Il se pencha et répondit à voix basse :

— Parce que Salomé et moi avons une autre aventure à vivre.

Un délicieux frisson la parcourut. À en croire la promesse dans ses yeux, elle sentirait de nouveau ses caresses sur sa peau nue.

— Vous retrouvera-t-elle à l'endroit et à l'heure habituels ?

— En effet. Je lui promets une nuit qu'elle n'oubliera pas de sitôt.

— Où…

— Mademoiselle Kilburn, l'interrompit poliment une voix masculine. Ransome.

Céleste ravala un gémissement de frustration.

— Bonsoir, lord Montford, répondit-elle.

— Il me semble que vous m'avez promis la prochaine danse, déclara-t-il en lui tendant la main alors que l'orchestre jouait les premières mesures d'une valse.

Elle ne lui avait rien promis. Toutefois, refuser devant tous les invités qui les regardaient aurait été extrêmement grossier. En outre, elle pouvait bien accorder une danse à lord Montford maintenant qu'elle savait qu'elle passerait la nuit avec Kieran.

Elle lança un regard éloquent vers le visage renfrogné de Kieran, qui semblait se retenir d'envoyer son poing dans la figure de lord Montford. Son expression conciliante sembla le calmer.

— Merci, lord Montford, dit-elle en prenant son bras.

Ils marchèrent vers la piste de danse et se placèrent parmi les autres danseurs. Le visage de lord Montford était aussi lisse qu'une pierre polie. Sous ce vernis, sans doute était-il agacé de l'avoir de nouveau trouvée en compagnie de Kieran. Elle allait devoir l'apaiser.

Ils se mirent à danser. Être dans les bras de lord Montford ne lui faisant aucun effet, elle laissa son esprit divaguer. Où Kieran l'emmènerait-il cette nuit ? Ils étaient déjà allés dans une maison de jeu, dans une soirée privée débridée, dans une réunion de libres penseurs. Bien qu'il soutînt que Vauxhall était pour les touristes, elle tenait à y aller. Ce qu'elle voulait surtout, c'était être seule avec lui, de préférence près d'un lit, avec tout le temps pour s'explorer mutuellement. Elle rêvait de l'entendre réciter ses poèmes, surtout s'il était nu et…

— Il est temps de rendre nos fiançailles officielles, déclara lord Montford.

Elle faillit trébucher.

— Vraiment ?

— J'en ai discuté avec mes parents après votre dernière visite. Nous pensons tous que le moment est idéal.

— Je croyais que nous attendrions la fin de la saison.

Elle fut prise de panique. Elle n'était pas prête. Il lui restait encore quelques semaines avec Kieran.

— Il est inutile de vous faire patienter plus longtemps, dit-il avec un sourire indulgent.

— Je…

Comment l'arrêter ? Comment pouvait-elle devenir son épouse ? Il ne lui plaisait pas. Elle ne l'aimait pas.

Elle en aimait un autre.

Kieran.

Cette prise de conscience déferla sur elle telle une vague. Ce n'était plus le béguin d'une adolescente ; c'était l'adoration d'une femme. Il insufflait de la joie dans sa vie, ainsi que la conviction inébranlable qu'elle pouvait tout faire. Il l'avait aidée à se révéler à elle-même.

Comment pouvait-elle se lier à un autre homme alors qu'elle aimait Kieran ?

Ressentant un besoin ardent de le lui dire, elle le chercha des yeux dans la salle.

— Je suis au courant pour Salomé, dit lord Montford à voix basse.

Elle tressaillit.

— Pardon ?

— Vous êtes maligne, mais je le suis aussi. Découvrir la vérité n'a pas été très difficile, surtout après avoir lancé mon homme sur votre piste.

— Votre… De quoi parlez-vous, au juste ?

L'espace d'un instant, le masque de lord Montford tomba, révélant des traits tordus par la colère. L'instant suivant, il était redevenu le comte suave et flegmatique qu'elle connaissait.

— Vous batifolez dans Londres avec Ransome sous un déguisement. Vous vous faites appeler Salomé et vous comportez d'une manière totalement inappropriée.

Elle serait tombée s'il ne l'avait fermement retenue. Son sang s'était glacé. C'était une catastrophe, le pire qu'il puisse arriver.

Il devait y avoir une issue.

— Je peux vous payer, dit-elle précipitamment. Quel que soit le montant que vous demandez, je vous l'obtiendrai.

Il la dévisagea d'un air déçu.

— Vous me sous-estimez donc au point de croire que je m'abaisserais à vous faire chanter ?

— De quoi d'autre pourrait-il s'agir ?

— J'essaie simplement de vous sauver.

— Je ne vous ai rien demandé.

— Naturellement. Vous étiez en train de vous perdre, ma chère. C'est pourquoi j'ai jugé bon d'intervenir pour éviter que cela se sache avant que vous commettiez l'irréparable. D'où ma proposition.

— Quelle proposition, au juste ?

Avec les mots précis d'une personne qui a soigneusement préparé son discours, il répondit :

— Vous cesserez immédiatement toute interaction avec M. Ransome. Demain, j'irai parler à votre père. Nous aurons des fiançailles courtes et nous marierons après la publication des bans. Ma mère voudra avoir un peu de temps pour organiser nos noces. Elle attend ce jour avec impatience et je me refuse à la priver de ce plaisir.

Céleste tenta de libérer sa main. Il la retint fermement. À moins de faire une scène épouvantable au milieu du bal, elle n'avait pas d'autre choix que de continuer à danser.

— Je ne vous épouserai pas, dit-elle.

Lord Montford lui adressa un sourire compatissant.

— Parce que vous croyez que Ransome demandera votre main ? Tout le monde sait qu'il sera déshérité à moins qu'il n'épouse une femme respectable. Or, si vous me repoussez, je me verrai contraint de rendre mes découvertes publiques. Votre famille et vous-même vous êtes donné tant de mal pour effacer de votre sang la tache laissée par vos origines besogneuses ! Il suffira d'un mot de la part d'un vrai gentleman pour que tout s'effondre. Ce n'est pas ce que vous souhaitez pour votre famille, n'est-ce pas ?

— Ne faites pas ça, l'implora-t-elle.

Elle se sentait nauséeuse. Peu importait qu'elle aimât Kieran, elle était sous le joug de lord Montford.

Imperturbable, le comte reprit :

— Si vous courez prévenir Ransome et qu'il émet la moindre menace à mon encontre, sachez que j'ai déjà préparé des lettres destinées à toutes les feuilles à scandale de Londres avec l'ordre de les envoyer s'il m'arrivait quoi que ce soit. L'issue est courue d'avance : vous serez disgraciée, Ransome ne pourra vous épouser, et personne d'autre ne voudra de vous. Ma mère vous retirera son soutien, détruisant ainsi la position sociale précaire de votre famille.

— Vous pourriez avoir n'importe quelle autre femme, insista-t-elle.

— C'est sur vous que j'ai jeté mon dévolu, et j'ai l'habitude d'obtenir ce que je veux. Cela dit, tout ceci est dans votre intérêt. Un peu de gratitude conviendrait mieux que cet étalage vulgaire d'émotion.

Au désarroi de Céleste s'ajouta la colère. Elle ressentait une envie fébrile de lui envoyer son poing dans le ventre. Encore un homme qui s'imaginait pouvoir la contrôler, qui la manipulait pour l'obliger à faire ce qu'il voulait.

Cherchant désespérément un argument susceptible de le faire changer d'avis, elle lâcha :

— Je ne suis plus vierge.

Les pas de lord Montford ralentirent légèrement, puis il se ressaisit et reprit leur valse fluide.

— Peu importe, dit-il. Tant que vous ne vous présentez pas le jour de nos noces avec un ventre rond.

— J'étais sotte et vous croyais inoffensif, dit-elle à voix basse. En réalité, vous êtes une ordure.

Il fronça les sourcils.

— Tss... Surveillez votre langage, mademoiselle Kilburn. Je ne tolérerai pas que ma future épouse se montre grossière.

— Toutes mes excuses, dit-elle en battant des cils. Vous n'êtes qu'un salaud.

— Inutile d'essayer de me provoquer dans l'espoir de me faire changer d'avis.

Que pouvait-elle faire ? Il devait exister un moyen de se sortir de cette situation, mais lequel ? Lord Montford l'avait piégée en mettant dans la balance l'avenir de Kieran et le sort de sa famille.

Du temps. Elle avait besoin de temps.

— Laissez-moi une semaine pour vous donner ma réponse.

— Vous semblez croire qu'il s'agit d'une négociation.

— À moins que vous ne vouliez que je m'enfuie en Amérique, vous m'accorderez une semaine pour prendre ma décision.

Il tenta de l'intimider en la fixant d'un regard noir, mais elle ne se démonta pas, et il finit par soupirer :

— Comme vous voudrez. Sachez néanmoins qu'il serait futile de tenter de m'éconduire. Vous m'épouserez, mademoiselle Kilburn, et je réparerai les torts que vous avez égoïstement causés à votre famille.

Son ton condescendant était intolérable. Toutefois, elle ne pouvait que ronger son frein.

La valse touchant à sa fin, elle n'attendit pas les dernières notes pour se dégager et quitter la piste de danse. Tant pis si cela paraissait grossier. Un violent mal de tête lui lacérait les tempes, et elle lutta contre la douleur en tentant de repérer Kieran dans la foule. Elle devait lui parler, le prévenir.

Elle s'arrêta net en l'apercevant entouré de deux matrones et de trois débutantes. Ils discutaient joyeusement, les femmes plus âgées s'efforçant de ne pas avoir l'air trop âpres tandis que les plus jeunes s'éventaient en lançant à Kieran des regards coquets.

Elle allait le perdre. Le désespoir l'envahit. Elle se sentait minuscule et impuissante. Les larmes lui montèrent aux yeux.

Rosalind réapparut à ses côtés, l'air inquiet.

— Céleste ? Que se passe-t-il ? Que t'est-il arrivé ?

— Je dois rentrer chez moi, répondit-elle d'une voix éraillée.

— Oui, bien sûr. Prends mon bras, je vais te sortir d'ici.

— Merci, répondit Céleste.

Elle avait besoin de remonter dans sa calèche avant que le monde s'effondre autour d'elle.

Une fois dans sa voiture, elle s'abandonna enfin aux larmes. Toutefois, celles-ci ne l'apaisèrent pas. Elle n'était qu'une boule de nerfs. Elle aurait voulu ne plus rien ressentir, mais la douleur et la colère ne cessaient de remonter en elle telles des marées dévastatrices. Il n'y avait pas d'issue : elle était condamnée à une vie de frustration et de chagrin.

20

Kieran avait quitté le bal du duc et de la duchesse de Greyland depuis deux heures et attendait à présent impatiemment près du cabriolet. Tenant d'une main la bride du cheval, il scrutait les ténèbres en guettant l'arrivée de Céleste.

Il avait loué le cabriolet pour la nuit. Son plan était de se rendre à Hampstead Heath et d'y passer autant de temps que Céleste et lui le voudraient. Il avait mis dans la voiture une couverture ainsi qu'un panier contenant du pain, du fromage, des gâteaux aux pommes et du vin.

Un pique-nique à minuit n'était pas une aventure aussi folle que les précédentes. Néanmoins, il tremblait d'impatience et ses paumes étaient moites. Une fois qu'il serait sur la lande baignée par le clair de lune, il dirait enfin à Céleste qu'il voulait plus que leur bref accord. Il voulait une relation durable, permanente.

Il n'en revenait pas lui-même. Il n'aurait jamais cru vivre cela un jour : rencontrer une femme avec qui il désirerait passer le reste de sa vie. Pourtant, c'était précisément ce dont il avait besoin, d'une vie avec Céleste. C'était merveilleux et terrifiant à la fois.

Il avait été inquiet lorsqu'elle avait quitté le bal après sa valse avec l'insupportable lord Montford. Sans doute était-elle rentrée chez elle pour se préparer pour la nuit et se déguiser en Salomé.

Il s'efforça de respirer profondément. Peut-être se trompait-il, mais elle semblait avoir des sentiments pour lui. Il parviendrait sûrement à la convaincre qu'ils étaient faits l'un pour l'autre.

Cela ne résolvait pas le problème du comte ni celui de la détermination du père de Céleste à la voir épouser Montford. Il devait exister un moyen de la libérer de ses futures fiançailles sans que sa famille en pâtisse et en évitant la fureur de Ned Kilburn. Malheureusement, il ne l'avait pas encore trouvé.

Le clocher sonna minuit un quart, et l'angoisse commença à le tenailler. Si elle ne venait pas ? Pourtant, elle avait paru enthousiaste à l'idée d'une nouvelle escapade.

Il poussa un soupir de soulagement en apercevant deux silhouettes en cape et capuche marchant d'un pas rapide dans sa direction. Puis, lorsqu'elles approchèrent, il fronça les sourcils. La robe qu'il apercevait entre les pans de la cape de Céleste était celle qu'elle avait portée au bal. Quand elle passa sous un réverbère, il constata qu'elle ne s'était pas maquillée et transformée en Salomé.

Il avait prévu de lancer une boutade ou un mot d'esprit pour ne pas montrer à quel point il avait été impatient de la retrouver. Cependant, lorsqu'elle s'arrêta devant lui et qu'il vit ses traits défaits, la peur le saisit.

Il lui prit la main et l'entraîna dans l'ombre. Ils se réfugièrent dans l'écurie d'une maison pendant que Dolly faisait le guet dans la rue. Dès qu'ils furent seuls, elle se jeta dans ses bras. Il la serra contre lui et la sentit trembler.

— Que se passe-t-il, mon cœur ? Laissez-moi vous aider.

— Vous ne pouvez pas. Personne ne le peut.

Elle cessa de trembler et s'éloigna de lui. Lorsqu'il voulut de nouveau l'attirer à lui, elle s'écarta.

— Ai-je fait quelque chose de mal ? demanda-t-il, angoissé.

— Ce n'est pas vous, répondit-elle d'une voix chevrotante. Mais... notre accord est terminé. Nos excursions nocturnes doivent cesser immédiatement et je ne pourrai plus vous accompagner à des réceptions mondaines... même si vous n'avez plus besoin de moi.

— L'autre nuit, à l'Impérial, je suis allé trop loin...

— Ne dites pas ça. Nous le voulions tous les deux et je ne regrette rien.

Elle refusait de le regarder dans les yeux.

— Expliquez-moi, lui demanda-t-il d'un ton suppliant. Quel que soit le problème, nous le résoudrons ensemble.

Elle resta silencieuse un moment. Elle semblait distante, hors de portée.

— Lord Montford sait, répondit-elle enfin. Il est au courant au sujet de Salomé et me dénoncera si je n'arrête pas.

Il fut pris d'une fureur aveugle. Il avait envie de frapper, de détruire.

— Je le tuerai, cracha-t-il.

— Si vous lui faites du mal, vous deviendrez un paria, dit-elle d'une voix lasse. Aucune famille ne vous laissera épouser sa fille. Or, si vous ne vous mariez pas, cela affectera également Dom et Finn.

Maudites familles qui les avaient acculés tous deux contre un mur ! Pourtant, il existait une solution qui les libérerait tous les deux.

— Épousez-moi, dit-il en prenant ses mains froides. Cela résoudra tous nos problèmes. J'ai besoin d'une épouse respectable et, une fois mariée, vous serez à l'abri du chantage de ce scélérat. Et… je tiens à vous, Céleste. Vous êtes devenue l'être le plus important à mes yeux. Je veux être à vous pour le restant de mes jours. Je ferais tout pour vous rendre heureuse.

Il reprit son souffle, le corps tremblant.

— Céleste, je vous ai…

— Non ! s'écria-t-elle en retirant précipitamment ses mains. Ne dites pas ça, je vous en prie.

Il sentit tout son être se flétrir.

— Vous ne m'aimez pas, conclut-il d'une voix rauque.

— Mes sentiments ne comptent pas, répondit-elle d'une voix si basse qu'il eut du mal à l'entendre. Si je vous épouse pour échapper à lord Montford, il parlera à la presse et révélera à tout Londres ce que j'ai fait. Mariée ou pas, je ne serai plus respectable, et les conditions imposées par votre famille ne seront plus remplies. Vous resterez sans le sou.

— Je me contrefiche de l'argent.

— Et Dom ? Et Finn ? rétorqua-t-elle. Pouvons-nous en toute conscience les condamner à une vie de misère pour obtenir ce que nous voulons ? Moi, je ne le pourrai pas.

La douleur sur ses traits, sa résignation amère faillirent l'anéantir.

On l'enfermait dans la cage qu'elle détestait. On lui ôtait l'indépendance à laquelle elle aspirait tant. Tout ce qui était important pour elle lui était arraché en l'espace d'une seule nuit.

Il fouilla dans ses poches et en sortit une poignée de pièces qu'il lui tendit.

— Ce n'est pas beaucoup mais je peux en trouver plus. Prenez-les. Achetez un billet sur un navire et fuyez. Partez aussi loin que vous le pourrez.

Même s'il la perdait, elle trouverait la liberté dont elle avait besoin.

— Ce n'est pas si facile, dit-elle en s'écartant. Mes actes déteindront sur ma famille. Si je m'enfuis, Dom et mon père subiront les conséquences du scandale.

La nuit se refermait sur eux. Un chariot roula non loin. Des éclats de rire s'élevèrent dans une rue ; un groupe de jeunes gens ivres rentraient chez eux en titubant après une soirée de débauche. C'était une nuit comme toutes les autres nuits de Londres, parfaitement ordinaire, indifférente à la détresse de Céleste.

— Il doit bien y avoir quelque chose que je puisse faire, grommela-t-il.

Elle recula vers la porte en secouant la tête.

— Même Kieran Ransome le rebelle n'y peut rien.

Il la regarda s'éloigner. Il aurait voulu la rattraper, la prendre dans ses bras et s'enfuir dans la nuit. Hélas, il ne pouvait la libérer du piège que lui avait tendu Montford.

Ce fils de catin ! Kieran n'avait encore jamais ressenti une telle envie de faire du mal à quelqu'un.

— Laissez-moi au moins vous raccompagner, dit-il.

Elle fit non de la tête tout en continuant à reculer.

— Ce que nous avons vécu ensemble m'accompagnera et me soutiendra toute ma vie. Adieu, Kieran.

Elle se tourna, hésita puis revint sur ses pas et se jeta dans ses bras. Ils s'embrassèrent fougueusement dans un baiser désespéré.

Quelques instants plus tard, elle s'écarta et partit en courant.

Le cœur en lambeaux, Kieran resta seul dans l'écurie à fixer les ténèbres. Autrefois, les heures après minuit étaient ses préférées, riches de promesses, son espace de liberté. C'était quand les bonnes gens de Londres étaient dans leur lit douillet qu'il se sentait le plus lui-même. Lorsqu'il avait partagé ces heures avec Céleste, elle s'y était épanouie. Il avait eu la chance de la voir prendre conscience de tout ce qu'elle était. La nuit leur avait alors appartenu, pour un temps.

À présent, la nuit n'était plus qu'un grand vide.

Kieran n'avait envie de rien. Rien ne l'intéressait. Il se contentait de tourner en rond dans l'appartement, ne sortant que pour se rendre à l'académie de boxe afin de marteler de coups quiconque avait le malheur d'être son adversaire sur le ring. Il ne sentait même pas la douleur dans ses bras.

Trois jours après les adieux de Céleste, Finn entra dans sa chambre et lui lança une veste de soirée.

— Père nous ordonne de l'accompagner au théâtre, annonça-t-il. Lave-toi, pour l'amour de Dieu, et habille-toi.

— Je ne suis pas son caniche et n'en ai pas envie, répliqua Kieran. Ni ce soir ni aucun autre soir.

— Tes envies n'ont aucune incidence sur les volontés de notre père, répondit son frère. Soit tu viens avec moi de ton plein gré, soit père enverra ses valets costauds te traîner de force.

Quel choix avait-il ? À contrecœur, il fit sa toilette et revêtit ses habits de soirée. Finn et lui se rendirent au théâtre sans échanger un mot.

La dernière fois qu'il était venu au Théâtre Impérial, il avait à peine prêté attention au spectacle. Il s'était tenu près de la fosse d'orchestre, impatient de montrer à Céleste la vie cachée du théâtre, mais aussi nerveux car il avait l'intention de lui révéler sa passion pour la poésie. Même dans ses rêves les plus fous, il n'aurait jamais imaginé que, cette nuit-là, elle l'accepterait tel qu'il était, qu'ils feraient l'amour et qu'il en serait à jamais changé.

Tout lui paraissait terne sans elle. Il n'avait plus d'appétit et ne dormait que quelques heures par nuit. Il n'était plus qu'une carcasse vide.

— Le mélodrame n'a pas encore commencé et tu prends déjà un air tragique, lui glissa Finn alors qu'ils attendaient le début de la représentation. Père et mère attendent de nous qu'on joue le rôle des bons fils, ce qui implique d'avoir l'air heureux et de faire mine d'être la progéniture respectable qu'ils exigent que l'on soit.

Affalé sur sa chaise, Kieran lança un regard vers ses parents assis devant eux. Ils observaient les gens qui entraient dans la salle. Il y avait toujours la même distance entre eux, et aucune conversation. Sa mère se retourna et lui lança un regard appuyé. Il se redressa, et elle hocha la tête d'un air approbateur.

Sur les nerfs, il balaya le théâtre du regard. En face, les loges se remplissaient peu à peu de l'élite anglaise. Près de la fosse s'agglutinaient les dandys, les courtisanes et autres membres du demi-monde, tous courant d'une expérience sensationnelle à l'autre. Plusieurs d'entre eux l'aperçurent et lui firent signe de les rejoindre.

Même s'il n'avait pas été obligé de rester avec sa famille, pourquoi serait-il allé parier dans une maison de jeu ou aurait-il participé à une orgie ? S'il ne pouvait goûter les lèvres de Céleste, pourquoi embrasser une autre femme ? Pourquoi toucher quelqu'un qui n'était pas elle ?

Son regard quitta la fosse pour se diriger vers les rangées de sièges réservés aux membres du public plus aisés, mais qui n'avaient pas encore assez de prestige ni d'argent pour louer une loge privée. Des banquiers et des brasseurs, leurs épouses et leurs enfants. Certains possédaient des fortunes considérables qui auraient pu les faire entrer dans les cercles de la haute société. Il en connaissait quelques-uns. Il reconnut un homme qu'il avait souvent croisé au Jenkins's, un couple auquel il avait été présenté après le récital ainsi que…

— Oh zut ! gémit-il.

Céleste était assise à côté de son amie, Mlle Carew. Elles discutaient en observant la foule, comme lui.

Même depuis sa place de l'autre côté du théâtre, il pouvait voir les cernes noirs sous ses yeux. En quelques jours, ses joues s'étaient creusées. Elle s'éventait d'une main léthargique, et son regard était terne en dépit de toutes les stimulations autour d'elle. N'y avait-il donc personne pour veiller sur elle ? Elle avait besoin de sommeil et de nourriture.

Finn plaqua une main lourde sur son épaule.

— Ne fais pas ça.

Kieran se rendit compte qu'il s'était à moitié levé pour aller la rejoindre.

— Il faut que…

— J'ignore ce qui s'est passé entre vous, mais tu n'es pas en état d'aller la voir, chuchota Finn. La manière dont tu la regardes…

Au même moment, Céleste l'aperçut. Elle se raidit et pâlit. La douleur dans son regard lui transperça le cœur.

Elle murmura quelque chose à son amie. Elles se levèrent et se faufilèrent jusqu'au bout de leur rangée pour rejoindre l'allée centrale. Elle s'arrêta un instant pour le regarder de nouveau, son torse se soulevant et s'affaissant comme si elle se retenait de pleurer, puis son amie l'entraîna hors de la salle.

— Ne bouge pas, lui ordonna Finn en enfonçant ses doigts dans son épaule.

Les jambes de Kieran brûlaient de courir derrière Céleste. Toutefois, il resta assis. D'une part, parce que Finn possédait une force étonnante, de l'autre, parce qu'il n'avait rien de plus à lui offrir que les fragments inutiles de son propre cœur brisé.

Des pas lourds retentirent dans le couloir. Assise devant le feu de la bibliothèque, Céleste ne bougea pas de son fauteuil. Les pas se rapprochèrent, entrèrent dans la pièce et se dirigèrent vers le cabinet en acajou où était rangé le whisky.

Sans faire de bruit, Céleste remua les braises avec le tisonnier. Les flammes s'élevèrent en illuminant la bibliothèque.

À l'autre bout de la pièce, Dom fit un bond.

— Juste Ciel, Céleste ! J'ai failli avoir une crise cardiaque.

— Tu te bats sans sourciller avec toute une taverne, alors je doute que la vue de ta sœur te pétrifie d'effroi, répondit-elle. Sers-moi donc un verre, à moi aussi.

— Depuis quand bois-tu du whisky ?

Il la servit néanmoins et lui apporta son verre tandis qu'elle restait affalée dans son fauteuil.

— Cela fait des années que je viens me servir en douce dans le cabinet de papa, expliqua-t-elle. C'est juste que tu n'étais jamais là pour me surprendre.

Elle but lentement. Hélas, la brûlure du whisky ne la réchauffa pas plus que le feu de cheminée. Elle se sentait transie depuis qu'elle avait demandé à Rosalind de la raccompagner chez elle avant même le début du spectacle...

Quand était-ce ? Ce soir ? Cela lui paraissait s'être produit des décennies plus tôt.

— Qui t'a fait du mal ? demanda Dom. Donne-moi son nom et je le réduirai en miettes.

Elle en aurait presque souri. Apparemment, les hommes de sa vie croyaient pouvoir résoudre tous les problèmes par la violence physique.

— Calme-toi, Dom. Il n'y a rien que tu puisses faire.

— Pourtant, quelqu'un t'a blessée, grommela-t-il. Je ne peux pas laisser passer ça.

— Tu devras te faire une raison.

Elle le fixa d'un regard impassible jusqu'à ce qu'il cesse de grogner, soupire et s'assoie sur le tapis. Cette fois, elle ne put retenir un sourire. Peu de choses avaient changé depuis Ratcliff. Les costumes de Dom venaient d'un tailleur de Savile Row, son accent cockney avait disparu, mais il y avait toujours chez lui un petit côté sauvage. Dom était une créature indomptable et le resterait toujours.

Surtout maintenant que Willa était partie.

En prenant une inspiration, elle reconnut les odeurs de la nuit, du tabac et des alcools forts qui s'accrochaient aux vêtements et aux cheveux de son frère. Des larmes lui piquèrent les yeux. Elle connaissait ces odeurs pour les avoir senties lors des nuits passées avec Kieran à explorer les recoins et les secrets de la ville qui avait été, brièvement, son royaume.

Elle ne verrait plus jamais ces endroits, tout comme elle ne serait plus jamais seule avec Kieran. Ils ne partageraient plus ce regard complice quand ils s'apprêtaient à transgresser un nouvel interdit. Elle ne connaîtrait plus jamais sa saveur ni ses caresses. Quel était le pire : n'avoir jamais connu ces plaisirs ou les avoir connus et perdus ?

Trois nuits plus tôt, il avait été sur le point de lui avouer ses sentiments pour elle. L'exaltation qu'elle aurait ressentie autrefois en entendant ces mots s'était transformée en une douleur amère. Cela avait été encore pire ce soir, quand leurs regards s'étaient croisés au théâtre. Le désir ardent dans ses yeux lui avait coupé le souffle et déchiré le cœur.

Elle but une autre gorgée qui n'émoussa pas plus son chagrin. À voir la manière dont Dom sirotait son whisky, il ne semblait guère en meilleur état.

— C'est la fête chez les Kilburn ! déclara-t-elle d'un ton amer en levant son verre.

— Papa disait toujours que l'argent nous rendrait heureux, dit-il en fixant les flammes. Que tout ce qu'il nous fallait, c'était quitter Ratcliff, acheter une belle maison, porter de beaux habits.

— Que nous mangerions du gibier, boirions des vins français de contrebande et que cela nous suffirait.

Il émit un petit son cynique en contemplant le fond de son verre.

— Qu'est-ce que l'argent nous a apporté ? demanda-t-il. Maman est morte. Je ne serai jamais assez bien pour Willa, qui me méprise désormais, avec raison, et toi, tu siffles du whisky comme un capitaine au long cours.

Il resta silencieux un moment, puis reprit :

— Dis-moi qui...

— Arrête.

Elle observa les lignes dures de son profil, qui s'était encore aiguisé. Son frère lui avait toujours fait un peu peur. Les sept années qui les séparaient semblaient contenir des vies entières qu'elle n'avait jamais vraiment comprises. Il y avait des ombres dans son regard qui l'incitaient à s'interroger sur ce qu'il faisait lorsqu'il n'était pas à la maison.

Malgré cela, ou peut-être pour cette raison, elle souffrait pour lui, et sa douleur était rendue encore plus vive par le désespoir qui émanait de lui depuis sa séparation d'avec Willa.

— Tu te souviens de la fois où j'avais trouvé un ruban bleu ? C'était avant qu'on déménage à Hans Town ; je devais avoir six ou sept ans. Je l'avais attaché dans mes cheveux, quelqu'un me l'a volé et je suis rentrée à la maison en pleurs.

— Tu ne m'as jamais dit qui te l'avait volé.

— Si je t'avais donné le nom du voleur, tu l'aurais empalé sur la flèche de St Dunstan. Tu as frappé à toutes les portes à sa recherche.

— Tout le monde dans le quartier était mort de trouille, se souvint-il en riant. Je suis rentré les poches pleines de boutons et de babioles que les gens me jetaient pour avoir la paix.

— N'importe quoi pour tenter d'apaiser le vengeur de Ratcliff.

— Je n'ai jamais débusqué le voleur, mais quelqu'un a déposé le ruban sur un perron pour que je le trouve et je te l'ai rapporté.

— Je l'ai toujours. Il est dans une boîte avec le peigne que papa avait offert à maman pour son anniversaire.

Elle ne pouvait avoir Kieran et devrait endurer toute une vie sans lui… pour protéger Dom comme il l'avait toujours protégée. Toutefois, une épine empoisonnée s'était logée dans son cœur, une épine qui s'appelait rancœur. Sans lui demander son avis, on lui avait imposé d'incarner le statut social de sa famille, et c'était elle qui payait le prix de l'erreur colossale qu'avait commise Dom en abandonnant Willa.

Elle leva son verre en déclarant :

— Je propose un toast.

— À quoi trinquons-nous ? demanda son frère, surpris.

— À toi et moi. Tous les biens matériels que nous pourrions désirer sont à notre portée, et pourtant nous sommes toujours aussi malheureux, incapables de partager nos fardeaux, seuls dans notre angoisse.

Dom leva son verre à son tour.

— À nous. Les Kilburn maudits.

Ils burent en silence.

21

La conversation dans la salle à manger de lord Hempnall était aussi effervescente que le champagne que l'on servait à table tandis que les invités distingués dînaient de mets raffinés préparés par le cuisinier français du vicomte. Une fille de marquis lançait des regards curieux et intéressés à Kieran.

Un mois plus tôt, il n'aurait jamais été invité à cette table, entouré de ces gens respectables dont ses parents voulaient désespérément qu'il fasse partie. L'accueil qu'on lui réservait à présent aurait dû combler tous ses désirs.

— Vous n'aimez pas la grouse, monsieur Ransome ? demanda Mme Cadleigh, assise à ses côtés.

Elle regarda son assiette, qu'il n'avait pratiquement pas touchée.

Il fut à deux doigts de lui rétorquer qu'il avait déjà une mère, merci bien, et n'avait besoin de personne pour lui rappeler de manger.

— Elle est excellente, répondit-il poliment. Toutefois, mon déjeuner beaucoup trop copieux m'a laissé avec trop peu d'appétit pour apprécier ce superbe festin.

Fichtre, sa propre obséquiosité était à vomir.

Pourquoi fallait-il que la lumière soit si forte dans cette salle à manger ? Lord Hempnall avait-il un excès de chandelles à brûler ? Cela donnait à tous les visages des airs de vampire. Sans doute le sien était-il aussi grotesque.

— Après le dîner, nous serons plus nombreux, annonça leur hôte. J'ai invité d'autres amis à nous rejoindre pour une soirée de musique et de danse.

— Quelle excellente nouvelle, bougonna Kieran.

Il pourrait peut-être en profiter pour s'éclipser. Son absence passerait inaperçue dans le flot de nouveaux convives.

Que faisait Céleste en ce moment ? Il brûlait d'envie de la voir. Comme c'était impossible, il broya du noir pendant le reste du repas, ne parlant que lorsqu'on lui adressait la parole. Sans doute était-il en train de détruire tout le beau travail qu'avait fait Céleste pour réhabiliter sa réputation, mais il lui était difficile de s'en soucier alors qu'il la savait malheureuse.

Le dîner s'acheva enfin, et tout le monde monta au salon. L'épouse de lord Hempnall s'assit au piano pendant que les invités s'installaient dans les canapés et que de nouveaux venus commençaient à remplir la pièce.

Kieran se tenait debout dans un coin, un verre de porto à la main, essayant de déterminer quand et comment s'enfuir. Peut-être pourrait-il déclencher un petit incendie et disparaître dans la panique qui s'ensuivrait…

Soudain, Céleste entra.

Deux jours s'étaient écoulés depuis qu'il l'avait aperçue au théâtre. Elle était encore plus pâle que ce soir-là et affichait un sourire aussi factice que les décors peints de l'Impérial. Ce n'était plus la femme débordante de vie qui avait volé son cœur.

Elle le vit à son tour et tressaillit.

Il fit un pas vers elle, mais elle lui fit un signe discret de la tête, lui ordonnant de ne pas bouger. Il fut condamné à la regarder se déplacer parmi les invités. Les autres ne voyaient-ils pas combien elle était malheureuse ? Apparemment pas. Personne ne semblait s'inquiéter pour elle. Tous se contentaient de papoter gaiement et de rire avec insouciance. Bande d'abrutis.

Il aurait dû partir. Il n'avait rien à gagner à rester. Pourtant, il demeura planté là, l'observant comme si elle était une étoile lointaine dont il ne connaîtrait jamais la chaleur.

— Comme c'est aimable à vous de m'avoir invitée, milord, dit Céleste à son hôte.

En secret, elle le maudissait. Lord Hempnall l'avait attirée dans une fête où, en guise de divertissement, les invités pourraient la regarder se désintégrer.

Où qu'elle soit dans le salon, elle sentait le regard de Kieran sur elle. Elle aurait voulu le supplier de regarder ailleurs ; les gens devaient sûrement remarquer la douleur dans ses yeux. Surtout, être dans la même pièce que lui alors qu'ils étaient voués à rester séparés était un supplice.

Une bile acide lui monta dans la gorge lorsque lord Montford entra dans le salon. Il dit quelque chose à lord Hempnall, lequel afficha un sourire radieux. Le comte savait toujours dire aux gens ce qu'ils voulaient entendre, ce qui lui permettait de tourner les situations à son avantage.

Après avoir salué lord Hempnall, Montford se dirigea droit vers elle. Elle aurait dû s'y attendre.

Elle lança un regard inquiet vers Kieran. Celui-ci fixait Montford, parfaitement immobile, tel un arc tendu prêt à décocher sa flèche.

Elle pria avec ferveur qu'il ne fasse rien que tout le monde regretterait plus tard.

Une fois à ses côtés, lord Montford lui glissa sans préambule :

— Vous avez suffisamment tergiversé. Vous avez eu tout le temps de comprendre que j'agis pour votre bien.

— Ah, c'est donc de cela qu'il s'agit ? répondit-elle d'un ton doucereux. Je suis votre bonne action ? Je ne vous ai rien demandé.

Il poussa un soupir agacé.

— Vous semblez déterminée à porter un grave préjudice à votre famille ainsi qu'à vous-même. Heureusement, j'ai la situation bien en main.

Avant qu'elle ait pu lui demander ce qu'il voulait dire par là, il intercepta lord Hempnall, qui passait devant eux.

— Au nom de ma fiancée et de moi-même, je tiens à vous remercier de votre hospitalité.

Le cœur de Céleste s'arrêta de battre. Le salaud ! Il l'avait fait !

— Votre fiancée ? répéta lord Hempnall. Quelle délicieuse surprise !

Depuis son tabouret de piano, lady Hempnall s'exclama :

— Qu'entends-je ? Lord Montford et Mlle Kilburn sont fiancés ?

— C'est ce que je viens d'apprendre de la bouche de lord Montford, répondit son mari. Ce petit cachottier ne m'avait rien dit.

— Elle vient juste d'accepter ma demande, se justifia lord Montford avec un regard tendre vers Céleste.

Un mélange de rage et de désespoir la suffoquait.

— Toutes mes félicitations, ma chère, déclara lord Hempnall en lui prenant les mains. Juste Ciel, vos doigts sont glacés ! Venez donc près du feu pour que nous trinquions à votre prochain mariage.

Céleste lança un regard noir à Montford. Si elle osait le contredire, il n'hésiterait pas à dévoiler à tous son secret, et sa réputation serait ruinée.

— Fiancés.

La voix de Kieran trancha l'air du salon tel un sabre. Il la dévisageait, le regard brûlant, les mâchoires crispées. Ses poings s'ouvrirent et se refermèrent ; les veines de ses mains saillaient.

Il fallait coûte que coûte qu'il contienne sa fureur… pour son propre bien.

Elle l'implora du regard. *Ne faites rien, je vous en supplie.*

— Félicitez-nous, Ransome ! lança lord Montford d'un ton affable.

Toutefois, la menace dans son regard était claire.

L'espace d'un instant, Céleste crut que Kieran allait traverser la salle d'un bond et fracasser le crâne de Montford contre le manteau de cheminée en marbre. Puis, sans un mot, il tourna les talons et sortit du salon. Quelques instants plus tard, ils entendirent la porte d'entrée claquer.

Il y eut un silence, que lord Montford rompit en déclarant joyeusement :

— Il semblerait que M. Ransome ne soit pas un admirateur de l'institution du mariage.

Tout le monde se mit à rire, puis les convives se rassemblèrent autour de Céleste et de lord Montford. Elle ravala sa bile tandis que, l'un après l'autre, les invités présentaient leurs meilleurs vœux de bonheur aux futurs époux.

22

— Je le tuerai ! rugit Kieran en faisant irruption dans son appartement.

Ses mains le démangeaient de frapper quelque chose.

— Tuer qui ? demanda Finn depuis le seuil de sa chambre.

En caleçon et chemise, il se passait un linge humide sur la nuque.

— Cette saleté de lord Montford, cracha Kieran.

Il donna un grand coup de pied dans un tabouret, qui vola à travers la pièce et se fracassa contre le mur.

— Certes, ce poseur est aussi ennuyeux qu'un dimanche après-midi, admit Finn. Mérite-t-il la mort pour autant ? Et j'aimais bien ce tabouret.

— Estime-toi heureux que je me sois arrêté au tabouret car je suis d'humeur à mettre tout l'appartement à sac.

Il se planta devant la cheminée et raconta à son frère comment lord Montford faisait chanter Céleste. Il donna tous les détails de l'histoire, omettant toutefois de dire que Céleste et lui avaient été intimes. À mesure qu'il parlait, Finn devenait de plus en plus immobile.

— Fichtre, marmonna-t-il en s'adossant au mur. C'est sans issue ; elle va devoir épouser cette ordure.

— Je ne le laisserai pas faire, grogna Kieran.

— Tu as une idée en tête ?

— J'ai un plan qui n'est pas encore tout à fait au point. Pour qu'il marche, je vais devoir tout raconter à Dom.

Son frère grimaça.

— Il n'était déjà pas ravi d'apprendre que tu fréquentais sa sœur. Tu pourrais signer ton arrêt de mort.

— Peut-être, mais si cela peut aider Céleste, je prendrai le risque.

Peu lui importait le prix qu'il aurait à payer. Il devait secourir Céleste, il n'avait pas le choix.

Finn retourna dans sa chambre et réapparut quelques instants plus tard avec un pantalon, un gilet et sa veste à la main. Quand Kieran lui lança un regard interrogateur, il expliqua :

— Quelqu'un va devoir tenter de maîtriser Dom pour l'empêcher de t'éviscérer avec son petit doigt.

Kieran le remercia d'un signe de tête. Il attendit que son frère ait fini de s'habiller, puis ils sortirent dans la rue. Il était peu après minuit et une légère brume flottait au-dessus des pavés luisants. De nombreux jeunes gens logeant dans cette partie de la ville, les fiacres ne manquaient pas, et il ne leur fallut pas attendre longtemps avant d'en héler un.

— Où allons-nous, chef ? demanda le cocher.

— À la *Foxhead Tavern*, répondit Kieran en grimpant à bord. Vous connaissez ?

— Oh là, c'est pas très bien fréquenté là-bas, pas vrai ?

C'était précisément la raison pour laquelle Dom aimait ce bouge. Il ne s'était jamais senti à son aise dans les établissements plus huppés et luxueux que fréquentaient les fils de l'élite. En outre, la taverne étant située près des docks, elle lui rappelait sans doute ses débuts, quand sa vie était plus simple.

À mesure que le fiacre se rapprochait du fleuve, des effluves de vase commencèrent à envahir la cabine. Pauvre Dom ! Si la *Foxhead Tavern* était son refuge, il n'allait pas tarder à la détruire après avoir entendu le discours de Kieran.

Kieran, quant à lui, avait du mal à imaginer ces rues poisseuses et tristes comme un refuge. Les frères Ransome et Dominic Kilburn avaient décidément vécu autrefois des vies bien différentes, même s'ils avaient pour point commun de ne s'être jamais vraiment intégrés dans la société.

En y réfléchissant, Kieran se rendit compte que Dom ne se montrait presque plus jamais dans les lieux qu'ils avaient fréquentés ensemble. Depuis son mariage avorté, il se faisait rare. Peut-être leur en voulait-il encore de l'avoir convaincu d'abandonner Willa, à moins qu'il n'ait d'autres raisons.

— Ne comptez pas sur moi pour vous attendre ici, messieurs, les prévint le cocher lorsqu'ils furent arrivés.

Il lança un regard vers trois individus affalés sur une marche qui observaient son véhicule d'un air calculateur.

— Pas même pour ça ? lui demanda Finn en lui montrant discrètement une couronne.

— Même pas pour un billet d'une livre, répondit-il. Bonne nuit, messieurs.

Il fit claquer ses rênes, et le fiacre repartit aussi vite que sa structure branlante le lui permettait.

L'intérieur de la taverne était à peine plus accueillant que sa façade miteuse. Même au cours de leurs virées les plus tumultueuses, Kieran et Finn n'accompagnaient jamais Dom à la *Foxhead Tavern*. Il y avait une différence entre le tumulte et la brutalité à l'état pur. Le plafond bas était parcouru de lourdes poutres d'un autre siècle, noircies par la fumée et la graisse, tout comme les murs. Des clients à la mine maussade étaient voûtés sur leurs chopes de bière autour de tables crasseuses.

Le plus maussade d'entre tous était assis au fond de la salle, dans un coin. Dom sirotait lentement sa bière en tenant sa chope des deux mains, le regard perdu au loin.

Alors qu'ils s'approchaient, Finn glissa à l'oreille de Kieran :

— Si ça tourne mal, je saute par la fenêtre et rentre à la maison.

— Tu es mon frère aîné, n'es-tu pas censé veiller sur moi ?

— Je sais reconnaître une cause perdue quand j'en vois une.

Dom les aperçut et grogna, ce qui pouvait être compris comme un salut ou une mise en garde.

— Ne devriez-vous pas être en train de cirer les pompes de quelque richard en quête d'une épouse ? demanda-t-il, narquois.

— Cette nuit, nous avons préféré venir cirer les tiennes, répliqua Kieran. Y a-t-il un salon privé où nous pourrions discuter ?

Dom ricana.

— La seule pièce privée est celle où ils entreposent les cadavres.

— Dans ce cas, nous nous assiérons à ta table, déclara Finn en prenant place sur le banc d'en face.

Kieran l'imita. Il éprouvait ce que ressentaient sans doute les condamnés approchant des potences sur Old Bailey Road, un mélange de terreur et d'empressement macabre d'en finir.

Sans leur demander ce qu'ils voulaient, le patron plaqua deux chopes devant eux avant de tourner les talons.

Pour gagner un peu de temps, Kieran but une gorgée du liquide suspect avant de se jeter à l'eau.

— Je suis amoureux de Céleste, déclara-t-il en regardant Dom dans les yeux.

Prononcer ces mots à voix haute était terrifiant et libérateur à la fois. Le tourbillon d'émotions en lui se calma comme par enchantement.

L'espace de quelques secondes, son ami le dévisagea sans la moindre réaction. Sa mâchoire paraissait moulée dans l'acier et sa voix de même lorsqu'il demanda enfin :

— Quels sont ses sentiments pour toi ?

— Je crois qu'elle m'aime aussi, répondit Kieran. Je l'espère de tout mon cœur. Mais même si ce n'est pas le cas, je dois l'aider. Elle a de gros ennuis.

— Quel genre d'ennuis ?

Il attrapa soudain Kieran par la cravate.

— C'est ta faute ? Hein, c'est à cause de toi ?

Kieran eut toutes les peines du monde à dénouer les doigts de Dom de son cou.

Se laissant retomber sur le banc, il toussa puis inspira profondément. L'air rance et enfumé de la taverne le fit tousser de nouveau. Finn lui tendit sa chope, et il but une longue gorgée en grimaçant.

— C'est notre faute à tous, reprit-il d'une voix rauque. La mienne, la tienne, celle de ton père. Savais-tu que Ned l'a rendue responsable de la réputation de votre famille ? Pendant que tu te bagarrais dans les tavernes, elle devait s'assurer que les Kilburn seraient reçus dans les meilleurs cercles.

— Non, je ne le savais pas, maugréa Dom. Je ne lui aurais jamais imposé ça.

— Elle a été enfermée dans une cage pendant trop longtemps. Elle avait besoin de se libérer. Nous avons conclu un accord : elle m'introduisait dans des réceptions mondaines où je pouvais rencontrer des épouses potentielles, en échange de quoi je lui faisais connaître des lieux londoniens de moins bonne réputation.

— Tu as fait quoi ? rugit Dom.

— Je l'ai aidée à vivre la vie à laquelle elle aspirait, répliqua Kieran. Ton père et toi l'avez enchaînée à toutes les obligations de la respectabilité. Elle étouffait.

— Et tu es intervenu par pure charité chrétienne, railla Dom.

— J'avoue qu'au début j'ai agi dans mon propre intérêt. Je ne connaissais personne de plus respectable que Céleste. J'ai pensé que ce serait inoffensif et facile pour moi de l'emmener dans une maison de jeu ou à l'une des fêtes de Longbridge. Puis j'ai vu ce que cela représentait pour elle. Elle était maîtresse d'elle-même ; personne ne décidait pour elle. Elle vivait enfin, libérée du carcan des convenances. Et sa joie…

Ému par le souvenir de l'assurance croissante de Céleste au Jenkins's et de la manière dont elle s'était délectée de sa liberté lors de la fête, il dut s'interrompre un instant pour s'éclaircir la voix.

— C'était tellement beau à voir, reprit-il. Elle était magnifique, libre et sauvage. Je n'ai pas pu m'empêcher de tomber amoureux. Comment ne pas l'aimer ? La voir s'épanouir et découvrir tout ce qu'elle était et pouvait être était un spectacle merveilleux.

Les mâchoires crispées, Dom ne parlait pas. Finn non plus. Il regardait son frère comme s'il observait un loup à qui il serait soudain poussé des ailes. De fait, parler de Céleste donnait à Kieran l'impression de voler, de planer dans le ciel ou de s'élever à des hauteurs vertigineuses.

Il plaqua soudain ses mains sur la table et se pencha en avant.

— Mais si on ne fait rien, ce scélérat de Montford lui volera sa joie.

— Je me suis toujours méfié de ce flagorneur, grommela Dom.

— Il la fait chanter, expliqua Kieran. Il prétend avoir des preuves de nos aventures nocturnes et menace de les divulguer à tous si elle refuse de devenir son épouse. Le pire, c'est qu'elle se soumet pour te protéger. Pour nous protéger aussi, Finn et moi. Parce que si elle tombe, nous tomberons aussi, et elle est trop bonne pour laisser cela arriver.

L'air coupable, Dom se passa rageusement une main dans les cheveux.

— Bon sang, je ne savais rien de tout cela. Je ne l'aurais jamais laissée se sacrifier pour la famille.

— Je l'aime, Dom, répéta Kieran. Cependant, ce dont elle a besoin avant tout, c'est d'être libre. Si elle ne veut pas de moi, je la laisserai partir, mais ce doit être son choix.

— On ne peut pas simplement tabasser Montford à mort ? grommela Dom.

— Il a pris des dispositions pour se protéger. S'il lui arrive quoi que ce soit, tout le monde saura quand même ce qu'a fait Céleste.

— Et si elle s'enfuyait ? En Amérique ou en Australie ?

— J'y ai déjà pensé. Les conséquences seraient les mêmes.

— Montford a pensé à tout, soupira Finn. Qui aurait cru que ce crétin était un bon stratège ?

Les trois hommes restèrent silencieux un moment, broyant du noir. La pluie ruisselait le long des vitres crasseuses pendant que les autres clients s'attelaient avec application à se soûler.

Kieran les aurait imités s'il n'avait dû garder la tête froide pour la suite.

— J'ai un plan, annonça-t-il.

Il attendit que Dom et Finn relèvent la tête vers lui avant de poursuivre :

— J'ai besoin de votre aide. C'est risqué, mais si cela fonctionne, Céleste sera libre. Elle pourra aller où elle voudra, faire ce que bon lui semble.

Il prit une longue inspiration.

— Elle pourra enfin décider de ce qu'elle veut faire de sa vie. Si ses projets ne m'incluent pas, je jetterai des pétales de rose sur le chemin qui l'éloignera de moi et la regarderai partir sans un instant de regret. J'en mourrais, mais je ferais n'importe quoi pour qu'elle soit heureuse.

23

Assise à son bureau, Céleste contemplait le carton d'invitation élégamment calligraphié. Si le texte était clair, son sens la laissait perplexe.

M. Kieran Ransome serait honoré de votre présence le mercredi 20 mai, à la résidence du comte et de la comtesse de Wingrave, à 21 heures.

Il y aura de la musique, de la danse et une collation.

Dessous était griffonné à la main :

Je vous en prie, venez. Le mal peut encore être réparé.

K.

Qu'est-ce que cela signifiait ? Kieran donnait à présent des réceptions mondaines ? Sa vie avait vraiment changé, notamment grâce à elle. La joie qu'elle ressentait pour lui était tempérée par la fureur que lui inspiraient sa propre situation et la profonde tristesse d'avoir définitivement perdu sa liberté. Elle avait beau réfléchir, elle ne trouvait aucun moyen de s'extirper de la toile empoisonnée de lord Montford.

On toqua à la porte de sa chambre, et son père passa la tête par l'entrebâillement. Il agita un carton qui ressemblait exactement à celui qui était posé sur son bureau.

— Tu en as reçu une aussi ? demanda-t-il.

— Oui.

— Ransome a ajouté un message en bas de l'invitation en m'enjoignant de venir. De quoi s'agit-il ?

— Aucune idée. Tu iras ?

— Pourquoi pas ? répondit son père avec un haussement d'épaules. Puisque Ransome insiste pour que je vienne.

Son père se tut un moment, puis demanda :

— Lord Montford sera présent lui aussi ?

— Il ne m'en a pas parlé.

Depuis cette horrible soirée chez lord Hempnall trois jours plus tôt, le comte lui rendait visite avec une régularité horripilante. Il avait tenu à ce qu'elle vienne faire un tour dans sa calèche dans Rotten Row, puis qu'elle l'accompagne pour une promenade au parc, puis qu'ils aillent prendre le thé chez *Gunter's* (alors qu'elle préférait chez *Catton's*).

Chez *Gunter's*, il lui avait annoncé que les bans seraient publiés la semaine suivante.

— Tu aurais pu me prévenir que vous aviez officialisé vos fiançailles, dit son père d'un ton de reproche.

— C'est arrivé comme ça.

Une manière de dire qu'elle avait été contrainte par chantage à accepter d'épouser un homme qu'elle méprisait.

Son père s'avança dans la chambre.

— J'aurais cru que tu paraîtrais plus heureuse qu'il ait enfin fait sa demande. Nous venons de Ratcliff et tu t'es dégoté un comte. Bravo, ma fille. Ta mère et moi avions de grands rêves pour toi, et il les réalisera.

Céleste ne répondit pas. C'était se taire ou balancer le contenu de son bureau à travers la pièce, ce qu'elle ne pouvait pas se permettre sans avoir ensuite à s'expliquer.

— Nous n'aurons qu'à aller ensemble chez M. Ransome, proposa-t-elle pour changer de sujet.

— As-tu une robe pour la réception ?

— Je suis sûre que je trouverai quelque chose dans ma garde-robe.

— Achètes-en une nouvelle, grogna-t-il en enfonçant les mains dans ses poches. Je veux que ma petite étoile éclipse tous ces aristos.

— La réception est demain, lui rappela-t-elle. Mme Jacqueline n'aura pas assez de temps.

En outre, l'idée de devoir choisir des tissus, des rubans, des ornements et une foule d'autres détails l'épuisait. Sans parler des essayages, qu'elle avait toujours détestés.

— Propose-lui plus d'argent. Tout ce qu'il faudra. Je veux le meilleur pour mon étoile.

Il tapota sa joue de ses doigts calleux. Il n'avait plus porté de caisse depuis des années mais possédait toujours des mains rugueuses de travailleur.

Lorsqu'il quitta sa chambre, elle laissa retomber son masque enjoué. Elle reprit l'invitation et l'étudia. Kieran devait avoir une sorte de plan. Une petite lueur d'espoir s'alluma en elle, qu'elle éteignit aussitôt avant qu'elle grandisse. C'était ce qu'elle faisait lorsqu'elle était petite à Ratcliff avec les pissenlits qui tentaient de percer entre les pavés de la rue. Elle les arrachait car il était trop douloureux de les voir lutter pour fleurir dans un décor aussi désespéré, pour ensuite se flétrir et être piétinés par la foule.

Quand il y avait tant en jeu, elle ne s'autorisait pas à espérer.

Dans la voiture qui la conduisait avec son père et, étonnamment, Dom à Wingrave House, Céleste était rongée par l'angoisse. Son père et son frère n'étant pas bavards de nature, ses efforts pour faire la conversation s'étaient vite épuisés et ils voyagèrent en silence.

— Tu n'as aucune raison d'être nerveuse, lui dit soudain Dom.

— Pourquoi le serait-elle ? ronchonna son père. Elle a assisté à près d'une centaine de ces réceptions mondaines et son comportement a toujours été impeccable. Pas vrai, ma petite étoile ?

Avant que Céleste ait pu rétorquer qu'elle en avait par-dessus la tête d'avoir un comportement impeccable, Dom déclara énigmatiquement :

— Ce sont plutôt les aristos qui auront besoin de se tenir à carreau.

À sa stupeur, il se pencha en avant et prit sa main dans la sienne.

— Aie confiance, petite étoile, murmura-t-il.

— Confiance en quoi ? demanda-t-elle.

Dom lança un bref regard vers leur père, qui les observait attentivement.

— En *qui*, répondit-il simplement avant de lâcher sa main.

L'esprit assailli par toutes sortes d'hypothèses, elle tenta de se distraire en lissant les plis de sa nouvelle robe. Elle l'avait choisie en pensant à Kieran, sachant qu'un esthète tel que lui apprécierait les reflets de la soie turquoise moirée à la lumière des chandelles. Toutefois, en se regardant dans le miroir avant de sortir de sa chambre, elle avait constaté que la couleur vive n'atténuait en rien la pâleur de son teint. Dolly avait fait de son mieux pour cacher ses cernes avec de la poudre. Hélas, certaines batailles étaient perdues d'avance.

Elle s'efforça de faire preuve d'optimisme. Peut-être lord Montford serait-il à la soirée (quoiqu'il soit peu probable que Kieran l'ait invité) et, la voyant dans ce triste état, prendrait-il pitié et mettrait-il un terme à cette mascarade de fiançailles... Mais non, jamais cela ne se produirait. Lord Montford s'était convaincu qu'il la secourait et, dans son empressement à jouer les sauveurs, il verrait dans sa santé défaillante un autre signe qu'il devait intervenir.

Quel être odieux ! Elle imaginait toute une série de scènes violentes qui se terminaient invariablement par la mort atroce de lord Montford. Comme elle ne pourrait jamais le tuer, il ne lui restait qu'à prier pour que, quoi qu'il advienne au cours de cette soirée, il y ait assez de vin pour engourdir ses émotions.

Leur voiture s'arrêta devant Wingrave House et elle en descendit, suivie de son frère et de son père. Ils entrèrent dans l'imposant hôtel particulier, où un valet prit leurs manteaux et leurs chapeaux avant de les conduire vers un salon à l'étage.

En montant l'escalier, elle fut frappée par le cadre luxueux et les meubles de famille patinés par le temps qui avaient été transmis de génération en génération. C'était là le cadre somptueux dans lequel Kieran était né. Cependant, il y avait une certaine froideur dans tous ces objets et portraits, comme s'ils encourageaient délibérément une distance entre eux et ceux qui les regardaient.

Elle pouvait comprendre que Kieran ait cherché du plaisir ailleurs. Si ses parents étaient présents ce soir, elle aurait du mal à ne pas les fusiller du regard pour avoir tenté de réprimer les émotions et la nature poétique de leur fils.

— Prête, petite étoile ? lui demanda son frère.

Ils approchaient du grand salon d'où leur parvenaient de la musique et des voix, y compris celle de Kieran. Le ventre de Céleste se noua, et elle inspira profondément pour calmer ses nerfs.

— Je suis prête, Dom.

Les trois Kilburn pénétrèrent dans la vaste pièce. Bien qu'elle n'eût pas les proportions massives d'une salle de bal, elle était assez grande pour contenir un coin salon, un piano à queue et un espace dégagé où des couples dansaient une gavotte.

De toute évidence, Kieran avait parfaitement réussi à redorer son blason. La pièce était remplie de membres respectables de la haute société. Céleste aperçut le duc et la duchesse de Greyland, lord Hempnall, ainsi que de nombreux représentants estimés de l'aristocratie terrienne tels que Mme Lapley. Même M. Longbridge était présent, l'air plus convenable que lors de sa propre fête. Il regarda dans sa direction mais, s'il la reconnut, il n'en montra rien.

Céleste balaya l'assistance du regard à la recherche de Kieran. Dès qu'elle l'aperçut, tout l'amour qu'elle ressentait pour lui remonta à la surface. Il était superbe dans sa veste noire, sa chemise et son pantalon blancs. Il discutait avec son frère, son père et une dame brune qui tournait le dos à la porte. Lorsqu'elle entra dans la pièce, il abandonna aussitôt ses interlocuteurs et vint vers elle.

— Monsieur Kilburn, Dom, dit-il en saluant son père d'un bref signe de tête et en serrant la main de Dom.

Il s'inclina devant elle.

— Mademoiselle Kilburn.

— Ransome, répondit son père. On me dit que vous êtes enfin devenu respectable.

— Je m'y efforce, monsieur. Toutefois, mes efforts auraient été vains sans les généreuses interventions de votre fille.

Le père de Céleste grommela quelque chose dans sa barbe, puis les quitta pour se diriger vers le comte qui lui faisait signe de la main.

— Tout est prêt ? demanda Dom à Kieran.

— Qu'avez-vous manigancé ? chuchota Céleste.

— Je…

Kieran s'interrompit brusquement. Lord Montford venait d'apparaître sur le seuil de la pièce. Dom et lui se figèrent telles deux statues. Dom était donc lui aussi au courant du chantage du comte. Il était miraculeux qu'il ne se précipite pas sur lord Montford et ne le plaque pas au sol pendant que Kieran le rouait de coups.

Lord Montford s'avança vers eux avec un sourire suffisant, en homme qui ne doutait pas d'être le vainqueur et d'être intouchable. Le pire était qu'elle ne pouvait le nier : il avait gagné.

— Va te chercher à boire, Dom, glissa Kieran.

— Pas question, rétorqua son frère.

— Vas-y, Dom, insista Kieran. Tout est en place.

— Je t'en prie, Dom, chuchota Céleste. Tu as un regard d'assassin et je ne tiens pas à ce que tu te retrouves devant un juge par ma faute.

Son frère grogna avant de s'éloigner.

— Qu'est-ce qui est en place ? demanda Céleste.

Avant que Kieran ait pu répondre, lord Montford les rejoignit et glissa une main sous le bras de Céleste d'un geste possessif. Un muscle dans la mâchoire de Kieran tressauta.

— Vous voilà, ma chère ! s'exclama le comte. J'espère que vous étiez en train d'inviter M. Ransome à nos noces.

— Non, répliqua-t-elle sèchement.

— Alors permettez-moi de le faire. Je vous en prie, dites-moi que vous viendrez, Ransome. Certes, la cérémonie sera sans doute trop matinale pour vous, mais le banquet aura lieu à une heure qui vous conviendra mieux.

Kieran ne se laissa pas démonter par sa raillerie et répondit aimablement :

— J'aimerais vous présenter quelqu'un, lord Montford.

— Vraiment ? répondit le comte en haussant les sourcils. Je crois pourtant connaître tous les invités, certains plus intimement que d'autres.

Il baissa les yeux vers Céleste avec l'air d'un homme inspectant sa vache préférée.

Elle serra les mâchoires. Pourquoi n'était-il pas acceptable pour une jeune femme de hurler de rage en public ?

Kieran afficha un sourire qui ressemblait à la grimace d'un prédateur montrant ses crocs avant de mordre sa proie.

— Oh, peut-être la connaissez-vous déjà. Mais accompagnez-moi tout de même, je vous prie. Vous aussi, mademoiselle Kilburn.

Sans attendre, il se dirigea d'un pas assuré vers l'endroit où son père et son frère discutaient toujours avec la femme brune qui se tenait de dos. Elle avait la même taille et la même silhouette que Céleste. Sa robe couleur bronze était un tantinet trop moulante pour une soirée aussi convenable et attirait l'attention des messieurs.

Les têtes se tournèrent pour suivre Céleste, Kieran et le comte qui approchaient de la dame brune.

Kieran s'éclaircit la voix, et la dame se retourna. Céleste sursauta.

C'était Lottie, la femme qu'elle avait rencontrée lors de la soirée à l'Impérial. Que faisait-elle là ?

Lottie leur adressa un sourire charmant.

Céleste lança un regard inquiet à Kieran. À quoi jouait-il ?

— Lord Montford, mademoiselle Kilburn, permettez-moi de vous présenter Mlle Salomé O'Keefe, une de mes bonnes amies qui est rentrée depuis peu à Londres après avoir passé quelques années sur le continent.

Les méninges de Céleste tournaient à toute allure.

— Mlle… comment ? balbutia lord Montford.

— Salomé O'Keefe, répondit Lottie en faisant une révérence.

Elle utilisait le même ton et le même accent que Céleste lorsqu'elle était Salomé. Céleste se souvint qu'au cours de la soirée à l'Impérial beaucoup de convives avaient remarqué à quel point Lottie et elle se ressemblaient.

— Nous nous sommes déjà rencontrés, lord Montford, déclara Lottie. Dans une compagnie un peu moins distinguée que celle-ci. La discrétion m'interdit d'en dire plus. J'ai été élevée à l'étranger, voyez-vous. Les règles de conduite y sont un peu moins contraignantes qu'en Angleterre.

S'efforçant de calmer l'espoir qui montait en elle, Céleste lui dit :

— Vous devez trouver Londres bien calme, mademoiselle O'Keefe.

Lottie émit un petit rire charmant.

— Pas toujours. Heureusement, M. Ransome a souvent la galanterie de m'accompagner dans mes sorties afin que je ne fasse pas l'objet d'attentions déplacées.

Elle se tourna vers lord Montford, qui rougissait à vue d'œil.

— Néanmoins, je suis toujours surprise de constater que certains aiment fréquenter des lieux aussi divers.

— J'ai présenté Mlle O'Keefe à ma famille ainsi qu'à tous mes invités de ce soir, déclara Kieran d'une voix suave.

— Cela inclut sans doute Mme Lapley ? demanda Céleste avec un sourire.

Elle entrevoyait enfin la possibilité d'être libérée et avait du mal à cacher son euphorie.

— Naturellement, répondit Kieran. Toute la haute société est suspendue aux lèvres de cette dame si respectée.

Il regarda directement lord Montford en poursuivant :

— Elle ne manquera pas de rapporter à tous que Mlle Céleste Kilburn a rencontré Mlle Salomé O'Keefe ici ce soir, devant tant d'autres personnes de renom.

— Nous nous sommes rencontrés au théâtre, n'est-ce pas, mademoiselle O'Keefe ? demanda Finn qui venait de s'approcher avec Dom.

— Je me rends souvent au théâtre, et je me rappelle parfaitement vous y avoir croisés tous les deux, répondit Lottie avec un sourire. J'espère que vous avez été sages.

— Jamais, répondit Dom.

Céleste jubilait. Lord Montford ne pourrait jamais l'accuser d'être Salomé puisque Salomé se tenait à moins de deux mètres d'elle devant une abondance de témoins, y compris des membres prestigieux de l'élite londonienne, un duc et une duchesse, le comte et la comtesse de Wingrave ainsi que toute la famille de Céleste.

Elle vit avec délectation le teint de lord Montford passer du rouge au pourpre avant de pâlir soudain.

— Excusez-moi, marmonna-t-il. Je viens de me souvenir que j'avais une autre invitation et… Avec votre permission.

Les gestes raides, il s'inclina, tourna les talons et se dirigea vers la porte.

Kieran le rattrapa et lui prit le bras.

— Un instant. J'aimerais vous toucher deux mots avant que vous partiez.

Il l'entraîna dans le couloir. Céleste marmonna des excuses et les suivit. Une fois dans le couloir, elle vit Kieran pousser le comte dans une autre pièce, puis elle entendit le bruit sourd d'un corps qui heurtait un meuble avant de s'effondrer au sol.

Elle se précipita dans ce qui semblait être un petit salon. Lord Montford était étendu par terre, sur le dos. Kieran le surplombait, l'air féroce et les poings serrés.

— C'est fini, Montford, dit-il d'une voix tranchante. Désormais, vos accusations ne seront plus crédibles.

Lord Montford lança un regard affolé à Céleste.

— Je ne faisais que vous aider, gémit-il.

— Je ne vous ai jamais demandé votre aide, ou ce que vous prétendez être de l'aide.

Pour faire bonne mesure, elle ajouta :

— Ordure !

— Tout vaurien que je suis, j'ai aujourd'hui de nombreux amis puissants, déclara Kieran d'une voix calme, presque indolente. Des ducs et des comtes qui pourraient vous rendre la vie très, très désagréable si vous n'y prenez pas garde.

Il avança d'un pas et lord Montford recula précipitamment sur le dos, tel un crabe.

— Vous n'essaierez plus jamais de faire chanter qui que ce soit, poursuivit Kieran. Ni

Mlle Kilburn ni personne d'autre. Me suis-je bien fait comprendre ?

Comme lord Montford ne répondait rien, il répéta :

— Me suis-je bien fait comprendre ?

— O-o-oui, bredouilla le comte.

— Employer des méthodes de malfrat n'était pas une bonne idée, déclara Kieran avec un petit rire. C'est mon territoire, vous n'êtes qu'un amateur.

— Autre chose, dit Céleste en se penchant vers le comte. Vous direz à tout le monde que nous avons rompu nos fiançailles d'un commun accord. Il n'y aura pas de représailles, de coups bas, de médisances sur mon père, mon frère ou moi. Compris ?

— Oui, répondit le comte, le visage blême.

— À présent, partez, ordonna-t-elle.

Lord Montford bondit sur ses pieds et se précipita hors de la pièce. Ils entendirent ses pas dévaler l'escalier puis la porte d'entrée se refermer.

Elle se tourna vers Kieran. La pièce n'était éclairée que par le feu de cheminée dont la lueur baignait un côté de son visage d'une lumière dorée, laissant l'autre dans l'ombre. Elle sentait vibrer en elle une pulsion sauvage qu'elle ne parvenait pas à libérer. Elle avait été prise dans un carcan pendant si longtemps que son absence soudaine lui faisait un peu peur.

Était-ce bien réel ? Comment pouvait-elle croire à sa chance ? Surtout quand Kieran ne faisait pas un pas vers elle.

— Je n'ai fait que vous libérer, rien de plus, dit-il d'une voix posée. Quelle que soit votre décision, je la respecterai. Je n'ai pas agi pour vous faire mienne.

Le cœur battant, elle demanda :

— Cela signifie-t-il que vous ne voulez pas de moi ?

Il la dévisagea avec une telle intensité qu'elle trembla.

— Je vous veux, Céleste. De tout mon cœur.

Elle faillit défaillir de joie.

— Je vous veux aussi, Kieran.

Puisant dans le courage qu'elle savait désormais posséder, elle ajouta :

— Je vous aime.

Il s'approcha enfin et prit son visage entre ses mains.

— Avant vous, je pensais que ma vie me suffisait. Je faisais ce qui me plaisait sans me préoccuper des autres.

— Cela me paraît être un bon programme, murmura-t-elle.

— Je le croyais. Quand nos familles nous ont posé leur ultimatum, j'ai pensé pouvoir exploiter la situation à mon avantage. Mon intention était de me servir de vous pour obtenir ce que je voulais.

— Je savais que je n'étais qu'un moyen d'arriver à vos fins. Je ne me berçais pas d'illusions.

— Moi, si. Je vous prenais pour une demoiselle collet monté, peut-être un peu blasée, cherchant un moyen de briser un moment sa routine. J'étais aveugle, Céleste. Parce que vous êtes… un ouragan contenu dans un corps de femme, une force inimaginable. Quand vous m'avez obligé à vous accompagner la nuit, j'ai eu l'impression d'assister à la naissance d'un nouvel univers. J'ai eu l'immense chance d'en être témoin. Cependant, je suis sincère : si votre désir est d'être libre, je m'effacerai.

Elle ravala son souffle, étourdie par l'énormité de ce qu'il venait de dire.

— Vous n'irez nulle part, répondit-elle. C'est vous que je choisis, pour toujours.

Il trembla, et ses yeux se couvrirent d'un voile brillant.

— Quand je suis avec vous, les muses ne me parlent pas, elles chantent, dit-il. Laissez-moi vous inspirer à mon tour et vous aider à accéder aux sommets auxquels vous êtes destinée. Si je peux être un tout petit fragment de votre voyage, je mourrai en homme comblé. Parce que je vous aime.

Cette fois, elle ne retint pas ses larmes.

— Kieran…

— Céleste, répondit-il comme si son prénom était une prière sur ses lèvres. Je suis fait pour vous aimer.

— Voulez-vous…

Elle reprit son souffle avant d'achever :

— Voulez-vous m'épouser ?

— Oh oui, répondit-il en fermant les yeux.

— Mais j'ai une condition.

Il rouvrit les yeux et la regarda avec gravité.

— Tout ce que vous voudrez.

Elle posa les mains sur son torse et sentit son cœur battre contre ses paumes.

— Si nous nous marions, je ne veux pas d'un ancien voyou réformé et sage. Je vous veux, *vous*. Mon poète fou. Je veux partager toutes sortes d'aventures avec vous. Je veux que nous explorions le monde main dans la main, ensemble.

— C'est exactement ce que je veux aussi.
— Kieran…
— Oui, mon amour ?
— Embrassez-moi.

Avec un feu joyeux dans les yeux, il lui leva le menton et prit ses lèvres. Ils s'embrassèrent voracement, mus par un besoin trop longtemps frustré. Elle se pressa contre lui, joignant sa force à la sienne. Son corps s'embrasa aussitôt, réclamant toujours plus.

Elle s'écarta, à bout de souffle.

— Grâce à vous, je viens d'éviter le scandale. Ce ne serait sans doute pas très sage de notre part de faire l'amour ici alors que nos familles se trouvent dans la pièce à côté.

— Quand avons-nous été sages ?

— Très juste.

— Néanmoins, lorsque nous ferons l'amour, ce sera dans de bonnes conditions, car j'ai la ferme intention de prendre tout mon temps.

Un délicieux frisson la parcourut, et elle se retint de se jeter de nouveau dans ses bras. Elle lança un regard vers le couloir.

— Nous devrions retourner auprès des autres, dit-elle, nerveuse. Il nous reste du travail à accomplir.

— Je suis avec vous, répondit-il d'une voix assurée.

Il lui tendit la main et elle la prit.

Ils se dirigèrent vers le grand salon. Bien qu'elle eût aimé garder leurs doigts entrelacés, elle le lâcha pour prendre son bras avant d'entrer dans la pièce.

De nombreux visages se tournèrent vers eux, y compris ceux de leurs familles respectives. Dom et Finn affichaient des sourires satisfaits. Plus tard, elle les remercierait pour leurs rôles dans le stratagème de Kieran. Pour le moment, il y avait une autre urgence.

Kieran devait penser la même chose car il lui demanda à voix basse :

— Puis-je parler à votre père ?

— Nous allons lui parler ensemble.

Il hocha la tête, et ils s'avancèrent vers Ned Kilburn qui les observait d'un air légèrement perplexe.

— Pourrions-nous discuter un instant, monsieur Kilburn ? demanda poliment Kieran.

Surpris, son père hocha la tête, et ils se déplacèrent dans un coin tranquille du salon.

— De quoi s'agit-il ? demanda son père.

— Papa, Kieran et moi allons nous marier, annonça Céleste.

Il sursauta.

— Mais je croyais que c'était lord Montford qui t'épousait ?

— Il ne m'a jamais fait officiellement sa demande, expliqua-t-elle. Et je ne l'ai jamais acceptée.

— Mais… c'est un comte. Montford sera un jour marquis. Ce…

Il lança un regard vers Kieran.

— … garçon n'est qu'un fils benjamin. Ce n'est pas un héritier.

— Cela n'a aucune importance, répondit Céleste. Ce qui compte, c'est le cœur, et personne n'en a de meilleur que Kieran.

Kerian lui adressa un regard reconnaissant.

— Merci, mon amour.

— Montford le prendra mal, objecta son père, l'air sombre. Nous serons bannis de la bonne société.

— J'en ai assez que le statut social de la famille repose entièrement sur mes épaules, riposta-t-elle. Il était injuste de me l'imposer. Je n'ai pas demandé à être le porte-étendard de notre réputation. Si cela compte tant pour toi d'être accepté par la haute société, papa, tu n'as qu'à aller aux thés, aux bals et parler de frivolités avec les aristocrates.

Pris de court par sa véhémence, son père cligna des yeux.

Céleste n'en avait pas terminé.

— Qui se soucie de ce qu'ils pensent ? Quelle importance qu'ils nous acceptent ou pas ? Ils ne sont pas meilleurs que nous. Et je vais te dire autre chose, papa : je suis fière de venir de Ratcliff. C'est un quartier de braves gens, de travailleurs qui aiment leur famille. Je refuse d'avoir honte de mes origines. Tu devrais en faire autant.

— Ils nous mépriseront, protesta son père.

— Et alors ? L'important est de ne nuire à personne et d'aider son prochain. Je travaille avec les gens de Ratcliff en ce moment même, pour les aider à apprendre à lire et à écrire. Si cela fait ricaner, je m'en contrefiche. Si tu as honte de ton passé, c'est ton combat, pas le mien.

Son père était abasourdi.

— Vous devriez être fier d'elle, déclara Kieran. De ce qu'elle est et de ce qu'elle veut accomplir. Il n'existe pas de meilleure personne au monde. Cela devrait vous combler de joie, monsieur Kilburn.

Céleste lui sourit, une larme de joie coulant sur sa joue. Il l'essuya tendrement du pouce.

— Je...

Son père semblait sous le choc, et elle redoutait sa réponse. Cependant, quoi qu'il dise, elle savait qu'elle faisait le bon choix. Elle suivait la voie de son cœur, et personne, pas même son propre père, ne pourrait l'en détourner.

Puis son père soupira et hocha lentement la tête.

— Je... je suis désolé, ma petite étoile. J'étais trop occupé à essayer d'atteindre un objectif qui me paraissait précieux. Si cela te coûte ton bonheur, c'est que j'ai été un mauvais père. Je t'aime, ma fille. Je vous aime, toi et ton frère. Votre bonheur est tout ce qui compte.

Il prit ses mains dans la sienne et les serra. Des larmes brillaient dans ses yeux. C'était la seconde fois seulement que Céleste voyait son père pleurer.

Il lança un regard noir vers Kieran et reprit :

— Mais es-tu sûre de vouloir épouser ce voyou ? Je ne vois pas en lui l'étoffe d'un bon mari.

— C'est vrai que, par le passé, mon comportement a été un peu... discutable, admit Kieran. Mais, monsieur Kilburn, je l'aime.

— L'amour ne suffit pas toujours pour garder un vaurien à la maison.

— Quand Céleste sera à la maison, je serai auprès d'elle. Lorsqu'elle sortira, je l'accompagnerai. Où qu'elle soit, vous me trouverez à ses côtés.

Le regard de Ned Kilburn s'adoucit. Il se tourna vers Céleste.

— C'est ce que tu veux, ma chérie ? Tu lui fais confiance ?

— Entièrement, papa, répondit-elle sincèrement. Je lui ai donné mon cœur et je sais qu'il le protégera.

— Dans tout mariage, il y a des hauts et des bas, prévint-il. Des moments de colère et de chagrin.

— Il est bon d'avoir quelqu'un à ses côtés pour les affronter, et c'est lui que je choisis.

Les yeux humides, son père resta silencieux un long moment, puis il déclara :

— Dans ce cas, tu as ma bénédiction, ma fille. Celle de ta mère aussi. Même si elle est absente, elle est toujours là.

Il tapota la poitrine de Céleste puis celle de Kieran.

Émue aux larmes, elle déposa un baiser sur la joue de son père.

— Merci, papa.

— Merci, monsieur Kilburn, ajouta Kieran en lui serrant la main. Votre fille est un cadeau précieux. Je vous remercie de l'avoir amenée dans ce monde.

— Tout ce qu'elle est, elle ne le doit qu'à elle-même, répondit son père en se séchant les yeux.

— Nous devrions le dire à tout le monde, déclara Céleste.

Kieran et son père acquiescèrent, et ils rejoignirent les autres.

— Chers amis, lança Kieran d'une voix assez forte pour que tous puissent l'entendre. En réalité, le but de cette soirée est de fêter nos fiançailles.

— M. Ransome et moi allons nous marier, ajouta Céleste.

Il y eut un bref silence de stupeur avant une explosion d'applaudissements et de hourras. Les invités se demandaient sans doute comment Céleste, qui était arrivée à cette réception prétendument fiancée avec un homme, pouvait annoncer ses fiançailles avec un autre moins d'une heure plus tard. Mais, parfois, la meilleure stratégie était de faire comme si de rien n'était.

Les parents de Kieran rayonnaient. Céleste ne les avait jamais vus aussi heureux en présence l'un de l'autre.

— Quelle merveilleuse nouvelle ! s'exclama fièrement lady Wingrave. Tu ne pouvais pas trouver jeune femme plus respectable.

— Au moins l'un de vous s'efforce-t-il de répondre à nos exigences, ajouta lord Wingrave avec un regard entendu vers Finn.

Celui-ci fixa le plafond d'un air détaché.

— Cela n'a rien à voir avec vous ni avec vos désirs, répondit Kieran. C'est une décision qui ne concerne que Céleste et moi.

Ses parents parurent décontenancés, comme s'ils ne pouvaient concevoir que leur fils existe indépendamment d'eux.

Céleste se pencha vers Kieran et lui glissa à l'oreille :

— Tu es extraordinaire et tu mérites d'être célébré. Ce sont des sots s'ils ne le voient pas. Moi, je le vois et je le verrai toujours.

Les yeux noirs de Kieran étaient remplis d'amour lorsqu'il porta sa main à ses lèvres et l'embrassa. Peu leur importait qu'on juge cette démonstration publique d'affection maladroite ou déplacée. Seul comptait l'avenir qui s'ouvrait devant eux.

Les invités leur portèrent des toasts à tour de rôle. Céleste et Kieran échangèrent un regard entendu. Aux yeux de tous, elle était la respectabilité incarnée.

Son fiancé et elle savaient qu'il n'en était rien.

24

Kieran traversa les pièces de l'appartement en se déshabillant. Il laissa tomber au sol sa veste, son gilet, sa cravate, puis se ravisa, les ramassa et les déposa sur le dossier d'une chaise dans sa chambre. Même s'ils n'étaient pas rangés à proprement parler, cela simplifierait la tâche de Wesham le lendemain matin. En outre, s'il rangeait ses vêtements, son valet serait vexé. Il croirait, à tort, que Kieran estimait qu'il ne faisait pas bien son travail et bouderait pendant au moins trois jours.

— Tu m'accompagnes ? demanda Finn depuis le seuil de sa chambre.

Il s'était changé, abandonnant la tenue qu'il avait portée durant la réception de son frère pour le costume sombre qu'il préférait mettre quand il sortait la nuit dans les maisons de jeu.

— Je me suis assagi, tu l'as oublié ? répondit Kieran en riant. Sans compter que Céleste serait furieuse si elle apprenait que je me suis rendu dans un endroit peu recommandable sans elle.

Retrouvant son sérieux, il ajouta :

— Merci pour ce soir. Notre farce aurait été beaucoup moins convaincante sans ton aide.

— Le bluff est un atout essentiel, répondit Finn avec un haussement d'épaules. Avec un peu de pratique, il n'est pas si difficile à maîtriser. Mes félicitations pour tes fiançailles. Je commençais à craindre que tu ne trouves jamais une femme capable de te suivre. Mlle Kilburn est plus qu'à la hauteur.

Une onde de chaleur envahit Kieran à l'évocation de sa promise. Céleste et lui étaient parfaitement complémentaires, et il était heureux d'avoir eu la sagesse de le reconnaître.

Il servit deux whiskys et en tendit un à Finn, qui déclina son offre.

— Et toi, mon frère ? demanda Kieran. Le temps presse, et ce n'est pas dans une maison de jeu que tu trouveras une épouse respectable.

— Tu en as bien trouvé une, toi.

— Céleste est unique en son genre. Les jeunes femmes vertueuses fréquentent rarement les tripots.

— C'est précisément pour cela que j'y passe le plus clair de mon temps.

Voyant que Kieran allait objecter, il préféra changer de sujet.

— Dom va mal. Le meilleur moyen de lui remonter le moral serait de lui trouver une femme qui remplisse tous les critères, et je crois savoir qui.

— Qui donc ? demanda Kieran, surpris.

— Mlle Tabitha Seaton, le bas-bleu que nous avons rencontré chez le duc de Greyhall. Elle est suffisamment froide et rationnelle pour s'accommoder de son caractère impulsif.

L'idée était intéressante.

— Tu as un plan pour les faire se rencontrer ?

— Oui. J'aurai besoin de ton aide ainsi que de celle de Mlle Kilburn.

Avant que Kieran ait pu lui demander plus de détails, on toqua à la porte d'entrée. Il fronça les sourcils. La soirée chez ses parents s'était terminée peu après minuit. Une bonne heure s'était écoulée depuis. Il était peu probable qu'il s'agisse de Dom. Celui-ci s'était éclipsé de la fête bien avant le départ des derniers invités.

— Tu attends quelqu'un ? demanda-t-il à Finn.

Son frère fit non de la tête et se dirigea vers la porte, qu'il ouvrit. Sa grande carcasse bloquait la vue de Kieran.

— C'est pour toi, annonça Finn par-dessus son épaule.

Il s'écarta, révélant une silhouette féminine sur le seuil. Celle-ci repoussa sa capuche en arrière, et le cœur de Kieran fit un bond. Céleste.

Il la rejoignit en trois enjambées.

— Vous prenez des risques en sortant sans déguisement et en venant dans un appartement de célibataires.

— L'un de vous ne sera bientôt plus célibataire, lui rappela-t-elle.

Il avait envie de lécher chaque goutte de la brume qui s'accrochait à ses cheveux et à ses cils.

— Quoi qu'il en soit, Salomé en a fait suffisamment pour nous ce soir, ajouta-t-elle. Qui blâmerait deux fiancés de vouloir passer du temps ensemble ?

Elle promena sur lui un regard brûlant, du sommet de son crâne à ses pieds nus.

Dieu qu'il aimait voir le désir dans ses yeux ! Elle n'essayait même pas de le cacher.

— Bon… je vous laisse, déclara Finn avant de sortir et de refermer la porte derrière lui.

Au milieu de la pièce, Kieran et Céleste s'enlacèrent. Elle glissa les bras autour de son cou tandis qu'il posait les mains dans le creux de ses reins.

— J'adore te tenir dans mes bras, murmura-t-il en embrassant son cou.

Il sentait sur elle l'air de la nuit et le parfum légèrement musqué de sa peau. Il inhala profondément pour s'en imprégner.

— Et sans déguisement, de surcroît, ajouta-t-il.

— C'est une bonne chose ? demanda-t-elle alors qu'il mordillait sa clavicule.

— Excellente, car je ne me lasserai jamais de te découvrir. Tu ne cesses de me surprendre.

Elle caressa ses épaules, et il se pressa contre elle.

— Quand j'étais plus jeune, j'avais le béguin pour toi, avoua-t-elle. L'ami de mon frère, le scandaleux voyou. La sage fille que j'étais ne pouvait espérer attirer ton attention.

— Je n'en avais aucune idée, dit-il, stupéfait. Je suis ravi d'apprendre que, sous ta façade réservée et parfaite, tu nourrissais déjà des fantasmes pervers à mon égard. Qu'est devenu ton béguin d'adolescente ?

— Il s'est mué en un véritable amour de femme, répondit-elle en déposant un baiser à la commissure de ses lèvres.

— J'ai lu tant de poèmes qui parlaient d'amour, et je croyais savoir ce que c'était en composant mes propres vers. En vérité, rien ne m'avait préparé à aimer quelqu'un comme je t'aime.

Ils s'embrassèrent voracement. En dépit du désir qui brûlait en lui, il s'arracha à ses lèvres avec un grognement.

— J'ai tellement envie de toi, mon amour. Cependant, si tu veux attendre notre nuit de noces, je patienterai.

— Pas question, répondit-elle d'une voix rauque. Nous n'aurons qu'à faire attention. J'ai besoin de toi, Kieran. J'ai besoin de toi tout entier.

Elle glissa les mains le long de son dos et agrippa ses fesses.

Il émit un petit rire étranglé. Il adorait sa passion.

— Tu sembles encore plus avide de sensations que moi, ce qui n'est pas peu dire, observa-t-il.

— J'aime découvrir des nouveautés. Surtout, j'aime t'explorer. Or, je peux faire les deux à la fois…

Elle lâcha une de ses fesses et posa la main sur sa braguette étirée par une érection massive.

Il ferma les yeux avec un soupir de bonheur, puis retint son souffle lorsqu'elle ouvrit sa braguette et enroula ses doigts autour de son membre raide. Sa paume était fraîche, ce qui accrut encore son excitation.

— Oh, mon Dieu !

— J'aimerais essayer quelque chose, dit-elle timidement.

— Tu peux me faire tout ce que tu voudras, haleta-t-il.

— On m'a appris comment être une jeune femme convenable, expliqua-t-elle en commençant à le caresser. Comment broder, comment verser le thé. Mais pas ça.

— Tu… t'y prends… merveilleusement bien.

Il renversa la tête en arrière, s'abandonnant au plaisir qu'elle lui donnait.

Lorsqu'elle s'agenouilla devant lui, il ne put que lâcher un chapelet d'obscénités pour exprimer sa gratitude.

Il n'avait jamais rien vu d'aussi fascinant que Céleste à genoux, tenant son sexe dans sa main et approchant sa bouche de l'objet de sa convoitise. Elle leva un regard à la fois timide et excité vers lui.

— J'ai lu que cela se faisait, dit-elle. Comment dois-je…

La perspective de le lui expliquer en détail rendit son membre déjà raide encore plus dur.

— Mouille tes lèvres, mon amour.

Elle s'exécuta et l'interrogea du regard.

— Quand tu es prête, lèche le bout.

Il sentit son souffle sur son membre, puis le contact de sa langue l'électrisa. Ses petits lèchements hésitants étaient une délicieuse torture.

— Prends le gland dans ta bouche, demanda-t-il.

— Pas tout ?

Elle avait décidé de le tuer !

— Commence lentement. Jusqu'à ce que tu t'habitues.

Elle esquissa un sourire puis glissa ses lèvres sur le sommet de sa verge, l'accueillant dans sa bouche chaude.

Elle émit un son de plaisir et il serra les poings, luttant de toutes ses forces pour ne pas pousser son membre plus profondément dans sa bouche comme le réclamait son corps. Elle le léchait et le suçait, s'enhardissant et prenant de l'assurance, avalant son sexe de plus en plus profondément. Toutefois, elle ne pouvait l'engloutir qu'à moitié, et elle gémit de frustration.

— Sers-toi de ta main pour l'autre moitié, parvint-il à dire.

— Comme ça ? demanda-t-elle en saisissant son membre à la base avant de le reprendre dans sa bouche.

— Seigneur ! Oui, comme ça.

Les yeux mi-clos, il la regarda le sucer et le caresser en même temps. Le plaisir était si intense qu'il tenait à peine debout. Il fléchit légèrement les jambes, s'ancrant dans le sol, tandis qu'elle se consacrait entièrement à sa nouvelle expérience, forte du courage et de l'ardeur avec lesquels elle avançait dans le monde.

Lorsqu'il ne put plus y tenir, il s'écarta de sa bouche.

— Mon amour, si je ne te prends pas tout de suite, je vais devenir fou.

Il l'aida à se relever, et ils se déshabillèrent en hâte. Il la souleva dans ses bras et la porta dans sa chambre.

— Un lit ! dit-elle en riant. Encore une nouveauté.

Il la déposa délicatement sur les draps et prit le temps de la contempler dans toute sa splendeur.

— Nous aurons bientôt le nôtre, promit-il. Notre propre royaume secret.

Grimpant sur le matelas, il la couvrit de baisers voraces. Il caressa ses seins, titillant ses mamelons jusqu'à ce qu'elle se mette à haleter.

— Chevauche-moi, demanda-t-il.

— Oh oui !

Il s'allongea sur le dos et l'aida à s'installer à califourchon sur son visage, les genoux de chaque côté de sa tête. Elle gémit lorsqu'il embrassa la peau douce et sensible de ses cuisses qui l'emprisonnaient si délicieusement. Contemplant sa vulve humide et gonflée de désir à quelques centimètres de son visage, il posa les mains sur ses hanches, et elle descendit sur lui.

Son goût... c'était un nectar épicé dont il ne se lasserait jamais. Elle était voluptueuse et déterminée, délicate et néanmoins intrépide tandis qu'elle cherchait son plaisir, se frottant contre lui pendant que sa langue la caressait.

— Kieran, gémit-elle. Je vais...

Elle cria, et son corps se tendit.

Il n'était pas encore satisfait. Il glissa une main entre eux pour pouvoir introduire deux doigts en elle et décrivit des va-et-vient jusqu'à ce qu'elle se cambre de nouveau en haletant son nom.

— Je t'en prie, Kieran. Je veux... je veux...

— Je sais ce que tu veux.

Il changea de position, allongeant Céleste sur le dos et se glissant entre ses jambes. C'était là qu'il voulait être jusqu'à la fin de ses jours.

— Seigneur, comme je t'aime, murmura-t-il.

Il s'enfonça en elle, et elle souleva les hanches pour l'accueillir.

Il avait eu l'intention de procéder lentement. Toutefois, il perdit rapidement le contrôle de la situation quand elle se trémoussa sous lui, gémissant de plaisir à chacun de ses coups de reins. Elle enroula les jambes autour de ses hanches, ses mouvements devenant plus fébriles à mesure qu'il allait et venait en elle sans merci.

Ils changèrent de nouveau de position, et elle se retrouva sur lui. Il regarda avec adoration l'extase sur son visage alors qu'elle s'empalait sur son membre. L'amour le submergeait, accompagné du besoin de lui donner autant de plaisir qu'elle pourrait en supporter. Lorsqu'elle fut saisie de spasmes de plaisir et qu'elle cria son nom, il se retira de justesse avant de jouir à son tour.

Ils restèrent un moment immobiles et pantelants, puis il l'allongea sur le lit, s'extirpa de ses bras et, les jambes tremblantes, alla chercher un linge qu'il trempa dans la bassine d'eau. Il la nettoya avec de lents mouvements révérencieux, s'essuya à son tour, puis se rallongea près d'elle et la prit dans ses bras.

Elle posa une main sur son torse et caressa doucement les poils qui recouvraient sa poitrine.

— Je n'aurais jamais cru ressentir ça, dit-il doucement.

— Ressentir quoi ?

Il chercha les termes justes mais, après avoir connu un plaisir aussi extraordinaire avec une personne qui l'était tout autant, les mots lui faisaient défaut.

— Je dirais du « contentement », mais c'est trop calme et statique. C'est comme si le monde tout entier s'était ouvert à moi et que ce monde était là, dans mes bras.

Il déposa un baiser sur le sommet de sa tête. Elle se blottit encore plus près de lui.

— Ce monde nous appartient, répondit-elle. À nous de l'explorer. Nous ne nous plierons plus jamais à l'idée que les autres ont de nous ou de ce que nous devrions être. Nous sommes simplement « nous ». Dans toute notre beauté imparfaite et merveilleuse. Tant que nous nous voyons tels que nous sommes, nous n'avons besoin de rien d'autre.

— J'ignore comment je pouvais vivre avant toi, dit-il d'une voix chargée d'émotion. Maintenant que tu es à moi, je n'aspire plus qu'à faire le prochain pas avec toi.

Elle releva la tête vers lui, le regard rempli d'amour et de joie.

— Et le pas suivant, et le pas d'après, dit-elle en l'embrassant. Notre chemin est infini, mon amour. Et nous le parcourrons ensemble.

Épilogue

Deux mois plus tard

— Tu crois que nous en avons assez ? demanda Céleste à Susan.

Elle contemplait les piles de livres qui recouvraient toutes les surfaces disponibles. Elle avait loué une pièce vide dans l'immeuble où sa famille avait vécu à Ratcliff pour entreposer le matériel scolaire. Outre les livres, on y trouvait en quantité des abécédaires, des ardoises, des craies, du papier et des plumes.

— Je crois, répondit Susan avec une moue ironique. Entre le duc, ton père, lady Ashford et tous les autres donateurs, nous avons amplement de quoi satisfaire nos besoins. De toute façon, il n'y a plus de place.

Elle tendit un livre d'images à son petit-fils, qui trotta jusqu'à une pile et le déposa dessus.

— Mon père possède plusieurs entrepôts dans les environs, remarqua Céleste.

L'appréhension lui nouait le ventre. Les professeurs avaient déjà été recrutés. Dans deux jours s'ouvrirait l'école gratuite de Ratcliff ouverte à tous.

— Commençons par ce que nous avons, conseilla Susan. Tu en as déjà tant fait, Céleste.

— Tu crois qu'ils viendront ? demanda nerveusement la jeune femme.

— J'en suis sûre. La moitié des familles du quartier ont promis d'envoyer leurs enfants, et un bon nombre d'adultes veulent aussi apprendre à lire et à écrire, moi y compris.

Céleste contourna une pile de livres pour lui serrer le bras.

— Tu apprendras vite. Je serai là pour t'encourager.

— Amène aussi ton beau fiancé, répondit Susan avec un clin d'œil. Quoiqu'il risque de me déconcentrer... Il n'y a qu'à te voir, incapable de le quitter des yeux quand il est dans les parages.

— Faux, déclara Kieran depuis le seuil de la pièce. Cela fait une bonne minute que je suis là et ma fiancée ne m'a même pas remarqué. Je vais devoir aller me cacher dans un coin pour panser mon amour-propre.

Céleste traversa la pièce pour se jeter dans ses bras. Il la serra contre lui comme s'il avait attendu toute une vie pour l'enlacer alors qu'ils s'étaient vus quelques heures plus tôt.

— Reste, roucoula-t-elle. Tu es si beau et tu as l'air si romantique quand tu boudes. Je ne voudrais pas priver les autres de ce plaisir.

— Vilaine, la réprimanda-t-il avec un sourire.

Il lui releva le menton et l'embrassa voracement, bien qu'ils ne soient pas seuls.

Susan se mit à rire.

— Une fois que vous aurez fini de dévorer Mlle Kilburn sous mes yeux, j'espère que vous la conduirez chez elle pour un bon dîner. Elle a travaillé toute la journée et a besoin de repos.

Kieran dévisagea Céleste d'un air inquiet.

— C'est vrai que tu as l'air fatiguée.

— Ce n'est rien qu'un peu de temps avec mon fiancé ne saura soulager, répondit-elle.

Elle n'exagérait pas. Chaque instant passé avec Kieran la revigorait, même après avoir passé des heures épuisantes à trier des livres.

— Dans ce cas, je te ramène à la maison sur-le-champ afin de te requinquer avec ma vivifiante présence.

— Allez, filez, leur dit Susan. Céleste, on se revoit dans deux jours.

Main dans la main, Céleste et Kieran descendirent l'escalier et sortirent dans la rue. De nombreuses personnes la saluaient au passage et exprimaient leur hâte de voir les cours commencer. On saluait Kieran également, car il avait beaucoup aidé à la mise en place du programme d'alphabétisation du quartier et était désormais bien connu à Ratcliff.

Elle n'aurait pu être plus fière de lui.

Alors qu'ils s'engageaient dans une rue étroite, il lui demanda :

— Es-tu vraiment très fatiguée ? Il y a quelque chose que j'aimerais te montrer avant de rentrer à Hans Town.

— Je ne suis jamais trop fatiguée pour toi, répondit-elle avec un sourire.

— Alors viens.

Ils prirent la direction du sud et s'arrêtèrent au bord du fleuve. L'eau noire dégageait une odeur putride, surtout dans la chaleur de l'été. Cette vue qu'elle connaissait bien n'était guère pittoresque, mais avec Kieran à ses côtés, tous les paysages lui paraissaient beaux.

Avec un sourire timide, il sortit un objet de sa poche et le lui tendit.

— Ton livre ! s'exclama-t-elle, émerveillée.

Elle ouvrit le mince recueil relié de cuir à la page de garde et lut : *Vers, chants et rêveries : poèmes de Kieran Nicholas Ransome*.

— Oh, c'est magnifique ! s'extasia-t-elle en caressant la page de ses doigts gantés.

— Tourne la page.

Elle s'exécuta et lut : « À C.K., chaque vers est pour toi. »

Les larmes lui montèrent aux yeux, et elle serra le livre contre son cœur. Kieran l'observait avec un mélange de joie et de soulagement.

— C'est vrai, murmura-t-il. Il n'y a pas de poésie dans ma vie sans toi. Il n'y a rien dans ma vie sans toi.

— Oh, Kieran !

Elle se hissa sur la pointe des pieds et l'embrassa. Il prit son visage entre ses mains et lui rendit son baiser avec ferveur.

— J'ai envoyé un exemplaire à mes parents, dit-il lorsqu'ils s'écartèrent enfin.

— Et s'il ne leur plaît pas ?

Le comte et la comtesse s'étaient montrés plutôt accueillants avec elle chaque fois qu'elle avait dîné chez eux au cours des deux derniers mois. Bien que leur relation avec Kieran soit toujours tendue, elle s'était néanmoins teintée de cordialité. Le comte avait même invité Kieran à son club, ce qui n'était encore jamais arrivé.

— Peu importe, répondit-il. Il me plaît et il te plaît, c'est tout ce qui compte. C'est *notre* voyage. D'ailleurs, à ce sujet…

Il se rapprocha et déclara à voix basse :

— J'ai prévu une autre petite virée nocturne. Un atelier d'artiste à Bloomsbury qui promet d'être très peu recommandable. Salomé viendra-t-elle ?

— Elle ne raterait ça pour rien au monde.

Leurs escapades nocturnes ne s'étaient pas arrêtées avec l'annonce de leurs fiançailles. Céleste se transformait toujours en Salomé et, comme il aurait été peu convenable que Kieran Ransome soit vu en compagnie d'une femme qui n'était pas sa fiancée, il se déguisait aussi. Pour le plus grand plaisir de Céleste, il bordait ses yeux de khôl comme il l'avait fait pour la fête de M. Longbridge. À leur retour, ils faisaient l'amour jusqu'à l'aube. Naturellement, ils étaient prudents, mais il leur était impossible de patienter jusqu'à leur mariage, prévu à la fin de l'automne.

Chaque fois que Kieran et elle sortaient la nuit pour explorer le côté bohème et coquin de Londres, elle ressentait la même excitation que lors de leur première expédition. Le plus exaltant était d'être avec Kieran. Il l'encourageait, la célébrait et, ensemble, ils découvraient tous les mystères du monde. Leurs ébats leur apportaient toujours plus de plaisir.

Il la serra de nouveau contre lui et l'embrassa.

— Mon intrépide amour, murmura-t-il.

— J'irai n'importe où avec toi, répondit-elle. Mon poète fou.

— Il reste tant de pages vierges devant nous. Nous les remplirons avec nos aventures.

Remerciements

Merci à Jackie Barbosa, qui me maintient sur la bonne voie et s'assure que les mots parviennent sur la page. Merci également à Rose Lerner, à Sierra Simone, à Isobel Carr et à Ros Clarke pour leurs conseils concernant des éléments factuels et historiques. Toutes les erreurs dans ce livre sont de mon fait (nous les mettrons sur le compte de la licence artistique et prétendrons qu'elles sont intentionnelles).

Merci à la légendaire et charmante Beverly Jenkins qui a accepté de jouer un second rôle dans cette histoire. Il n'y aurait pas de romance historique sans Mme Bev.

Merci à mon agent, Kevan Lyon, qui me trouve des contrats et m'approvisionne en café depuis quinze ans. Merci également à mon éditrice, Nicole Fischer, qui ne regimbe pas devant les héros aux yeux fardés et ne m'a jamais demandé de modérer mes scènes érotiques.

Ce roman a été écrit durant une période très troublée de notre histoire collective. Il m'a procuré un sentiment d'aventure et de l'optimisme quand ces derniers se faisaient rares. J'espère, chers lecteurs, qu'il en ira de même pour vous.

AVENTURES & PASSIONS

5 avril

Sarah MacLean

Les diaboliques – Le temps d'un battement de cœur

Inédit

Adelaïde Trumbull est membre des « Diaboliques », une bande de justicières qui s'attache à confondre les aristocrates qui maltraitent et persécutent leurs femmes et leurs filles. Dans la foule des bals et des soirées, la jeune fille effacée semble insignifiante. Aussi discrète soit-elle, le duc de Clayborn a repéré cette frêle demoiselle. Un soir, la jeune femme parvient à se procurer les preuves de la culpabilité du frère du duc. En même temps que ces documents, Adelaïde met la main sur un objet, dont l'aspect l'intrigue et qu'elle emporte avec elle. C'est une boîte à ouverture secrète dont le contenu concerne directement le duc. Lorsque ce dernier découvre le larcin, il se lance à la poursuite de la voleuse, ignorant que cette aventure va bouleverser sa vie !

✦

Katharine Ashe

Le Falcon Club – L'Écossais et la lady

Inédit

Lord Leam Blackwood est un agent du Falcon Club. Aujourd'hui, le fin limier aimerait retourner dans son Écosse natale, mais repousse encore et encore la date de son départ. Il caresse l'espoir d'emmener avec lui la belle et sulfureuse Katherine Savege dont la simple présence lui chauffe le sang comme un bon whisky. Mais la belle ne l'entend pas de cette oreille et veut rester à Londres. Or, lorsque de lourdes menaces pèsent sur la jeune femme, c'est à Leam qu'elle demande protection. Katherine découvre alors chez l'incorruptible agent, un charme et une noblesse qui mettent son cœur en émoi.

Patricia Potter
L'Écossais sans mémoire

Inédit

Le roi Jacques IV d'Écosse mène une guerre redoutable pour bouter l'Anglais hors du pays. Au cours de la bataille de Flodden Field, son fidèle ami Lachlan Maclean est blessé et laissé pour mort. Lorsque ce dernier reprend conscience, il ne reconnaît rien ! Sa détresse grandit encore quand il comprend qu'il n'a plus aucun souvenir. Peu à peu, les soins prodigués par Kimbra Charlton, la jeune veuve anglaise qui l'a accueilli, font des miracles. Mais qui est-elle vraiment ? Amie, ennemie ? Une seule certitude, ses sentiments à l'égard de son hôtesse sont de plus en plus troubles...

✦

Anne Gracie
Les fiancées de Bellaire Gardens — La fille illégitime

Inédit

De retour de voyage, Josiah Léonard Thorne, comte de Salcott, a la désagréable surprise de se découvrir tuteur d'une certaine lady Clarissa Studley, fille d'un débauché notoire. Le fardeau serait léger si la demoiselle ne se déplaçait jamais sans sa demi-sœur, Isobel, une impertinente sans le sou ! Trouver un mari convenable à Clarissa ne semble pas insurmontable. Mais la naissance modeste d'Isobel rend impossible son entrée dans les cercles aristocratiques de Londres. Que faire ? Josiah va devoir trouver une solution et vite s'il ne veut pas que le caractère enflammé et enivrant de la jeune femme lui fasse perdre la raison...

Jo Beverley

Les Malloren — Lady Chastity

Inédit

Pour aider sa sœur et son bébé à échapper à la mort, lady Chastity Ware prend l'apparence d'un bandit de grand chemin et enlève le premier voyageur croisé sur sa route afin d'en obtenir une forte rançon. Or, on ne s'improvise pas ravisseur, même déguisé en homme. Surtout lorsque celui que l'on vient d'enlever n'est autre que Cyn Malloren, un aristocrate arrogant, enchanté par cette aventure inattendue. Dans un cottage isolé où Chastity décide de s'installer avec son prisonnier, les voilà condamnés à une promiscuité de plus en plus troublante !

✦

Julia Quinn

Les agents de la couronne — Comment séduire un marquis ?

Elizabeth Hotchkiss doit se marier d'ici peu pour subvenir aux besoins de sa famille. Or, séduire l'époux parfait n'est pas une mince affaire, surtout quand on est une simple dame de compagnie… Aussi, lorsqu'elle découvre un ouvrage intitulé *Comment séduire un marquis ?*, elle se risque à y jeter un œil, par simple curiosité. Et justement, le très courtois James Siddons, neveu de sa maîtresse, lui propose de mettre en pratique les fameux conseils… avec lui. Quels risques courent-ils ? Après tout, ce n'est qu'un jeu. Certes ! Mais un jeu dangereusement grisant…

Monica McCarty

Les chevaliers des Highlands — La recrue

Fougueux, pugnace et plein d'audace, Kenneth Sutherland est un vrai champion. Il est aujourd'hui confronté à son plus grand défi : intégrer l'armée secrète de Robert de Bruce et se battre au sein de l'élite des guerriers écossais. Pour obtenir cet honneur, il lui faut remporter les jeux des Highlands. Entièrement concentré sur cet objectif, il en est détourné lorsqu'il croise la ravissante Lady Mary de Mar. L'innocence et la beauté de la jeune femme embrasent les sens de Kenneth. Plus rien ne l'arrêtera dans la conquête de sa place dans la garde du roi ni dans sa mission de séduction de Mary...

13736

Composition
FACOMPO

Achevé d'imprimer en Italie
par GRAFICA VENETA
le 1er février 2023

Dépôt légal : mars 2023
EAN 9782290383025
L21EPSN002509-550459

ÉDITIONS J'AI LU
82, rue Saint-Lazare, 75009 Paris

Diffusion France et étranger : Flammarion